모르는 사람들

이승우
소설

모르는 사람들

문학동네

하찮은 것에 간절해지지 말자는 말을 하찮은 것에
간절해지는 나를 향해 주문처럼 하곤 했다.

차례

모르는 사람

1

아버지가 왜 떠났는지 오랫동안 궁금했다. 그 궁금증 속에는 아버지가 무엇으로부터 떠나려 했을까, 하는 질문이 숨어 있다. 무엇으로부터 떠났고 떠나려 했는지 안다면 왜 떠났고 떠나려 했는지도 알 수 있을 거라고 생각했던 것 같다. 떠난다는 것은 붙어 있는 데서 자기를 떼어내는 것을 뜻한다. 아버지는 어디서, 무엇으로부터 자기를 떼어내기를 원했던 것일까? 그는 집을 떠나고, 일터를 떠나고, 나와 어머니를 떠나고, 나와 어머니가 포함되어 있는 가족을 떠나고, 그리고 여기, 이 세상을 떠났다. 그가 정말로 떼어내기를 원했던 것은 무엇이었을까?

이 세상은 견디는 것이다, 라고 말한 사람은 아버지였다. 나를 앞에 두고 말했지만 나를 향해, 나더러 들으라고 말했는지는 확실하지 않다. 들을 때는 듣는 사람이 나밖에 없었으니까 나에게 말한 것으로 받아들였지만, 시간이 흐른 후 듣는 사람이 나밖에 없었음에도 불구하고 나에게 말한 것이 아닌 것 같다는 생각이 들었다. 듣는 사람이 나밖에 없었다는 사실도 수정되었다. 말하는 사람은 말만 하고 듣는 사람은 듣기만 하는 것이 아니다. 말하는 사람은 자기가 한 말을 듣기도 하는 사람이다. 어떤 점에서는 누구보다 잘 듣고 가장 잘 듣는 사람이다. 말하는 사람의 의중을 말하는 사람보다 더 잘 아는 사람은 없다. 말하는 사람이 불완전하거나 서툴게 말하면 그 말을 듣는 다른 사람은 불완전하거나 서툴게 듣지만, 그래서 말하는 사람의 의도를 옳게 이해하지 못하거나 오해하지만, 말한 사람 자신은, 말해진 것이 불완전하고 서툶에도 불구하고, 그것과 상관없이, 완전하고 정확하게 듣는다. 그가 듣는 것이 말해진 말이 아니라 말해지기 전의 말이기 때문이다. 그러니까 오래전에 아버지가, 이 세상은 견디는 것이다, 라는 말을 내 앞에서 했을 때, 그 말을 들은 사람은 나 혼자만이 아니었던 것이다. 아버지도 듣고 있었던 것이다. 아니, 그야말로 듣고 있었던 것이다. 아버지는 그 말을 하고 싶었던 것일까, 듣고 싶었던 것일까. 그 말은 해야 할 말이었을까, 들어야 할 말이었을까. 그때 내가 들은 말은, 이 세상은 견디는 것이다, 였다고 기억하는데, 그것은 그가 정말로 하거나 듣기를 원했던 틀림없는 말, 완전한 그의 말이었을까, 라고 질문하게 되는 것은, 그렇게 말한 사람이 이 세상을 (견디지 않고) 떠났기 때문이다. 붙어 있지 않고 떼어냈기 때문이다. 견디는 것을 '떼어내다'가 아니라 '붙어 있다'는 이미지로 받아들이고 있던 나에게 누구에게도 아무 말도 하지 않고 어느 날 갑자기 종적을 감춰버린 아버지는 파악되지 않는 사람이었다. 나는 오랫동안 혼란스러웠다.

어머니는 아버지를 파악하는 것이 어려운 일이라고 생각하지 않았다. 아버지에 대해서만 그런 것은 아니다. 그것은 일종의 타고난 성격 같은 것이었다. 다른 모든 일에 대해 그런 것처럼 어머니는 아버지에 대해서도 쉽고 단순하게 이해하려 했다. 쉽고 단순한 접근을 통해 명쾌하고 효율적인 성과를 얻을 수 있다는 믿음이 어머니에게는 있었다, 라고 나는 생각했다. 자신감과 적극성에 기반한 그녀의 그런 처세 방법은 대체로 효과적이었다. 그러나 항상 그렇지는 않았을 것이다. 쉽고 단순한 파악을 일삼아온 사람은 쉽고 단순하게 파악되지 않은 사태를 받아들이지 못한다. 불확정의 상태로 내버려져 있는 것을 견디지 못한다. 쉽게 결론 내리고 의심 없이 믿어야 편하기 때문에 쉽게 결론 내리고 의심 없이 믿는다. 그럴 때 그에 의해 파악된 것은 그의 믿음 외에 무엇일까. 그가 믿고 싶은 것 말고 다른 무엇일 수 있을까.

어머니는 아버지가 무엇으로부터 떠났고, 떠나려 했는지 묻지 않음으로써 문제를 단순화했다. 그것이 문제들을 덮는 방법이기도 하다는 것을, 어머니는 어땠는지 모르겠으나 그 당시의 나는 알지 못했다. 다른 방향으로 시선을 돌리기 위해 필요한 방법이라는 것, 객관적 사실을 붙잡는 것이 아니라 과거에 붙잡히지 않으려는 시도라는 것, 돌아보는 것이 아니라 나아가기 위한 처세라는 것도. 어머니가 초점을 맞춘 것은 '무엇으로부터'가 아니라 '무엇을 향해', 그리고 '누구와 함께'였다. 어디로, 누구와 함께 떠났는가. 그러자

불명료하던 것이 명료해지고 오리무중이던 길이 환해졌다. 말하자면 쉽고 단순해졌다.

십일 년 전 4월, 김포공항을 떠나 유럽의 한 도시를 향해 날던 러시아 국적의 보잉 747 비행기가 착륙 직전에 기체 결함을 일으켜 불시착하는 일이 발생했다. 비행기는 도심의 고층 건물들을 아슬아슬하게 피해 도시의 북쪽 언덕에 곤두박였다. 기체는 두 동강 났고 거의 모든 탑승객이 목숨을 잃었다. 한국인은 전체 인원의 삼분의 일가량 되었다. 방송은 한국인 사망자의 신원을 '홍길동(남, 45세, 서울)' 하는 식으로 바쁘게 알렸다. 아버지의 이름은 나오지 않았다. 아버지의 이름이 나오지 않은 것은 그가 그 비행기에 타지 않았다는 증거이다. 그 비행기에 타고 있었다면 아버지의 이름이 자막에 나오지 않을 수 없었을 것이다. 그러나 어머니는 아버지의 이름이 나오지 않았음에도 그가 그 비행기에 탄 것이 분명하다고 단정했다. 사고 소식이 들리고 일주일 후의 일이었다. 그날 아버지가 집에 들어오지 않았다는 것이 그 단정의 근거였다. 그날 이후 아버지의 모습을 볼 수 없게 된 것은 사실이었다. 그 비행기에 탄 사람들이 그날 갑자기 사라져 다시 나타나지 않은 것처럼 아버지도 그날 갑자기 사라져 다시 나타나지 않았다. 그렇지만 그 비행기의 탑승자 명단에 아버지의 이름은 없었다. 그러니까 그가 그 비행기에 탄 사람들과 같은 날 사라졌다는 이유만으로 그들과 함께 사라졌다고 단정할 수는 없다. 물론 어머니가 그렇게 논리적이지 않은 생각을 처음부터 한 것은 아니었다. 그녀는 남편이 유럽의 어떤 도시에 갈 계획이 있다는 말을 들은 적이 없었다. 그녀는 자기가 모르는 남편의 일정이 있을 수 있다는 생각을 하지 못했다. 업무든 관광이든 남편이 자기에게 알리지 않고 외국으로 가는 비행기를 탔으리라고 생각할 수 없었다. 그러나 일주일 동안 조금이라도 연관이 있을 것 같은 사람과 장소를 모조리 수소문해도 소식을 알 수 없는데다가 작정을 하고 몸을 숨기지 않았다면 그럴 수 있을까 싶게 그날을 기점으로 완벽하게 흔적이 지워진 사실을 알게 되자 생각이 바뀌었다. 어머니의 생각을 바꾸게 한 더 중요한 요인이 하나 있었는데, 그것은 사고 비행기의 탑승자 명단에 있는 한 사람의 이름이었다. 문영숙(여, 26세, 서울). 그 이름만으로 그녀가 몇 달 전에 종영한 한 텔레비전 드라마에서 제법 비중 있는 조연을 맡은 바 있는 탤런트 소현이라는 사실을 알아차린 사람은 없었다. 탤런트 소현이 추락 사고가 난 문제의 비행기에 타고 있다가 사망했다는 소식은 사고 나흘 후에 전해졌다. 문영숙은 소현의 본명이었다. 어머니는 뒤늦게 그 탤런트를 아버지의 실종과 연결시키는 논리를 전개했다. 그녀가 왜 유럽으로 가는 비행기를 탔는지는 밝혀지지 않았다. 공식적인 스케줄이 없었던 것으로 보아 개인적인 여행이었을 것으로 추측됐다. 가깝게 지낸 동료 연예인 가운데 한 사람은 그녀가 여행을 좋아하고 특히 유럽의 도시들을 가보고 싶어했다고 전했다. 그러면서도 이번 여행에 대해서는 들은 것이 없다고, 무슨 일로 갔는지, 누구와 동행했는지 알지 못한다고 덧붙였다. 어머니는 그 대목을 파고들었다. 어머니는 그녀가 아버지와 동행한 것이 확실하다고 믿었다. 의심이 아니라 확신이었다. 어머니에게는 논리적이라고 할 수 없지만 나름대로의 근거가 있긴 했다. 수상하다 수상하다 했더니 결국 이것들이, 하며 어머니는 주먹으로 가슴을 쳤다. 무슨 성인군자라도 되는 양 그렇게 점잖을 빼더니 이렇게 배신을 해, 추잡해, 하고 소리지르다가, 배은망덕도 유분수지, 제 주제를 알아야지, 제 주제를, 하며 막 대학생이 된 아들 앞에서 감정을 주체하지 못하고 울먹였다.

툭툭 끊어지고 끊어졌다 앞뒤 맥락 없이 이어지고, 사실과 추측과 상상이 뒤엉킨 채 쏟아진 어머니의 말들에 의하면 아버지와 소현이라는 탤런트는 삼 년 전부터 연인 사이였다. 물론 어머니의 주장이었다. 삼 년 전은 소현이 미래건설이 짓는 아파트의 광고 모델이 된 해이다. 어머니는 미래건설이 처음 시도한 텔레비전 광고 모델로 소현을 선택한 것이 아버지였다고 말했다. 네 아버지가 그렇게 여우처럼 새침하게 생긴 여자를 좋아하거든, 하고 말할 때 나는 부끄러움을 느꼈다. 그 여우가 살살 웃어가며 정신을 빼놨겠지, 하며 머리카락을 신경질적으로 빗어넘기는 어머니에게서는 새침함이란 보이지 않았다. 그 탤런트가 새침하게 생겼다는 건 동의할 수 있지만 아버지가 그런 여자를 좋아한다는 건 동의하기 어려웠다. 사실은 아버지가 어떤 타입의 여자를 좋아한다는 것 자체가 상상이 되지 않았다. 아버지에게도 취향이라는 게 있겠지만, 여자에 대해서도 어떤 취향을 가지고 있는지는 말하기 어려웠다. 생각해본 적이 없지만 굳이 생각할 일이 아니기도 했다. 아버지가 그 여자를 왜요, 그 여자를 전부터 알았다는 뜻이에요? 하고 묻자 어머니는 텔레비전 드라마에서라도 봤겠지 뭐, 하며 말을 흐렸다. 우리집에서 텔레비전 드라마를 보는 사람은 어머니밖에 없었기 때문에 나는 그 말에 동의할 수 없었다. 아버지는 아예 텔레비전을 보지 않았다. 거실에 텔레비전이 있었지만 아버지가 거실에 앉아 텔레비전을 보는 모습을 본 적이 없었다. 거실에 앉아 있는 모습을 본 기억도 나지 않는다. 집에 있을 때 아버지는 항상 서재에 있었다. 서재에는 텔레비전이 없었다. 아버지는 그곳에서 음악을 듣고 책을 읽었다. 그렇게 추측했다. 그 외에 다른 일도 했겠지만 무슨 일을 했는지 알지 못했다. 아버지가 들어가고 나면 그 문은 다른 사람을 향해 열리지 않았기 때문이다. 음악을 듣고 책을 읽고 또 무슨 일인지 알 수 없는 다른 일을 하다가 언제부턴가는 잠도 그곳에서 잤다. 그러니까 서재는 서재만이 아닌 셈이었다. 도서관이고 음악 감상실이고 또 침실이기도 했다. 아버지만의 공간이었다. 아버지가 그곳으로 들어가는 뒷모습을 볼 때면 아주 먼 곳으로 사라지는 것 같은 이상한 기분이 들곤 했다. 아버지가 아니라 그 공간이. 아버지가 들어가고 나면 그곳은 갑자기 집에서 뚝 떨어져나가 따로 존재하는 것처럼 여겨졌다. 이를테면 깊은 숲이나 어두운 물속과도 같이. 다른 공간이었으므로 접근할 수 없었다. 투명한 막이 생겨 가로막고 있는 것 같아 접근할 생각을 차마 하지 못했다. 아버지가 그곳에 들어가는 모습은 본 적이 있지만 그곳에서 나오는 모습은 본 적이 없다. 아버지가 그곳에 들어가기만 할 뿐 나오지는 않는다는 터무니없는 관념이 생긴 건 그래서였다. 나는 아버지의 서재로 들어가는 문을 한번 힐끔 쳐다보고, 하지만 아버지는 텔레비전을 보지 않잖아요, 하고 이의를 제기했다. 어머니는, 알게 뭐야, 회사에서 보는지, 하며 억지를 부렸다. 회사에서 텔레비전을 볼 수도 없으려니와 집에서 보지 않는 사람이 굳이 회사에서 볼 리가 없다는 사실을 모를 리 없는 어머니는, 몰라, 그게 아니면 다른 데서 봤겠지, 그전부터 개인적으로 아는 사이든가, 생각보다 오래전부터 연애짓을 했는지 누가 알아, 하며 생각도 하기 싫다는 듯 짜증스러운 목소리를 냈다. 그녀를 직접 광고 모델로 선택했다는 사실을 아버지가 인정했느냐는 물음에 어머니는 인정할 리 없지, 하며 태연하게 대꾸했다. "사실이니까 인정 못하는 거지. 떳떳하다면 왜 인정을 하지 않겠냐?" 사실이 아닌 걸 어떻게 인정한단 말인가. 떳떳하다면 사실이 아닌 걸 인정해야 한다는 어머니의 말은 논리를 벗어나 있었지만 그녀는 자기 말에 아무런 모순을 느끼지 않는 듯했다. 전속 모델을 다른 사람으로 바꾸라는 자신의 끈질긴 요구를 끈질기게 거절했다는 걸 새로운 근거로 제시했는데, 그 역시 설득력이 없기는 마찬가지였다. 광고 모델을 정하는 것이 아버지의 고유 업무가 아니었으므로 모델을 바꾸는 것 역시 아버지의 고유 권한이 아니었을 것이다. 아버지가 소현을 고집한 것이 아니라 시장 반응과 소비자 의견을 충분히 반영한 홍보실의 결정이었다는 사실을 알고 있었다면서도 어머니는 그녀를 내치지 않은 아버지의 처사에 불만과 의혹의 시선을 철회하지 않았다. 그것은 억지를 부리는 이상한 고집으로 보였다. 무엇 때문인지 모르지만 단지 아내가 찝찝해한다는 이유만으로 합리적인 근거 없이 회사의 중요한 결정을 변경하는 것이 이치에 맞지 않을 뿐 아니라 아버지가 그럴 사람이 아니라는 걸 알면서도 그런 의심을 했다. 어머니가 회사의 의사결정 과정을 잘 이해하고 있는 사람이라는 건 의심할 수 없는 사실이었으므로 그녀가 말도 안 되는 억지를 부리고 있다는 것 또한 의심할 수 없는 사실이었다. 문제는 어머니가 왜 그러느냐였다. 어머니는 두 사람의 관계에 대한 자신의 확고한 의심의 배경에 대해 설명했다. 회사 창립 기념 파티에서 그들이 함께 있는 장면을 목격했다는 사실이 중요한 증거처럼 제시되었다. 단둘이 있는 장면을 보았다는 말이냐고 물은 것은, 만일 그렇다면 어머니의 의심을 전혀 근거가 없는 것이라고 무조건 내칠 수도 없겠다는 생각이 들어서였다. 어머니는 그건 아니라고 고개를 저었다. "파티였으니까 여러 사람이 같이 있었지만, 그것들이 하는 수작을 내 눈으로 봤다. 숨길 수 없는 것이 있고, 숨겨도 볼 수 있는 것이 있다." 숨길 수 없는 것이 사랑하는 사람의 눈빛이라는 건 동의할 만한 말이다. 그렇지만 어머니가 보았다는 '그것들이 하는 수작'이 그 눈빛이라는 건 어떻게 이해해야 좋을지 모르겠다. 그녀는 그들이 잔을 부딪치며 서로를 바라보는 눈빛에서, 숨겨야 하는, 그러나 숨길 수 없는 사랑을 보았다고 주장했다. 그들이 다른 어떤 수작을 한 것이 아니라 다만 잔을 부딪치며 눈빛을 주고받았을 뿐인데, 그 눈빛이 너무나 노골적으로 우리는 연인이에요, 하고 말하고 있었다는 것이다. 그 자리에 있었던 사람은 누구나 그렇게 느꼈을 거라는 게 어머니의 의견이었다. 물론 그 자리에 있었던 사람들을 찾아다니며 확인해볼 수는 없었다. 사람들 많은 데서 그 정도니 둘만 있는 데서는 오죽했겠느냐는 말을 덧붙임으로써 어머니는 회사 임원인 아버지와 회사의 전속 모델인 젊은 여자 탤런트의 관계를 의심할 여지가 없이 의심스러운 사이로 규정했다. 얼마 전부터 아버지가 제주도 지사 발령을 원했다는 새로운 사실도 공개했는데, 그 역시 젊은 연인과의 '연애질'을 위한 도모였을 거라고 해석했다. 그리하여 마침내 쉰 살의 아버지가 이십대 후반의 숨겨둔 연인과 유럽의 어떤 도시로 둘만의 비밀 여행을 떠나려다가 불의의 비행기 사고로 사망했다는 것이 자연스러운 귀결이 되었다.

불의의 사고로 인한 남편의 죽음으로부터 받은 어머니의 충격은 남편의 '연애질'에 대한 배신감을 넘지 못했다. 나는 어머니가 아버지의 죽음에 대한 충격을 이기기 위해서 아버지에 대한 배신감을 일부러 부풀리고 있는 것이 아닌가 생각하게 되었다. 그러지 않고는 어머니가 제기하는 의심과 그 의심에 대한 그토록 흔들리지 않는 믿음을 도저히 따라갈 수가 없었기 때문이다. 예컨대 탑승자 명단에 없음에도 불구하고 아버지가 그 비행기에 타고 있었다고 굳게 확신하는 어머니를 어떻게 이해한단 말인가. 어머니는 범죄 영화나 추리소설 같은 데 나올 법한 엉터리 상상력으로 그 문제를 풀었다. 위조 여권을 가졌거나 항공사에 손을 써 탑승하지 않은 것처럼 처리했거나 했겠지, 하고 그런 게 뭐 어려운 일이냐는 투로 태연하게 말하는 어머니에게는 현실 감각이란 게 없었다. 매우 특별하고 예외적인 상황에서 매우 특별하고 예외적인 사람들에게나 일어나는 일을 어머니는 아무데서나 누구에게나 일어날 수 있는 일처럼 말했다. 어머니에게는 그 비행기에 아버지의 애인이라고 확신하는 소현이라는 탤런트가 타고 있다는 사실이 아버지가 그 비행기에 탑승했다는, 덧붙일 것 없이 완벽하고 확실한 이유였다. 그녀가 거기 타고 있었다는 사실보다 더 확실한 근거가 있을 수 없으므로 다른 생각을 할 필요가 없다는 식이었다. 그 확실한 사실에 비하면 여권을 위조하거나 탑승해놓고 탑승하지 않은 것처럼 손을 쓰는 일 같은 건 아무것도 아니라는 식이었다. 그런 어머니를 이해하는 것은 갑자기 사라진 아버지를 이해하는 것만큼이나 어려웠다. 과거에 붙잡히지 않으려는, 돌아보는 것이 아니라 어떻게든 나아가려는 어머니의 안간힘 같은 걸 어렴풋이 느끼기 위해서는 시간이 좀 필요했다.

2

이해할 수 없는 것을 이해하는 가장 쉽고 위험한 방법은 이해할 수 있는 것만 이해하는 것이다. 가장 쉽지만, 이것은 사실은 이해가 아니라 오해하는 방법이기 때문에 이해하지 않는 것보다 위험하다. 이해되지 않은 채로 두는 것을 용납할 수 없어서, 왜냐하면 아버지가 이해되지 않는다는 걸 이해할 수 없으니까, 어머니는 쉽고 위험한 방법을 택했다고 나는 생각했다. 내가 그동안 봐온 바에 의하면, 어머니에게 아버지는 존중해야 하는 사람이 아니었다. 사랑하지 않았다는 것과는 다른 이야기다. 어머니는 아버지를 사랑했지만 그 사랑은 존중에서 나온 것이 아니었고, 존중을 지향하는 것도 아니었다. 아버지는 시장에서 야채를 파는 홀어머니 밑에서 가난하게 자랐고, '면장 하나 지낸 사람 없는 별 볼 일 없는' 집안의 장손이었고, 그다지 자랑스러울 것 없는 대학을 나왔고, 키도 얼굴도 대한민국 남자의 평균 이상은 아니었기 때문이다. 아무것도 내세울 것 없는 밑바닥 출신의 남자를 자기가 구제해줬다는 우월감이 아버지와는 달리 부러울 것 없는 부잣집에서 태어나고 자란 어머니의 마음속에 있었다. 고등학교 때 공부를 좀더 해서 별로 자랑스러울 것 없는 그 대학의 사학과에 진학하지 않았다면, 거기서 갓제대해 복학한 짧은 머리 남자의, 공연히 뭐가 있는 것 같아 보이는 우수 어린 눈빛에 홀리지 않았다면 저런 남자와 결코 결혼하지 않았을 거라고 투덜거리는 어머니는 나에게 익숙했다. 어머니는 아버지가 여자를, 즉 자기를 잘 만나 인생이 핀 사람이라는 생각을 가지고 있었고, 그 생각을 스스럼없이 말로 표현하기도 했다. 그러니까 어머니의 기준에 의하면 아버지는 이해하기 어려운 사람이어서는 안 되었다. 이해되지 않은 채로 있을 수 있는 사람이 아니었다. 그래서 서둘러 이해하려고 했다. 서둘러 이해하려고 하는 사람은 참된 이해를 위해 고려해야 할 많은 것들을 무시하고 복잡한 것을 단순화한다. 예컨대 그 사람의 내면을 들여다보지 않아야 한다. 내면 같은 것이 따로 있다는 생각을 하지 말아야 한다. 자기만의 서재에 들어앉아 있는 아버지를 무시해야 한다. 어머니는 그렇게 했다.

아버지가 왜 떠났을까를 궁금해하다가 아버지가 느꼈을지도 모르는 모멸감이 원인이었을지 모른다는 생각을 어느 날 아버지의 서재에서 한 적이 있다. 어머니는 가끔 나의 행동이나 말투에서 아버지의 어떤 면을 발견하는 모양이었는데, 그것을 언짢아했다. 노골적으로 싫어했다기보다 아버지를 상기하게 만드는 사태가 불편하다는 쪽이었다. 누가 그 핏줄 아니랄까봐, 혹은 뭐 닮을 것이 없어서, 같은 말을 혼잣말 비슷하게 중얼거리곤 했던 기억이 난다. 대개는 그런 정도였지만, 어쩌면 그렇게 철이 없냐고 노골적으로 경멸을 담아 야단친 적도 있었다. 그런 어머니를 전혀 이해하지 못하는 것은 아니다. 서른이 다 된 나이에 회사에 들어올 생각은 하지 않고 글을 쓰겠다고 방안에 들어앉아 있는 아들이 예뻐 보였을리 없다. 어머니는 자주 세상 물정 모르는 한심한 놈이라고 야단쳤다. 돌아가신 외할아버지 뒤를 이어 미래건설의 경영자가 되어 있던 어머니는 기회 있을 때마다 글쓰는 걸 포기하고 회사에 들어와서 자기를 도우라고 종용했다. 나는 글을 쓰는 것이 좋다고 했고, 글을 쓰며 살고 싶다고 했고, 회사일은 적성에 맞지 않는다고 했다. 그럴 때 나는 세상이 어떻게 돌아가는지 알지 못하는 한심하고 못난 아버지의 아들이 되었다. "글을 쓰며 살겠다니, 내 아들이 왜 그런단 말이냐." 어머니는 마치 내가 하면 안 되는 못된 일이라도 하는 것처럼, 아니면 다칠 것이 뻔한 무모한 모험에 나서기라도 하는 것처럼 절망적으로 말했다. 대개는 그냥 흘려듣고 말았는데 그날은 왜 그랬는지 짜증이 났다. 왜 아버지를 욕하고 그래요, 하고 왈칵 소리를 질렀다. 어머니가 지지 않고 소리쳤다. "그러게 욕보이는 짓을 말아야지." 지금도 마찬가지지만, 나는 아버지가 나를 자랑스러워할 거라고 생각하지는 않지만 당신을 욕보이고 있다고 여길거라고 생각하지도 않았다. 어느 날 갑자기 사라져서 돌아오지 않고 있는 아버지를 이해할 수 있을 것 같은 마음이 들었다. 나 역시 나를 이해하지 못할 뿐 아니라 이해하려는 마음도 없는 사람들로부터 떨어져나가고 싶다는 충동이 생기자 이상하게도 왈칵 솟구쳤던 화가 사그라들고 알 수 없는 슬픔이 가슴을 가득 채웠다. 그 자리에 있으면 터져버릴 것 같아서, 터지면 어떻게 될지 몰라서, 두려워서, 나는 농밀한 슬픔을 품은 채 아버지가 사라진 후 오랫동안 비어 있던 서재로 스며들었다. 방은 어둡고 고요하고 깊었다. 방이 팔을 벌려 나를 안는 것 같은 느낌이 드는 순간, 속 깊은 곳에서부터 조용한 울음이 끌려올라왔다. 나는 조용히 아버지를 불렀다. 처음엔 당황했지만 이내 팔에 머리를 기댄 것 같은 평온이 찾아왔다. 나는 몸을 움직이지 않고 소리도 내지 않고 오래 깊이 울었다. 내가 흘린 눈물 위에 둥둥 떠 있는 것 같은 기이한 아늑함 속에서 나는 아버지가 왜 이 방에 들어와 지냈는지, 무얼 하고 지냈는지, 왜 이 방에 들어오면 나가지 않았는지 저절로 알 것 같은 심정이 되었다. 무엇을 했든, 아버지가 이 방에서 한 일은 아무것도 하지 않는 일이었다. 나 역시 그 방에서 아무것도 하지 않았고, 밖으로 나갈 수 없었다.

아버지가 서재에서 끌려나온 날이 떠올랐다. 아버지를 끌어낸 사람은 아버지의 장인이었다. 어머니의 아버지이고 나의 외할아버지이기도 한 미래건설의 회장은 여러 차례 문을 두드려도 기척이 없자 열쇠를 찾아오라고 시켜서 손수 따고 들어갔다. 어둠 속에 비스듬히 누워 헤드폰을 낀 채 음악을 듣고 있는 아버지를 본 외할아버지의 첫번째 반응은 어처구니없다는 듯한 헛웃음이었다. 이어서 불 좀 켜라, 너구리 소굴도 아니고 이게 뭐냐, 하고 소리쳤지만 아버지는 꼼짝하지 않았다. 서재의 전등불은 참을성이 없는 미래건설의 회장이 직접 켜야 했다. 아버지 오셨어요, 아버지가 하실 말씀이 있으시대요, 일어나봐요, 얼른요, 하고 아버지의 어깨를 흔든 사람은 어머니였다. 아버지는 일어나지 않았다. 깊은 잠이거나 그보다 깊은 음악에 잠긴 아버지는 외부의 소음과는 상관없이 평화로워 보였다. 세상이 무너져도 그 깊은 잠이나 음악에서 깨어나지 않을 거라는 생각이 들었다. 집에 들어오자마자 화가 잔뜩 나서 '임상무'(아버지는 미래건설의 상무였다. 아버지의 장인인 미래건설의 회장은 집에서도 아버지를 임상무라고 호칭했다)를 찾은 성질 급한 외할아버지가 어떻게 할지 걱정이 되어서 어머니가 초조하게 아버지를 깨우는데, 아버지는 다른 세계 속에 들어간 것처럼 반응이 없고, 뜻밖에도 방안을 휘 둘러보며 서 있던 외할아버지가 갑자기 몸을 돌려 서재를 나가버렸다. 외할아버지의 그런 모습은, 금방이라도 무슨 일을 낼 것 같던 조금 전의 기세와는 달리, 보기에 따라서는 측은해 보이기까지 한 몸짓이어서 나는 물론 그 자리에 있던 모든 사람을 의아하게 했다. 평소의 회장님이라면 상상할 수 없는 일이었다. 서재 문이 닫히고 난 후에야 거실에서 상상할 수 있는 일이 일어났다. 외할아버지는 의자에 앉지도 않고 거실 한복판에 선 채로 화를 쏟아냈다. 그때 외할아버지가 쏟아냈던 사나운 말들 가운데 이런 말들이 기억난다. "물러터진 놈 같으니. 하청업자한테 가서 머리를 조아리고 사죄했다는 게 말이 돼? 칭얼댄다고 다 들어주면 그자들을 감당할 수 있을 것 같은가. 하나를 달라고 해서 하나를 주면 고맙다고 하고 물러갈 것 같아? 세상을 어떻게 그렇게 몰라. 굽힐 때 굽히고 밟을 때 밟아야지. 그게 세상 이치인데. 굽힐 데서는 뻣뻣하게 머리 쳐들고 있고, 밟아야 할 데서는 굽신굽신, 무슨 바보짓이야. 밟지 않으면 밟히는 건데, 그래서 밟는 건데, 우리가 잘못했습니다, 다시는 안 그러겠습니다, 인정하고 사죄하고, 각서 써주고, 원하는 대로 협상해주고, 그렇게 해서 돈을 어떻게 벌 건데. 회사 말아먹을 작정이야? 사업이 무슨 소꿉장난인 줄 알아? 내 밥 먹은 지 몇 년인데, 어떻게 나아지는 게 없어. 어떻게 맨날 그 모양이야. 발전이 없어, 발전이."

세상은 견디는 것이라는 아버지의 말을 들은 것이 그날 밤이었던 것으로 기억한다. 그런데 이상하게도 그날 밤 아버지가 자기의 공간인 서재에서 밖으로 나왔다는 기억이 없다. 그 말을 들은 곳이 어디였는지도 선명하지 않다. 내가 서재로 들어가지 않은 것은 확실하다. 내가 들어가지 않았고 아버지가 나오지도 않았다면, 나는 언제 어디서 그 말을 들은 것일까. 아버지가 정말로 그 말을 하긴 한 것일까. 갑자기 확신이 생기지 않았다. 확실한 것은 그날 밤 그 방의 고요와 어둠 속에서 내가 모멸감에 대해 생각했다는 것이다. 아버지가 이 방에서 견뎠을, 사는 일의 수치스러움에 대해서.

3

땅끝선교회의 간사라고 자기를 소개한 사람은 매우 조심스러워한다는 걸 충분히 느낄 수 있도록 뜸을 들이며 아버지의 이름을 입에 올렸다. 너무 오랜만에 들어보는 이름이어서 하마터면 그런 사람 모른다고 대꾸할 뻔했다. 아버지가 사라졌을 때 그는 쉰 살이었다. 살아 있다면 예순한 살이 되었을 것이다. 십일 년 동안 아버지의 부재는 완벽했다. 어떤 소식도 들려오지 않았고 어떤 자취도 보이지 않았다. 살아 있다는 흔적은 물론 죽음의 단서도 나타나지 않았다. 그러니까 아버지는 살아 있는 것도 죽은 것도 아닌 채로 십일 년을 산 셈이었다. 선교회의 간사는, 이것은 고인의 뜻이 아닙니다만, 하고 단서를 달고, 그렇지만 소식을 전하는 것이 도리인 것 같아 전화를 했노라며 아버지의 임종을 알렸다. 아버지는 아프리카의 레소토에서 말라리아에 걸려 숨졌다. 열흘 전의 일이었다. 그곳에서 십일 년 동안 선교사로 살았다고 했다. 아프리카의 원주민들에게 복음을 전하고 학교를 지어 아이들을 가르치고 양과 염소를 키우며 지냈다고 했다. 그리고 자신의 마지막 생을 바쳐 헌신했던 그 땅에 본인의 뜻에 따라 안장되었다고 했다.

선교사라니. 대기업은 아니지만 제법 튼튼하고 규모도 있는 건설회사의 후계자가 될 수 있는 자리를 버리고 어느 날 감쪽같이 모습을 감추더니 아프리카 오지에서 선교사로 살다가 말라리아에 걸려 죽었단 말인가. 그것이 아버지의 삶이었다니. 아버지는 도대체 어떤 사람이었을까. 선교사라는 그의 신분은 십일 년 전의 돌연한 사라짐 못지않게 충격적이었다.

내가 알기로 아버지는 한 번도 그런 뜻을 내비친 적이 없었다. 하기야 그는 자기 이야기를 좀처럼 하지 않는 사람이었다. 세상으로부터 완벽하게 자기를 감추는 순간에조차 아무에게도 어떤 언질도 하지 않은 사람이 아닌가. 그렇긴 해도 적극적으로 신앙생활을 한다는 인상을 주지 않은 사람이 아프리카에서 선교사로 살았다는 이야기를 놀라움 없이 받아들일 수는 없었다. 내가 판단하건대 우리 식구는 명목상의 크리스천이었다. 가끔 교회에 나갔지만 가끔 교회에 나가는 것 말고 기독교인으로서의 어떤 면모도 보이지 않았다. 활동적인 면으로 보자면 아버지보다 어머니가 좀더 기독교인다웠다. 적어도 교인들과의 교류는 어머니가 더 활발했다. 가령 교회에서 하는 바자회나 구역 예배에 가끔이라도 얼굴을 내보이는 사람은 어머니지 아버지가 아니었다. 그런 사람이 아프리카에서 복음을 전하는 선교사로 살았다고? 내가 표한 의문에 대해 어머니는 크게 한숨을 쉬고는, 그 사람이 언제 이해할 수 있는 짓거리 하며 산 사람이냐, 하고 쏘아붙였다. 십일 년 전과 마찬가지로, 복잡한 감정에 휘말리기 싫어서 어머니는 배신감을 그러쥐고 버티는 쪽을 택한 것처럼 보였다. 충격이나 슬픔보다는 그 편이 견디기 쉽다고 판단했을 것이다. 차라리 젊은 여자랑 연애질하다 죽기라도 하지, 하며 십일 년 전의 얼토당토않은 추측을 끌어오더니, 하긴 그럴 위인이나 되어야 말이지, 하며 혼잣말을 하는 것이 자기만의 방식으로 애써 감정을 다스리는 모양새였다. 한참 후에는, 어차피 그럴 거였으면서 처음부터 그 길로 갈 것이지, 하며 알 듯 모를 듯한 말도 했다. 나는 어머니의 얼굴을 빤히 쳐다보는 것으로 부연 설명을 요구했으나 어머니는 더는 아무 말도 하지 않고 굳은 표정으로 밥만 먹었다. 침묵 속에서 식사를 하는 동안, 처음부터 그 길로 갈 것이지, 라는 문장이 밥알과 함께 씹혔다. 밥알과 함께 씹히기만 할 뿐 밥알과 함께 넘어가지는 않고 입안에서 굴러다니기만 했다. 어머니는 아버지가 처음부터 그 길로 갈 사람이라는 걸 예감하고 있었다는 뜻일까, 하고 속으로 가만히 질문하는데, 어쩌면 나 역시, 어렴풋하게나마 그런 걸 예감한 적이 있었던 것 같은 생각이 들었다. 그러자 그 상황에서 아무렇지도 않게 밥을 먹고 있는 나와 어머니가 혐오스럽게 여겨졌다. 어머니는 굳은 표정으로 식탁을 노려보며 밥을 먹었다. 입안에 들어 있는 음식물을 씹는 일에 최선을 다하는 모습이었다.

어렴풋한 영상 하나가 슬그머니 떠올랐다. 새해 첫날, 별장에 모인 가족들은 아버지를 불러오는 임무를 중학생이던 나에게 맡겼다. 이틀 전부터 아버지는 공식적으로 휴가중이었다. 시끌벅적한 연말연시를 피해 어딘가 다른 데서 지내다 오는 것은 그전이나 후나 다르지 않았다. 나는 아버지가 별장에 가서 쉬고 있을 거라고 막연하게 짐작했었다. 아마 다른 가족들도 그렇게 생각했을 것이다. 그러나 그해 휴가를 위해 별장에 간 가족들은 아버지가 어디 있는지 알지 못했다. 아버지의 행방을 알고 있어야 할 운전기사는 짐작은 하지만 확실히는 모른다고 말해서 외할아버지로부터 호통을 들었다. 차에서 내려달라고 해서 내려주었다는 것이 운전기사의 설명이었다. 거기 갈 때마다 항상 그랬는데, 그럴 수밖에 없는 것이 거기서부터는 차로 올라갈 수 있는 길이 없다는 것이었다. 아버지가, 그곳이 어디인지는 모르지만, 그곳에 간 것이 처음이 아니라는 뜻이었다. 그리고 그 사실을 운전기사만 알고 아무도 모른다는 뜻이었다. 거기가 어디냐는 다그침에 운전기사는 잘은 모르지만 짐작은 간다는 말을 되풀이해서 인내심 없는 회장님의 화를 돋

우었다. "그러니까 거기가 어디냐고!" 외할아버지는 고함을 질렀다. 산속으로 올라가는 좁은 길 입구에 내려줬는데, 무슨 기도원 가는 길이라는 표시가 있었다고 운전기사가 말했다. 외할아버지는 나를 태우고 가서 아버지를 찾아오라고 지시했다.

좁은 산길을 삼십 분쯤 걸어서 도착한 기도원은 암자와 같았고 그곳에서 본 아버지는 다른 사람 같았다. 사람이 겨우 들어가 앉을 만큼 좁은 방이 예닐곱 개 나뉘어 있는 낡고 허름한 벽돌 건물이 기도원이었다. 일부러 그렇게 지었을 리 없을 텐데 한쪽으로 비스듬히 기운 모양이 내 눈에는 금방이라도 무너질 것처럼 보였다. 인적이 느껴지지 않기도 해서 그곳에 사람이 머물고 있을 거라는 생각을 하기 어려웠다. 실제로 대부분의 방문들이 열려 있었는데 안은 비어 있었다. 그 좁은 방 가운데 하나를 차지하고 있던 아버지가 한참 만에 문을 열고 나왔을 때 나는 얼마 동안 말을 잃었다. 얼굴이 유난히 하얬고 내가 아는 아버지보다 키가 훨씬 커 보였다. 눈이 부셔서 잠시 눈을 감았다 뜬 기억도 난다. 그럴 리 없다고 나중에 기억을 부정했지만, 아버지에게서 후광을 본 것 같기도 했다. 똑바로 선 채 눈을 내리뜨고 가만히 내려다보는 아버지의 눈빛은 깊고 투명했다. 어디에도 무엇에도 걸리지 않는 눈빛이었다. 그 눈빛에서 나는 아무것도 읽을 수 없었는데, 그것은 그 눈빛이 아무것도 읽지 않고, 아무것도 읽지 않으려 했기 때문이라는 생각을 나중에 한 적이 있다. 나를 보고 있었지만 그 눈빛은 나를 통과해 더 먼 곳에 닿아 있었다. 나를 지나 어디에 닿는지 알 수 없었다. 아버지는 거기 있었지만 거기 있는 것 같지 않았다. 아니, 아버지가 '거기'

를 없애고 있다는 생각이 들었다. 거기를 없애고 다른 세계를 만들어내고 있다는 생각이 들었다. 내가 아버지가 만든 다른 세계에 들어가 있다는 생각이 들었다. 얼이 빠져 입을 열지 못하고 있는 나를 대신해서 운전기사가 산을 내려가야 하는 사정을 알렸다. 아버지는 고개를 들어 하늘을 올려다보더니 곧 나오겠다고 하고는 묵고 있던 방으로 들어갔다. 곧 나오겠다던 아버지는 한 시간이나 지나서야 나왔다. 아버지로부터 받은 낯설고 비현실적인 느낌은 산길을 내려가는 동안에도 사라지지 않았다. 길이 둥둥 떠다니는 것 같기도 하고 양옆의 나무들이 우리와 보조를 맞춰 걷는 것 같기도 했다. 내 손을 덮듯이 잡은 아버지의 손이 부드럽고 따뜻했다는 기억이 있다. 반면에 삼십 분이나 되는 길을 걸어내려오는 동안 아무 이야기도 하지 않았을 리 없는데 무슨 이야기를 들었는지 남아 있는 것이 없다.

선교회의 간사는 책상 위에 놓여 있던 박스에서 여러 장의 사진과 색이 바랜 몇 부의 선교회보와 여러 권의 노트와 얇은 책 한 권을 꺼내 보여주었다. 아버지가 남긴 것들이라고 했다. 사진에는 산이 겹쳐 있고, 넓은 목초지가 펼쳐져 있고, 풀을 뜯는 양들과 소가 나오고, 원뿔 모양의 집이 보이고, 그리고 망토 같은 것을 걸친 검고 두꺼운 피부의 아프리카 사람들이 찍혀 있었다. 남자도 있고 여자도 있고 아이도 있고 노인도 있었다. 여러 명 섞여 있기도 하고 한 명만 떨어져 있기도 했다. 수줍게 웃는 여인도 보이고 활기차게 춤추는 아이들도 보이고 심각한 표정으로 먼 데를 바라보는 노인도 보였다. 그들 가운데 섞여 있는 아버지는 그들과 구별되어 보이지 않았다. 얼굴은 그들만큼 검고 두꺼웠으며 그들이 입는 것과 같은, 색이 화려한 망토 모양의 옷을 어깨에 걸치고 있었다. 말을 타고 있는 아버지, 사람들과 어울려 춤을 추고 있는 아버지, 아이들에게 무슨 이야기인가를 하고 있는 아버지, 양을 몰고 있는 아버지를 보았다. 그 모든 사진 속에서 아버지는 한결같이 웃고 있었다. 춤을 추고 활짝 웃는 아버지는 낯설었다. 사진들을 꽤 오래 들여다본 것은 그 낯선 아버지가 행복해 보였기 때문이었다. 그런 표정의 아버지를 본 기억이 나지 않았기 때문이었다. 선교회 간사는 산과 목초지와 계곡이 펼쳐진 한 장의 사진을 가리키며, 바소토족들은 여름에 양과 소를 몰고 목초지를 찾아 산에 올라가서 지내다가 겨울 추위가 오기 전에 계곡 아래로 내려간다고 설명했다. 선교사님은 이들과 같이 여름에는 산에서, 겨울에는 산 아래서 지냈어요, 이들을 만나기 위해서는 그럴 수밖에 없었지요, 선교사님은 선교를 한 것이 아니라 이들과 함께 살았어요, 그것이 선교라고 생각하셨지요, 하면서 그녀는 몇 년 전 발행된 선교회보를 펼쳐 보였다. 백 페이지도 안 될 것 같은 그 얇은 책자에 아버지가 쓴 글이 여러 페이지에 걸쳐 실려 있었다. 일종의 선교 보고 형식의 글인데, 거기에 아버지의 그런 생각이 펼쳐져 있다고 간사는 말했다. 아이들과 춤추는 아버지, 양들을 돌보고 있는 아버지의 사진이 그곳에도 있었다. 설명을 듣지 않아도 그곳에서 그들과 함께 살고 있다는 사실을 알 것 같았다. 사회에서 가장 활발하게 활동하는 시기인 중년에 선교사로 나가기가 쉽지 않은데, 이 글을 보고 충동적인 게 아니라 일찍부터 헌신하고 오랫동안 준비했다는 사실을 알게 되었어요, 하고 그녀가 말했다. 일찍부터 헌신했다는 것도 오랫동안 준비했다는 것도 모르는 일이었다. 물론 가족들은 힘드셨겠지만, 하고 말을 흐리는 것으로 보아 그녀 역시 그 사실을 인지하고 있는 듯했다. 거기 뭐가 씌어 있는데요? 하고 묻고 싶은 걸 참았다. 다른 사람에게서 아버지가 어떤 사람이었는지 들어야 하는 현실을 인정하기가 힘들었다. 나는 탁자 위에 펼쳐놓은 아버지의 유품들 가운데 붉은 커버가 씌워진 얇은 책을 생각 없이 들춰보았다. 선교회 간사는 그 책에 대해 말할 차례라는 듯 바소토족 성경이라고 설명했다. 아버지가 직접 번역한 누가복음이라고. 아버지는 그들 부족의 언어로 성경 전부를 번역하고 싶어했는데, 일찍 하나님의 부르심을 받는 바람에 그 뜻을 이루지 못한 것이 아쉽다고 덧붙였다. 그러면서 여러 권의 노트들을 펼쳐 보였다. 부족 언어를 익히느라 공부하고 초벌 번역한 노트들이라고 했다. 나는 어떤 말도 할 수가 없어서 내가 알지 못하는 아프리카의 어떤 부족 언어로 된 누가복음을 눈으로 훑어보기만 했다. 읽을 수 없는 낯선 글자들이 아버지의 마음처럼 여겨져서 민망했다. 선교회 간사는 질문할 것이 있으면 하라는 듯 내 얼굴을 빤히 쳐다보았다. 나는 그 시선을 맞받고 있기가 불편해서 몸을 일으킴으로써 그만 돌아가겠다는 의사를 표했다. 무언가 더 할 말이나 할 일이 있을 것 같았지만 그것이 무엇인지 떠오르지 않았다. 간사는 무슨 말인가 더 할 것처럼 잠깐 바라보더니 곧 박스에 물건들을 넣기 시작했다. 선교회 사무실을 나올 때, 그렇게 생각할 리 없을 텐데도 나는 어쩐지 내 뒷모습이 도망가는 것처럼 보일까봐 의연하게 걸으려고 애썼다.

4

    몇 년 전에 나온 선교회보에 실린 아버지의 글을 읽은 후에야 나는 아버지가 '일찍부터 헌신하고 오랫동안 준비했다'는 선교회 간사의 말을 이해할 수 있었다. 선교지인 아프리카에서의 활동을 보고하는 그 글의 한 부분에 자신의 삶을 돌아보며 기술하는 내용이 들어 있었다. 아버지는 대학 졸업 무렵 신학대학원에 진학할 계획이었다는 사실을 밝히고 있는데, 물론 들어본 적 없는 말이었다. 그는 그때가 자기 생애 가운데 영적으로 가장 충만한 시기였다고 술회했다. 일종의 종교적 체험을 통해 이전에 가져본 적 없는 새로운 가치관을 받아들인 모양이었다. 그 시절의 나는 내 삶의 방향키를 쥔 그분에게 순종할 준비가 되어 있었다, 라고 아버지는 썼다. 다르게 사는 것이 바로 사는 것이었다고, 그리스도를 아는 지식이 가장 고상하기 때문에 그를 얻고 그 안에서 발견되기 위해 모든 것을 배설물로 여긴다는 바울의 고백을 자주 읽고 묵상했다고, 그 시절의 그에게 '그를 얻고 그 안에서 발견되'는 것 말고 의미 있는 것은 없었다고, 그것으로 충분했다고. 신학대학원에 가기 위해 상담을 했고 입학원서를 썼다고. 계획대로 신학대학원에 진학했어야 했다고, 그러나 그렇게 하지 못했다고. 그때 마침 한 여자의 적극적인 구애를 받았고, 그 여자의 사랑과 그 여자의 사랑을 통해 얻게 될 것으로 기대되는 어떤 혜택들을 뿌리치지 못했다고. 그때의 자기는 고백과는 달리 세상이 제공하는 만족을 거절하지 못한 속물이었다고 썼다. "나는 세상에서 살았고, 그러나 세상은 험악했고, 살기에 적합하지 않았고, 내가 세상에 적합하지 않다는 사실이 너무 자주 깨달아졌고, 적합하지 않은 세상에서 살기 위해 아주 많이 애를 써야 했고, 무리를 해야 했고, 덩달아 험악해져야 했고, 그러나 잘되지 않았고, 그래서 잘살지 못했다. 살면서 자주 내가 참으로 살기를 갈망했던, 살지 못하고 있는 다른 삶을 그리워했다. 그리워만 하는 내가 혐오스러웠다. 하찮은 것에 간절해지지 말자는 말을 하찮은 것에 간절해지는 나를 향해 주문처럼 하곤 했다. 그것이 내가 세상을 견디고 혐오스러운 나를 견디는 방법이었다. 그러나 뭐라고 말하든 나는 세상에 붙들려 있었고, 세상과 어울려 있었고, 세상의 일부였고, 그러니까 세상을 견딘다는 것은 나를 견딘다는 뜻이기도 했다." 세상에 너무 밀착해 있는 자신에 대한 혐오가 꽤 길게 표현되고, 이어서 해야 할 숙제를 계속 미루고 있는 것 같아 괴로웠다는 진술이 나왔다. "더 늦기 전에 결단을 해야 했다." 그 결단의 내용, 감쪽같은 자기 실종을 암시하는 것으로 읽을 수 있는 문장은 다음과 같았다. "세상으로부터 나를 떼어내는 것 말고는 방법이 없었다. 여러 사람이 함께 찍은 사진에서 다른 사람은 건드리지 않고 내 모습만 정교하게 도려내듯 주변에 아무런 흔적도 남기지 않고 완벽하게 사라지는 것, 처음부터 없었던 것처럼 없어지는 것. 그렇다고 해도 세상은 내가 떨어져나간 사실도 모를 거라는 최면과 실망하거나 비난할 소수의 사람들을 의식에서 배제할 약간의 용기가 필요했다……"

아버지는 어머니와 나와 더불어 이루었던 가족에 대해서는 한마디도 하지 않았다. 글을 읽어가는 동안 가슴이 두근거렸던 것은 혹시 어머니와 나에 대해 어떤 언급을 하지 않았을까 하는 기대 때문이었다. '실망하거나 비난할 소수의 사람들'이 어머니와 나일까. 가족을 그렇게 부를 수 있을까. 여러 사람이 같이 찍은 사진에서 자기만 정교하게 도려내면 아무 흔적도 남지 않을 거라는 생각을 어떻게 할 수 있었을까. 정말로 그렇게 생각했을까. 아버지에게 어머니와 나는 무엇이었을까. 선교회 간사로부터 들은 모든 이야기를 어머니에게 다 전했지만 아버지가 쓴 글에 대해서는 언급하지 않았다. 아니, 하지 못했다. 어째선지 그래야 할 것 같았다. 같이 찍힌 사람들을 건드리지 않고 자기 모습만 도려낼 수 있다고 생각했다니. 처음부터 없었던 것처럼 없어질 수 있다고 생각했다니. 그렇게 완전하게 사라질 수 있다고 생각했다니. 나는 그 생각이 순진하기보다 이기적이라고 판단했다. 그때의 아버지에게는 그런 순진함의 위장이 필요했을 거라고 이해했지만 어머니에게도 그런 이해를 요구할 수 있을 것 같진 않았다. 차라리 젊은 여자랑 연애질을 하다 죽지, 했던 어머니의 목소리가 가까이에서 들리는 듯했다. 평생동안 다른 삶을 그리워하면서 사는 남자와 한집에서 살아야 했던, 그러나 정작 자신은 그리워할 다른 삶이 없었던, 그래서 자기가 붙어 있는 곳에서 자기를 떼어낼 생각을 할 수 없었던, 그래서 허전하고 화나고 숨막히고 어떻게 해야 할지 모르는데도 어떻게든 붙어 있으려고 버둥거렸을 어머니의 삶이 손에 잡히는 듯했다. 어머니에게 아버지는 가장 멀리 있는 사람이었을 것이다. 가장 멀리 있는 사람은 가장 모르는 사람이다. 어머니를 따라 나도, 차라리 젊은 여자랑 연애질을 하다 죽지, 하고 말하고 싶은 충동이 일었다. 아버지가 쓴 글은 아버지가 아니라 어머니를 이해할 수 있는 기회를 제공했다. 글을 읽고 나자 아버지가 아니라 어머니가 비로소 다르게, 어쩌면 바로 보였다. 기이한 반전이라고 하지 않을 수 없었다. 내 이야기를 들으며 심상한 표정으로 말없이 밥을 먹는, 더이상 젊다고 할 수 없는, 주름진 얼굴의 어머니를 눈치보듯 살피며 가장 멀리 있는 사람을 사랑한 여자가 때때로 느꼈을 슬픔과 모멸감과 그것들을 뭉그러뜨리기 위해 구사해야 했을 인위적인 몸짓에 대해 생각했다. 그 순간 레소토로 직접 가는 비행기가 없으니 남아공을 경유해야 한다는 말을 한 사람이 어머니라는 걸 믿을 수 없었다. 나도 알아본 내용이었다. 언제 어떻게 말을 꺼내나 고심하던 차였는데, 어머니가 먼저 말을 꺼냈다. 다행이라는 생각은 들지 않았다. "남아공도 직항은 없다더라. 두바이를 경유하는 게 제일 낫다더구나. 가장 빠른 걸로 예매하라고 했다." 가슴속에 무언가가 가득 차오르는 게 느껴졌다. 조금만 건드려도 금방 터져버릴 것 같은 그것이 무엇인지 모르지 않았다. 그러나 그 언젠가처럼 아버지의 서재로 달아날 수는 없었다. 나는 바로 대답하지 못했다. 한참 있다가, 살고 싶은 삶을 살았으니, 네 아버지는 행복했겠구나, 하고 잦아드는 목소리로 어머니가 말했다. 그렇게 들으려고 해서 그랬는지 비난기 대신 쓸쓸함이 묻어나는 목소리였다. 그 쓸쓸함 속에 시기심이라고 할 수밖에 없는 어떤 정서가 스며 있는 것 같아 의아스러웠지만 사실 확인을 하려고 바라보았을 때 어머니는 고개를 오른쪽으로 약간 수그린 채 부지런히 숟가락을 놀리고 있었다. 어머니가 견디고 있는 세상이 비로소 보였다. 서른한 살의 나는 이제 더이상

어머니 앞에서, 글을 쓰는 것이 좋고, 회사일은 적성에 맞지 않는다
는 말을, 아무렇지 않게 할 수 없을 것 같았다.

·

·

복숭아 향기

·

·

1

    살아오는 동안 어떤 과일을 좋아하느냐는 질문을 세 번쯤 받은 것 같다. 더 받았을지도 모르지만 기억나는 것은 그 정도이다. 앞으로 한두 번 더 받게 될지 모르겠다. 그렇지만 그것은 그렇게 중요한 일이 아니다. 그런 질문과 답변이 대개 기억하지 않아도 상관없는 아주 시시한 상황에서, 이를테면 지루한 시간을 때우거나 부자연스러운 분위기를 덜 부자연스럽게 만들어야 할 필요가 있을 경우에나 이루어지곤 하기 때문이다. 가령 알게 된 지 얼마 안 된 두 사람이 공교롭게도 약속 시간보다 먼저 나와 다른 일행을 기다리면서 띄엄띄엄 주고받는 의미 없는 화젯거리 같은 것. 의식이 담긴 질문이 아니기 때문에 대개의 경우 질문자는 대답한 사람이 어떤 대답을 했는지조차 기억하지 못한다. 실제로 같은 질문을 두 번 이상 한 사람도 있었다. 지루함을 덜기 위해 이런 질문밖에 끄집어내지 못하는 사람이야말로 지루하기 짝이 없는 사람이라고 할 수 있 겠지만, 한편으로는 지루함을 덜기 위해 굳이 지루하지 않은 어떤 것을 끄집어내는 수고를 해야 하는지 의문이 생기기도 한다. 그러 니까 도대체 사람들은 그 따위 질문을 왜 하는 것일까, 하고 질문 할 필요가 없는 것이다.

생각해보면, 그런 질문을 받을 때면 나는 항상 곧바로 대답하지 못하고 더듬거렸는데, 물론 대답하기 어려운 질문이어서는 아니었 다. 그 순간 딱히 좋아하는 과일이 떠오르지 않았기 때문인데, 딱 히 좋아하는 과일이 있는데도 떠오르지 않았다면 문제일 수 있지 만, 딱히 좋아하는 과일이 없으므로(그렇다고 딱히 싫어하는 과일 이 있는 것도 아니므로) 이상하다고 할 수 없는 일이었다. 이상한 것은 딱히 좋아하는 과일이 없음에도 불구하고, 그리고 그런 질문 을 받으면 어떻게 대답을 하겠다는 작정을 사전에 한 적이 없음에 도 불구하고(그런 작정을 누가 한단 말인가!), 매번 대답이 같았다 는 것이다. 나는 매번 복숭아라고 대답했다는 기억을 가지고 있는 데, 대답을 한 그 순간에는 물론, 지금도 내가 특별히 복숭아를, 그 러니까 포도나 사과나 감을 좋아하는 것보다 더 좋아한다고 생각 하지 않는다. 도대체 사람들은 그런 질문을 왜 하는 것일까, 를 궁 금해하지 않은 것처럼 도대체 나는 왜 그런 질문을 받을 때마다 한 결같이 복숭아라고 대답하는 것일까, 도 궁금해하지 않았다. 아니, 내가 늘 복숭아를 골랐다는 사실도 의식하지 못했다. 나의 삶은 그 럴 만큼 지루하지 않았다. 지루해할 겨를이 없었다고 해야 할지 모 르겠다.

희망하는 근무지를 3지망까지 표기하게 되어 있는 근무지 선호도 조사서를 한참 들여다보고 있을 때 문득 그것이 생각났다. 이해하기 쉽지 않은 타이밍이었다. 삼 개월의 인턴 기간이 끝나고 다음 주면 바뀐 신분으로 계속 출근하게 될지 다른 직장을 알아보러 다녀야 할지 결정이 나는 시점이었다. 대부분 졸업 예정자였지만 나처럼 한두 해 전에 대학을 졸업하고 여기저기 이력서를 내며 시간을 보낸 취업 재수생도 여럿 있었다. 열두 명 가운데 절반은 대기업에서 인턴 경험을 한 것으로 만족하고 짐을 싸야 하는 상황이었다. 물론 근무지 선호도 조사에 어떤 표기를 하느냐가 결정적인 역할을 할 거라고 말한 사람은 없었다. 그렇지만 아무 역할도 하지 않을 거라고 생각하는 사람도 없었다. 나는 서울을 중심으로 하여 일그러진 역부채꼴 모양으로 퍼져 있는 지도 위의 도시들을 짚어보며 생각에 잠겼다. 도시들은 동쪽과 서쪽과 남쪽에 걸쳐 있었다. 어떤 도시는 가깝고 어떤 도시는 멀고, 어떤 도시는 아주 멀었다. 그 도시들 가운데 하나를 선택하는 건 간단한 일이 아니었다. 어떤 과일을 좋아하느냐는 것과 같은 종류의 한가한 질문이 아닌 건 분명했다. 딱히 선호하는 도시가 없다는 건 비슷했지만, 그렇다고 해도 그 순간이 그 한가한 질문과 답을 연상할 계제는 아니었다. 이상한 것은 그 일이 연상되자 선호하는 근무지를 묻는 질문이 좋아하는 과일이 무엇이냐는 질문과 마찬가지로 처음 받은 것 같지 않게 느껴졌다는 점이다. 언제인지 모르지만 전에 어떤 근무지를 선호하느냐는 질문을 몇 차례 받은 적이 있는 것 같았다. 물론 그럴 리 없었다. 기억에 없는 것이 확실한데도 그런 기분이 드는 건 자연스러운 일이 아니었다. 자연스러운 일이 아닌데도 근무지 선호도 조사라는 게 선호하는 과일에 대한 질문만큼 시시하고 사소하게 여겨지기까지 했다. 나는 지도 위에 적힌 도시들의 이름을 왼쪽에서 오른쪽으로 순서대로 한 번, 그리고 반대 방향으로 한 번 천천히 발음해보고, 망설임 끝에 남서쪽 끝에 있는 M시를 골랐다. 꽤 긴 망설임 끝에 골라놓고는, 애초에 그 도시를 고르기로 되어 있었다는 생각을, 고른 다음에 했다. 아마도 복숭아 때문이었겠지만, 몇 번씩 조사를 하더라도 변함없이 M시를 적었을 거라는 생각이 무슨 확신처럼 뒤따라왔고, 그 생각은 과거 몇 번의 조사에서도 늘 같은 답을 한 것 같은 기분과 뒤섞였다.

2

  복숭아에 대해서는 몰라도, M시에 대해서는 할말이 전혀 없다고 말할 수 없다. M시는 내가 태어났다고 들은 곳이다. 내가 M시에서 태어났다는 기억이 있는 것은 아니지만, 어머니가 고의든 실수든 틀리게 말한 것이 아니라면 내가 그 도시에서 태어난 것은 사실일 것이다. 어머니가 나를 어디서 낳았는지 기억하지 못한다면 모를까, 그렇지 않다면 틀리게 말했을 리가 없다. 그런데 어머니가 아들을 어디서 낳았는지 기억하지 못한다고 가정할 이유가 없으므로 틀리게 말했다고 의심할 이유도 없다. 그런데도 그런 의심이 아주 들지 않는 것은 아닌데, 왜 그러느냐고 묻는다면 할말이 마땅하지 않다. 두 가지 정도의 생각이 막연하게 떠올랐다가 사라지곤 한다. 그 하나는 여태 M시에 가본 적이 한 번도 없다는 것이고, 다른 하나는 어머니로부터 그 이야기를 들은 게 아주 오래전이라는 것이다. 서른 살이 다 되도록 자기가 출생한 도시에 한 번도 가본 적이 없다는 건 이상한 일은 아니지만 평범한 일이라고 할 수도 없다. 물론 M시가 지나가다가 들를 정도의 위치에 있지 않은 것은 사실이다. 작정하지 않고는 가기 힘든 도시라는 점을 감안할 때 나오는 결론은 작정하고 간 적이 없다는 것이다. 작정할 이유가 없어서 작정하지 않았을 수도 있지만, 작정할 이유가 있는데도 작정하지 않았을 가능성도 배제할 수 없다. 그 경우에는 작정할 이유보다 더 큰 작정하지 않을 이유가 있어야 할 것이다. 더 큰 그 이유를 나는 모른다. 그 이유가 나에게 있지 않기 때문이다.

　M시에 가본 적이 없다는 사실보다 더 미심쩍은 것은 내가 그 도시에서 태어났다는 그 말을 정말로 들었는지 명확하지 않다는 것이다. 아주 어렸을 때 언젠가 들었다는 희미한 기억뿐 나이가 든 다음에는 그 비슷한 이야기를 들은 것 같지 않다. 나이가 들면서 출생과 유아기에 대한 추억을 화제로 어머니와 대화를 나누는 일이 줄어들게 되는 일반적인 경우를 상기하면 이해할 수 없는 것은 아니다. 그런데도 어쩐 일인지 나는, 어머니가 왜 어느 순간부터 M시에 대해 아무 이야기도 하지 않는 것일까, 하는 생각을 가끔 했다. 그 일을 자연스럽고 일반적인 경우로 간주하지 않으려 한 모양인데, 구태여 이해하지 않으려는 의지 같은 걸 갖고 있었던 것인지, 그렇다면 왜 그랬는지 설명하기가 쉽지 않다.

내 기억에 의하면, 어머니는 아버지가 신문사에 근무했다고 했다. 나는 얼굴도 모르는 아버지의 직업에는 관심을 기울이지 않았었다. M시가 아득한 것처럼 신문사도 아버지도 아득했다. 조금 큰다음에 그 일이 떠올라, 아버지가 신문기자였어요? 하고 물었을 때 어머니는 그런 걸 왜 묻느냐는 듯 뜽한 표정을 하고 내 얼굴을 쳐다보았다. 아버지가 신문사에 근무했다면서요? 하고 재촉하자 누가 그러더냐고 오히려 반문했다. "전에 그랬잖아요. 내가 M시에서 태어난 것은 두 분이 거기 살았기 때문이라고 하면서 그때 아버지가 신문사에 근무했다고." 어머니는, 내가 그랬나? 하고 대수롭지 않게 대꾸하고는 텔레비전의 채널을 돌렸다. 세 개밖에 없는 방송국 화면이 페이지처럼 휘리릭 넘어갔다 돌아오기를 반복했다. 한 방송국 채널에서는 검은 드레스를 입은 여자 가수가 나와 노래를 부르고 있었고, 다른 두 곳은 연속극을 내보내고 있었다. 어머니의 손은 어느 곳에서도 쉽게 멈추지 않았다. "국어 시간에 신문기사를 가지고 공부했는데, 문득 아버지가……" 아버지가 신문사에서 근무했다고 어머니가 말했다는 사실을 상기시키려는 나의 시도는 어머니에 의해 제지당했다. 어머니에게는 의도가 없었는지 모르지만, 나는 어머니가 신문기자가 되고 싶으면 어렸을 때부터 책을 많이 읽어야 한다며 평소보다 조금 빠른 어조로 이야기할 때 어떤 의도를 느꼈다. 영락없는 초등학교 교사의 어투였고, 그래서 나는 그녀가 아들이 아니라 그녀의 반 학생에게 설명하고 있는 것 같은 인상을 받았으며, 알게 하기 위해서가 아니라 질문을 막기 위해 그런다는 느낌을 받았다. 가령 어머니는 펜이 칼보다 강하다는 잘 알려진 경구를 인용하면서, 여기서 칼보다 강하다고 말해진 펜은 문학이 아니라 언론이라는 취지의 말을 했는데, 그것을 비롯해서 그날의 많은 말들이 어머니의 말이라기보다 교사의 말에 가까운 것으로 기억되어 있다. 어머니가 언론의 강함을 강조하기 위해 든 펜과 칼의 비유는 내 안에서 문학의 약함을 선언하는 문장으로 굴절되어 박혔다. 간혹 학교 선생님들로부터 글을 잘 쓴다는 칭찬을 들었음에도 불구하고 작가가 되어 살려는 생각을 한 번도 진지하게 해보지 않은 데에는 어머니-교사로부터 들은 그 말의 영향이 있었을 것이다. 중고등학교 국어 선생에게 칭찬 몇 번 들었다고 다 작가가되는 것이 아니라는 걸 생각하면 가망 없는 일에 한눈팔지 않게 해줘서 다행이라고 해야 할지.

"네 아버지를 잃고 그곳을 떠났으니까 그렇지 않겠냐? 돌아보고 싶지 않은 거겠지." 나중에 외삼촌으로부터 그 말을 듣고 막연하지만 어머니를 이해할 수 있을 것 같다고 생각했는데, 그 생각은 어머니에게 그때 이야기를 다시 묻거나 상기시키지 않는 배려를 실천하게 만들었다.

아버지를 잃고 M시를 떠난 후 어머니는 초등학교 교사로 살았다. 내가 기억하는 한에서 어머니는 혼자였고, 초등학교 교사였다. 초등학교 교사가 아닌 어머니를 생각하지 못한다는 것은 초등학교교사 이전의 어머니를 상상하지 못한다는 뜻이고, 그것은 또 M시에서의 어머니를 상상하지 못한다는 뜻이기도 하다. 아니, M시와어머니는, 적어도 내 의식 속에서는 어떤 식으로도 연결되지 않았다. 어머니와 M시는 같은 범주 안에 들어 있는 것으로 생각된 적이 없었다. 그곳은 지구상에 실재하는 지명이라기보다 천 년쯤 전에 번성했다는 풍문 속의 어떤 도시처럼 막연하고 아득한 인상을 주는 곳이었다. 천 년쯤 전에 번성했다는 막연하고 아득한 도시가 문득 머리 위에 가득 쌓인 천 년의 먼지를 털고 일어서는 법도 있는가. 근무하기를 원하는 지사를 묻는 설문지에 내가 M시를 적은 것은 그런 일에 비유할 수 있는 일이라고 나는 생각했다.

3

천 년의 먼지를 털고 일어선 풍문 속의 고대 도시에 대한 환상은 M시에 대한 그동안의 나의 무관심이 부당한 억압이고 의도적인 봉쇄였을 수 있다는 데까지 생각을 끌고 갔다. 나는 내가 왜 그 많은 과일들 중에서 늘 복숭아를 선택했는지를 생각하고, 내가 왜 그 많은 도시들 가운데서 M시를 선택했는지를 애써 생각했다. 그 생각은 곧바로 M시를 천 년 전의 아득한 풍문 속의 도시로 만들어놓은 이유를 묻게 했다. 나는 그곳에 가본 적이 없다. 그곳에 가지 않은 것은 천 년을 거슬러갈 수 있는 길이 없었기 때문이다. 천 년은, 가기에는 너무 먼 거리였다. 가지 않기 위해서 천 년의 세월과 풍문이라는 차단막이 필요했을까. 나는 그 차단막을 제거하는 것이 잘하는 일인지 확신할 수 없었다. 아니, 차단막이 완전히 제거되었는지도 확신할 수 없었다. 다만 어째서인지 이런 생각은 들었다. 어머니는 아마 아들이 스스로 이 차단막을 찢고 천 년의 먼지를 털어내기를 원하지 않았을까. 그런 순간을 기다려온 것이 아닐까. 어머니에게 M시에서 일하게 되었다는 이야기를 할 때 내 속에서는 기대와 설렘이 만든 잔잔한 파장이 일었다. 초등학교 선생님에게 칭찬 듣기를 기대하는 소년의 마음 같은 것이 있었다. 선생님의 숨은 생각을 용케 알아차린 데 대한 뿌듯함을 애써 드러내지 않으려는 표가 아마 났을 것이다. 그러니까 나는 오랫동안 묻혀 있던 M시를 발굴해낸 내 공을 교사인 어머니가 치하할 거라고 기대했다. 그랬으므로 어머니가, 하필 그 먼 데까지, 하는 반응을 보였을 때 나는 좀 당황했다. 나는 M시를 강조해서 발음하며 내가 그곳에 자원했다고 말했다. "하기야 요새는 교통이 워낙 좋으니까, 뭐. 어디서든 열심히 하는 게 중요하지." 내가 한 달에 한 번은 꼭 올라오겠다는 말을 하자 어머니는 그 도시와는 아무런 인연이 없는 사람처럼 무덤덤하게 말했다. 내가 선호하는 근무지로 서울을 택했다면 과연 취직이 되었을까 스스로에게 질문을 던져본 적이 있는데, 고개가 바로 끄덕여지지 않았다. 그럴 능력이 있었다고 하더라도 나는 서울이 아니라 M시를 선택했을 거라고, 그건 능력의 문제가 아니라 운명의 문제였다고 변명하며 나는 그 질문을 문질렀다.

M시에 가면 M신문사부터 가볼 참이에요, 하는 말에도 그녀는 거긴 왜? 하고 밋밋하게 반문했다. 나는 머리 한쪽이 얼얼해지는 걸 느꼈는데 그것이 일종의 배신감에 따른 반응이라는 걸 나중에 깨달았다. 하지만 어머니는 정말 아무것도 모른다는 표정이어서 순간적으로 내가 무언가 착각하고 있는 것은 아닌가 의심하게 했다. 아주 오래전의 기억은 백 퍼센트 신뢰할 수 없는 일이기도 했다.

나는 무구해 보이는 어머니의 얼굴을 바라보다가 M신문사요, 거기 알잖아요, 하고 되물었는데, 어떻게든 기억을 떠오르게 하겠다는 의지를 가진 추궁이라기보다는 옹색한 상황을 모면하기 위해 얼버무리는 것에 가까웠다. 아버지가 그 신문사에 근무했다고 하셨잖아요? 하는 단순한 질문이 만들어지지 않았다. 입에 붙지 않은 외국어 단어가 그런 것처럼 아버지라는 단어는 입에 올려본 적이 없어서 잘 발음되지 않았다. 어머니는 추궁받지 않았으므로 답하지 않았다. 그녀는 언제부터 출근하느냐고 물었다. 나는 일주일 후라고 답하고, 그전에 내려가서 회사 근처에 원룸을 얻을 거라고 덧붙였다. "내려가기 전에 외삼촌한테 인사하러 가라." 그 말을 하고 어머니는 장을 보러 가겠다며 일어나버렸다.

어머니가 시키지 않았어도 외삼촌을 찾아갈 생각이었다. 어머니가 어릴 때부터 의지하며 살아온 유일한 혈육인 외삼촌은 내 취직을 어머니 못지않게 기뻐해줄 것이었다. 그러나 단순히 취직 인사를 위해 외삼촌 댁에 갈 마음을 먹은 건 아니었다. 나는 이미 천 년 전의 먼지를 뒤집어쓴 상태였다. 자욱한 먼지들은 공중에 떠오르기 전까지 그 먼지들이 들러붙어 있던 대상에 주목하게 했다. 먼지가 날리지 않았으면 보이지 않았을 것들. 보이지 않았으면 보지 않았을 것들. 그러나 보였으므로, 보인 다음에는 보지 않을 수 없었다. 나는, 세월의 먼지를 뒤집어쓴 채 발굴되기를 기다리고 있는 더 많은 유물들을 향해 다가가고자 했다. 나는 이 충동이 다소 낯설었지만 제어해야 한다고 생각하지 않았고, 제어하고 싶지도 않았다. 아니, 제어할 수 있는 것으로 생각하지 않았다. 그것은 어딘가로부터의 거역할 수 없는 어떤 부름처럼 여겨졌다.

외삼촌은 내가 도움을 청할 수 있는 유일한 사람이었다. 외삼촌은 이제야 그런 걸 묻느냐고 읽을 수도 있고 이제 와서 새삼스럽게 그런 걸 묻느냐고 해석할 수도 있는 표정을 지었다. 여태 기다리고 있었던 것인지 더이상 기다리지 않기로 한 것인지 판단하기가 쉽지 않았다. "신문사에 근무한 사람은 네 어머니다." 그렇게 모호한 표정을 지은 채 외삼촌이 한 말은 나를 어리둥절하게 했다. 나는, 아버지가 아니고요? 라고 물었고, 그는, 아버지가 아니고, 라고 확인했다. "길지 않았다. 한 사 년? 결혼을 하고 바로 그만두었으니까." 나는, 아버지가 M신문사에 근무했다는 말을 어머니로부터 아주 오래전에 들은 것으로 기억하고 있는데, 내 기억이 잘못되었을까요? 하고 묻지 않을 수 없었다. "들은 사람이 잘못 기억하고 있을 수도 있고, 말한 사람이 잘못 말했을 수도 있겠지. 하지만 그건 뭐 큰 차이가 아니다." 그는 그렇게 말했다. 나는 그게 왜 큰 차이가 아녜요? 하고 항의하고 싶은 것을 눌러 참았다. 그게 왜 큰 차이가 아니라는 건지 설명하려는 외삼촌의 의중이 보였기 때문이다. 그는 이야기의 순서를 고르는 듯 눈동자를 가운데로 모으며 입술을 달싹였는데, 그 모습이 내게는 입맛을 다시는 것처럼 보였다. 그러고 보면 외삼촌은 내가 세월의 묵은 먼지를 털어내며 발굴에 나서기를 기다리고 있었던 것 같기도 했다.

어떤 이야기는 자주 말해지고, 어떤 이야기는 덜 말해지거나 전혀 말해지지 않기도 한다. 자주 말해졌는데도 말해지지 않은 것이나 마찬가지인 이야기가 있고 전혀 말해지지 않았는데도 자주 말해진 것으로 간주되는 이야기가 있다. 어떤 이야기는 말해져야 할 시간에 말해지고 어떤 이야기는 말해지지 않아야 할 시간에 말해진다. 말해질 시간에 말해진 이야기는 살지만, 혹은 살리지만, 삶으로써 살리지만, 말해지지 않을 시간에 말해진 이야기는 죽는다, 혹은 죽인다, 죽임으로써 죽는다. 어떤 이야기는 살고 살리기 위해 말해질 시간을 기다린다. 그것은 수순이 중요한 바둑의 한 수와 같다. 바둑알을 어떤 자리에 놓는 것이 중요한 것이 아니고 그 자리에 언제 놓느냐가 중요하다. 똑같지는 않지만 외삼촌은 이런 내용으로 이야기를 시작했다. 과거를 불러내는 그 나름의 의식처럼 생각되는 도입이었다. 내가 그런 것처럼 그 역시 어딘가로부터 어떤 부름을 받고 있다는 생각이 들었다. 그가 여태 아껴온 한 수를 기다리는 마음의 긴장이 만만치 않았다.

M시에 있는 대학을 갓 졸업한 스물다섯 살의 여자는 지역 신문사에 입사했다. 1985년이었다. 신문사 사주는 일제강점기 때 방직 공장을 차려 부를 축적한 부친의 재정적 후원으로 국회의원 배지를 단 적이 있는 정치인이었다. 유권자의 지지를 받아야 하는 지역구에 세 번 도전해 세 번 모두 떨어지고 난 후 집권 정당의 유력 인사에게 잘 보여 겨우 전국구 의원이 되었다. 그러나 두 번은 아니

었다. 부도 직전의 신문사를 인수해서 정치적 재기를 노렸지만 평판과 능력이 따라주지 않았다. 애초에 신문사를 운영할 능력도 사명감도 없는 사람이었다.

입사한 지 이 년이 채 안 된 스물다섯 살짜리 젊은 여자를 마음에 들어한 사람은 국회의원 이력을 가진 신문사 사장이었다. 그는 신문사 사장일 뿐 아니라 싼 땅에 연립주택을 지어 파는 소규모 건설회사 사장이기도 했으므로 신문사에는 얼굴을 잘 보이지 않았다. 나타난다 해도 신입 기자와 접촉할 기회가 잦을 리 없었다. 그녀와 접촉한 사람은 사장의 두터운 신임을 받는, 국회의원 시절 보좌관 출신의 비서실장이었다. 비서실장은 그녀에 대한 모든 것을 조사했고, 조사한 모든 것을 보고했다. 그가 조사하고 보고한 사람은 그녀만이 아니었고, 그때가 처음도 아니었다. 그러나 사장이 흡족해한 사람은 그녀가 처음이었다고 비서실장은 전했다. 부모가 일찍 돌아가신 것과 집이 가난한 것을 포함해서 우리가 가진 만만한 조건들이 아마 마음에 들었던 모양이다, 하고 외삼촌은 자조 섞인 어조로 말했다. 그 오빠가 변변치 않은 직업을 가지고 있어서 더 그랬겠지, 하며 그는 한숨을 내쉬었다. 지금은 부동산 중개업을 하고 있는 외삼촌은 그때 무슨 직업을 가지고 있었는지 말하지 않았다. 그때도 부동산 중개업을 하고 있었는지 어땠는지 몰랐지만 나는 묻지 않았다.

사장이 개인적으로 보자고 한다는 연락을 받았을 때 그녀는 잔뜩 긴장했다. 사내에는 사장에 대한 나쁜 소문들이 돌고 있었는데, 무식하고 권위적이고 여자를 몹시 밝히며 화가 나면 장소와 때를

가리지 않고 직원들의 정강이를 걷어찬다고 했다. 소문들 가운데
는 유독 여자와 관련된 것이 많았는데, 예컨대 그가 지나간 동네마
다 첩이 하나씩 생긴다든지 자기 아들의 연인을 어떻게 해서 난리
가 났다는 유의 소문에는 과장된 것은 있어도 근거가 없는 것은 없
다는 평가가 따라붙었다.

어느 날 비서실장이 그녀를 도시 외곽으로 데리고 갔다. 포도나
무와 배나무와 복숭아나무가 심어진 과수원 한가운데 이층짜리 양
옥집이 있었다. 음식이 차려진 방에는 사장과 사장을 닮지 않은 젊
은 남자가 같이 앉아 있었다. 사장은 그 젊은 남자를 자기 아들이
라고 소개했다. 지금은 K전자에서 말단 사원으로 근무하고 있지만
장차 자기를 이어 M신문사와 M건설회사를 이끌어갈 거라는 말도
했다. 똑똑하고 유능한 정기자 같은 사람이 우리 회사의 자부심이
라고 치켜세우고는 자기 아들을 잘 도와달라고 했다. 다른 이야기
를 더 하긴 했지만 그 이야기 말고는 특별히 기억할 만한 것이 없
었다. 그녀는 자기가 유능한 기자라고 생각하지 않았기 때문에 의
아하고 낯간지러웠다. 눈에 띌 만한 특별한 활동을 한 적이 없었다.
그녀는 자기를 지극히 평범한 사람이라고 생각했다. 무엇을 어떻
게 도와달라는 건지 이해할 수 없는데다가 자기에게 누군가를 도
울 능력이 있다고 생각하지 않았기 때문에 아무 대꾸도 하지 못했
다. 젊은 남자는 말없이 앉아 밥을 먹었다. 옆에 누가 있다는 걸 의
식하지 못한 것처럼 고개도 들지 않고 말도 하지 않았다. 말을 하
지 못하는 사람인가 의심이 들 정도였다.

사장이 아들의 혼사, 라기보다 혼사를 통해 자기 집안에 들어올

새 식구에 관심이 많은데, 그녀를 좋게 보아서 며느리로 들이고 싶어한다는 말을 한 사람은 비서실장이었다. 그녀는 자기를 어떻게 알고 그러느냐고 반문했지만, 비서실장은 자기가 은밀하게 조사하고 보고했다는 말을 하지 않았다. 비서실장이 침묵했기 때문에 그녀는 그동안 사장이 자기에게 보인 (것으로 추측할 수 있는) 호의에 대해 생각했다. 입사한 지 구 개월쯤 되었을 때 비서실 근무를 권한 적이 있었다. 물론 그녀는 거절했다. 한번은 그녀가 취재한 소외 계층 청소년을 위한 기업의 문화 후원에 대한 기사를 칭찬한 적이 있었다. 다른 두 기자가 함께 참석했지만 사장실에서 차를 마시는 내내 사장이 유독 자기를 주의깊게 살폈던 게 기억났다. 사장의 싱가포르 여행에 비서실장과 함께 동행했던 일도 떠올랐다. 아시아평화언론포럼인가 하는 행사였는데 그녀는 취재기자 신분이었다. 사장에 대한 추한 소문에 익숙해 있었던 터라 이 늙은이가 나를 어찌해볼 마음을 먹고 있나, 하는 의심을 하지 않을 수 없었으므로 잔뜩 긴장하며 3박 4일을 보냈다. 그 여행중에 가족 관계나 취미, 교우관계, 학교 때의 활동이나 앞으로의 계획 같은 사적인 질문을 받았었다. 해외에 나와 있겠다, 자리가 자리이니만큼 그런 정도는 있을 수 있다고 생각했다. 그게 다였다. 긴장할 일은 일어나지 않았다.

그 집안이 대단해서 그런 건 아니었다, 네 엄마를 믿는 마음이 더 컸지, 하고 말하면서 외삼촌은 말꼬리를 흐렸다. 그 말 속에는 그런 집안으로 시집보내는 것을 마다할 이유가 없었다는 뜻이 들어 있었다. 부모가 돌아가시고 두 남매만 남아 있었기 때문에 다섯 살 나이 차가 나는 오빠는 그녀에게는 아버지나 다름없었다. 네 엄마만 나를 그렇게 생각한 것이 아니라, 나도 네 엄마를 그렇게 생각했다, 세상천지에 우리 둘밖에 없었다, 하고 외삼촌은 감회에 젖어 말했다. "좋은 혼처다 싶어 넌지시 의중을 떠본 적이 몇 번 있었는데 그때마다 관심 없다며 고개를 저었기 때문에 네 엄마가 먼저 결혼 이야기를 꺼낸 것은 의외였지만 그만큼 반갑기도 했다. 더구나 상대가 M시의 터줏대감이나 다름없는 집안의 외아들이라는데 반대할 이유가 없었다." 그때를 회상하면서 외삼촌은 갑자기 침울해졌다. 약간의 침묵 후에, 다른 게 죄가 아니다, 욕심도 죄고 미혹도 죄고 분별력 없는 것도 죄다, 하고 자조 섞인 어조로 말했다. 나는 그렇다 해도 그애가, 네 엄마 말이다, 그 똑똑한 애가 왜 그랬는지, 하면서는 고개를 저었다. 나는 외삼촌이 갑자기 늙어버린 것같이 느껴졌다.

5

어느 날, 출근한다고 나간 남자가 점심시간도 되기 전에 집으로 돌아와 난리를 피우기까지 어떤 우려할 만한 일도 일어나지 않았다고 외삼촌은 말했다. 그때까지 세상은 평온하고 조용했다. 잔물결도 일지 않았다. 아니, 잔물결도 일지 않았을 리 없다. 바둑 대국이 끝나고 한 수 한 수 복기하다보면 대국중에는 보지 못했던 수를 보게 되고 상대방이 둔 수에 감춰진 의도를 읽게 되는 것과 같다,

항상 뒤늦게 깨닫는다, 세상사란 게 바둑판과 같다, 하고 주름진 얼굴의 외삼촌은 한숨을 쉬며 말했다.

문을 박차고 들어온 남자는 대뜸, 고백하라고 소리쳤다. 영문을 모르는 아내는 뭘요? 하며 남편의 얼굴을 쳐다보았다. 그때 그녀는 남편의 눈이 붉은 기운으로 불타고 있는 것을 보았다. 그것은 한번도 본 적이 없는 눈이었다. 사람의 눈이라고 할 수 없는 눈이었다. 그녀가 주춤하는 사이에 남자가 눈앞의 백자 항아리를 집어들었다. 아니, 집어들지 못했다. 그는 항아리를 들고 그녀를 향해 던지려고 했다. 그러나 그가 두 손으로 잡자마자 그 백색의 둥근 항아리가 부서져버렸다. 그걸 보고 그녀는 남자의 눈에 일고 있는 붉은 기운이 살기라는 걸 알았다. 남자는 피 묻은 손을 흔들며 그녀에게 달려들었다. 그 손에 잡히면 백자 항아리처럼 부서져버릴 것 같아서 그녀는 재빨리 문을 열고 시어머니 방으로 달아났다. 시어머니 등뒤에 숨어서 그녀는 저 사람이 이상해요, 이상해요, 다른 사람 같아요, 사람 같지 않아요, 하며 벌벌 떨었다. 그 방까지 쫓아 들어와서 추악한 욕을 해대며 죽여버리겠다고 고함치는 아들에게 어머니가 타이르듯 조용히 말했다. "귀현아, 너 왜 이러니? 정신 차려라. 네 아내다. 네 아내라고. 이러면 안 되지. 이러면 안 되는 거잖아, 귀현아." 아들은 소리지르며 몸부림치고, 엄마는 아들을 끌어안고 울며 넘어졌다.

소동은 오래가지 않아 그쳤지만 그녀에게는 악몽과도 같이 긴 시간이었다. 어머니가 준 물약을 먹고 반시간가량 자고 일어난 그는 평상시와 같은 모습으로 돌아왔다. 조용했고 침울했다. 정신을 차린 그는, 내가 뭐에 씌었었나봐, 하고 말했지만 그 이후로도 뭐에 씌었다고 할 수밖에 없는 일이 빈번하게 일어났다. 처음에는 어쩌다가 한 번, 나중에는 거의 매일. 그녀는 자주 사람 눈 같지 않은 남편의 눈을 보아야 했고, 고백하라는 말과 죽여버리겠다는 말을 들어야 했고, 목을 졸려야 했고, 가끔은 기절해야 했고, 벌벌 떨며 지내야 했다. 임신을 한 후에는 상황이 더 나빠졌다. 그런 일이 있을 때면 남자의 아버지는, 이 미친 새끼, 차라리 죽어버려라, 폭언을 하며 아들을 무지막지하게 때렸고, 그러면 아들은 꼼짝없이 맞기만 했다. 어머니는 며느리의 등을 토닥이며 눈물을 닦았다.

한동안 나한테 와 있기도 했다, 네 엄마 얼굴만 보면 잡아먹으려고 하니까 어떻게 할 수가 없었다, 하고 말하는 외삼촌의 얼굴은 구겨진 신문지처럼 보였다. 뜻밖의 사실을 전해 들은 나는 왜 그런 건데요, 도대체 왜 그런 건데요? 하고 흥분해서 물었다. "그러게 말이다. 나도 흥분해서 따졌다. 어떻게 된 거냐고. 대체 왜 그러느냐고." 외삼촌이 그 집안 사람들로부터 들은 대답은 아내를 너무 사랑해서 그런다는 것이었다. "그게 말이 돼요?" 나는 외삼촌이 내 앞에서 그런 말도 안 되는 변명을 늘어놓기라도 하는 것처럼 소리쳤다. 그는 그런 나를 가만히 바라보고 있다가, 나도 그게 말이 되느냐고 항의했다, 하고 조용히 말했다. 말이 되지 않았지만 남자가 아내에게만 집착하고 아내를 향해서만 폭력을 행사한 것은 사실이었다. 폭력이 사랑의 증거는 아니지만 사랑이 폭력의 구실 노릇을 하고 있는 것은 틀리지 않은 것처럼 보였다. 남자도 자신의 제어할 수 없는 폭력 충동 때문에 괴로워했다. 그런 충동이 일어날 때면 자기도 어쩌지 못한다고, 그러니까 그런 조짐이 보이면 무조건 도망가라고, 자기 눈에 띄지 말라고 충고하기까지 했다. 그래놓고 눈에 보이지 않으면 쌍욕을 섞어 고래고래 소리지르며 그녀를 찾아다녔다. 날이 갈수록 상태가 심해졌고, 결국 정상적인 생활이 불가능해졌다. 남자는 병원을 오가며 치료를 받았고, 집에 있을 때는 갇혀 지냈다.

"그 집안 사람들은 결혼하고 나서 그 몹쓸 병이 생겼다며 원인을 내 동생에게 돌리려 했는데, 난 그걸 믿을 수 없다." 외삼촌은 그런 흉악한 일이 눈앞에서 벌어지고 있는 것처럼 주먹 쥔 손을 부르르 떨었다. "도대체 그애가 뭘 어쨌다는 말이냐." 의처증으로 몰고 가기 위해 아내에 대한 남자의 남다른 애정을 강조하는 의도의 불순함과 부당함을 비난하면서 외삼촌은 결혼 전부터 그 사람의 정신이 온전하지 않았을 거라는 의심을 내비쳤다. 우연히 의처증과 유사한 증상을 보이긴 했어도, 그리고 결혼 후에 악화되었는지는 몰라도 그 병이 생긴 것은 한참 전이었을 거라고, 처음부터 그걸 속이고 만만한 집안의 괜찮은 여자를 골라서 서둘러 결혼시킨 게 분명하다고 주장했다. 그런 의심을 할 만한 근거가 없는 것도 아니었다.

과수원이 있는 집에서 식사를 한 다음 주말에 그들의 첫번째 데이트가 예정되어 있었는데, 남자는 그 약속을 지키지 않았다. 이튿날 비서실장이 매우 정중하게 남자의 사과 메시지를 전했다. 남자는 회사일로 해외에 출장을 갔다고 했다. 급히 출국해야 해서 연락할 여유가 없었다고, 약속을 지키지 못해 몹시 죄송스러워한다고 말했다. 열흘쯤 후에는 출장이 장기화되고 있다는 전언이, 이번에도 비서실장을 통해 왔다. 그로부터 일주일이 더 지난 후에 사장이 직접 그녀를 불렀다. 사장은 아들 대신 정중히 사과하며 상황을 설명했다. 그쪽 해외 지사 일이 순조롭게 돌아가지 않는 듯하다, 처음엔 단기 출장이었는데, 체류 일자가 길어지더니 마침내 그곳으로 발령이 난 것 같다, 적어도 삼 년은 그곳에 있을 것 같다, 참으로 미안하다. 그녀는 사장이 필요 이상으로 미안해한다는 인상을 받았다. 당사자도 아니고 아버지가 나서서 그렇게 변명하고 사과까지 할 만한 사안이 아니라는 판단은 다른 추측을 하게 했다. 혼사에 대한 사장의 의사가 간접적으로 전달된 적이 있다고 해도 그렇게 부담을 느껴야 할 만큼 진전된 사이가 아니었다. 고작 한 번 만났을 뿐이고, 본격적인 데이트는 해보지도 않은 상태였다. 무엇 때문인지 모르나 '관계 끝'을 선언하기 위해 사장이 굳이 하지 않아도 되는 변명을 하고 있는 것뿐이라고 그녀는 생각했다. 깊은 정이 든 사이가 아니었으므로 대수롭지 않게 여기고 넘어가려 했다. 그런데 그게 아니었다. "우리 애가 일이 이렇게 된 걸 아주 안타까워해요. 정기자가 아주 마음에 든 모양이에요. 알겠지만 나도 물론 그렇고. 그래서 말인데, 정기자가 원한다면……" 정기자가 원한다면 되도록 빨리 날짜를 잡아 결혼식을 올렸으면 한다며 사장은 너그러운 미소를 지어 보였다. 삼 년씩 해외에 혼자 나가 있는 것이 안심이 안 되고, 또 노모가 손자의 결혼을 원한다는 말도 덧붙였다. 삼 년이나 결혼을 미루기가 어렵다는 것이었다.

내 아버지에 대해 말하는 것이 곧 나에 대해 말하는 것이 되기 때문에 말하기가 어려웠다고 외삼촌은 말했다. 그것이 말해질 시기와 관련된 언급이라는 걸 나는 알아들었다. 그 모든 것이, 그러니까 다 거짓이었을까요? 하고 묻고 나서 나는 움찔했는데, 그 순간 그 질문이 내 존재가 거짓에 기반하고 있느냐는 것으로 치환되어 들렸기 때문이었다. 나는 내 존재가 거짓에 기반하고 있다는 선고를 받을까봐 두려웠다. 외삼촌 역시 내가 느끼는 것을 느끼고 있는 게 분명했다. 그는 나를 외면하기 위해 눈을 감고 한참 동안 가만히 있었다. 그러나 그렇게 오래는 아니었다. 확신에 찬 내용에 비해 그의 목소리는 이상하게 흔들렸다. "나는 그렇게 생각한다. 나는 네 아버지가 K전자에 다녔다는 걸 믿지 않는다. 물론 외국 출장을 갔다는 것도. 네 아버지의 증상이 단순한 의처증이라는 걸 믿지 않는 것처럼." 확인하는 게 어려운 일은 아니었을 텐데요, 하고 묻고 싶은 걸 참았다. 내가 참고 있는 걸 알아차린 듯 외삼촌이 덧붙였다. "확인하는 게 어려운 일은 아니었다. 확인하고 따지고 그랬어야 하는데, 그러지 못했다. 그것은…… 네 어머니가 원하지 않았기 때문이다." 왜요? 하고 나는 곧바로 물었다. "그러게 말이다, 왜 그랬을까?" 외삼촌은 그렇게 자문한 다음, 그 바보 같은 것이, 네 어머니 말이다, 그 사람이 참 불쌍하다고 하더라, 그렇게 시달리면서도, 하기야 네 아버지가 무슨 잘못이 있겠냐, 제일 불쌍한 사람이 그 사람이지, 라며 한숨을 쉬었다. 그러다가 곧 이어서, 그래도 그렇지, 그게 할 짓이냐, 자기 자식 안됐다고 남의 자식을 이용해, 그게 한 여자의 인생을 완전히 꼬이게 만드는 일인데, 하며 한탄하다가, 하긴 그 덕에 네놈이 세상 빛을 보긴 했다, 너를 태어나게 하려고 그런 억지스러운 일이 일어나야 했던 것인지, 하며 가슴을 쓸어

내렸다. 수십 년이 지났는데도 다스려지지 않는, 복잡하고 혼란스러운 외삼촌의 마음이 그대로 전달되는 듯했다.

6

굳이 그럴 필요가 없다고 하는데도 외삼촌은 직접 차를 몰고 M시까지 나를 데리고 갔다. 외삼촌 댁에서 M시까지는 오십 킬로미터 정도 떨어져 있었다. 나는 하룻밤 자고 이튿날 일찍 M시로 가서 원룸을 알아볼 참이었다. 혼자 할 수 있다는데도 외삼촌은 자기가 가야 한다며 차에 올라탔다. 하기야 외삼촌이 같이 집을 보러 다녀준다면 이 지역 물정을 잘 모르는 나에게는 큰 도움이 될 것이었다. 인터넷에 들어가 검색을 해보긴 했지만, 도시의 방위도 잘 파악하지 못하는 상황이라 어느 동네에 가서 어떤 집을 구할지 막막했다. 나는 외삼촌이 하는 대로 따르기로 했다.

시가지로 들어가고 얼마 지나지 않아 외삼촌은 도로변에 차를 세우고 조수석 문을 반쯤 열었다. 저게 그 신문사 사옥이었다, 하고 손가락으로 가리킨 곳에는 어떤 은행 간판이 걸려 있었다. 지금은 무슨 의류회사 사옥으로 변해 있을 거다, 하며 외삼촌은 혀를 쯧쯧 찼다. M신문사는 세 차례 주인이 바뀐 다음 수 년 전 다른 신문사와 통합되어 이름까지 사라졌다고 했다. 육층짜리 건물은 최근에 외벽 도장을 새로 한 듯 말쑥한 모습이었다. 세월의 때가 벗겨져나간 말끔한 겉모양이 위화감을 자아냈다. 나는 낡고 부서지고 먼지에 덮인 오래된 유적지를 상상했는지 모르겠다. 아니면 아무 흔적도 남기지 않고 이 지상에서 사라져버렸기를. 기억하고 추억할 아무런 단서도 남기지 않고 없어져버렸기를. 어디선가 불자동차 지나가는 소리가 들렸다. 나는 귀를 막았다. 귀를 막아도 사이렌 소리는 작아지지 않았다. 양쪽 검지를 귓구멍에 집어넣었다. 다른 소리가, 더 크게 들렸다. 고백해. 더러운 화냥년. 저 늙은 놈이랑 붙어먹었지?

그 비극적인 사건이 저 건물 안에서 일어났다. 해가 질 무렵 사장실 문을 벌컥 열고 남자가 들이닥친 것은 1989년 여름, 어느 무덥던 날 저녁이었다. 정상적인 사회생활이 불가능한 남자 대신 그녀가 신문사에 출근한 지 한 달도 채 되지 않았을 때였다. 사장실 안에는 사장과 그녀와 비서실장이 있었다. 남자는 다짜고짜 그녀를 끌고 옥상으로 올라갔다. 다른 때와 달리 손에 칼을 들고 있어서 쉽게 저지하기 어려웠다. 남자는 칼을 그녀의 목에 대고 부르짖었다. "고백해. 더러운 화냥년. 저 늙은 놈이랑 붙어먹었지? 시아버지란 작자가 네 더러운 뱃속에 더러운 씨를 심었지? 이 추악한 짐승들." 사장이 씩씩거리며 이 미친 자식, 보자 보자 하니까 이제 회사까지 와서, 하며 아들의 뺨을 후려쳤다. 언제나 아버지의 호통과 매질이 아들의 발작을 멈추게 했었다. 아버지 앞에서 아들은 언제나 꼼짝도 못했다. 아버지는 평소처럼 했다. "죽어버려라, 죽어버려." 평소처럼 폭언을 하고 폭력을 썼다. 그날도 아버지의 위세 앞에 움츠러들었어야 했다. 그럴 거라고 기대했다. 사장도 그랬고 그녀도 그랬다. 그랬어야 했다. 그러나 그날은 달랐다. 죽어버려라,

죽어버려. 그의 손이 위아래로 움직였다. 그의 손에 들린 칼도 위아래로 움직였다. 비명이 하늘로 치솟고 세 사람의 옷이 붉은 피로 뒤덮였다. 석양이 그들을 휘장처럼 덮었다.

"네 어머니가 왜 그 모든 걸 그저 견디기만 했느냐고 물었지?" 창문을 닫고 다시 차를 운전하면서 외삼촌이 물었다. 나는 고개를 돌려 그의 얼굴을 쳐다보았다. 외삼촌은 굳은 얼굴로 앞만 보고 운전했다. "나도 그게 오랫동안 궁금했다. 네 엄마가 그렇게 호락호락한 사람이 아닌데, 왜 그랬을까?" 외삼촌은 또 말을 끊었다. 자동차 속도가 빨라지는 게 느껴졌다. 액셀러레이터를 밟은 발에 저절로 힘이 들어가는 것 같았다. 나는 어리둥절한 표정으로 외삼촌의 옆얼굴을 바라보고, 외삼촌은 굳은 얼굴로 앞만 바라보며 운전했다. "네 엄마는 속아서 결혼한 것이 아니기 때문이다. 네 엄마가 그랬다. 나는 속은 게 아니에요. 모르고 결혼한 게 아니에요. 어처구니가 없었다. 그게 무슨 말이냐? 내가 물었지. 알고 있었다고요. 다 알고 결혼한 거라고요. 내가 다시 물었다. 다 알다니 뭘 알았다는 거냐? 네 엄마가 대답했다. 다요, 다." 그리고 외삼촌은 다시 입을 다물었다. 나도 묻지 않았다. 나는 굳은 얼굴로 앞을 보았고 외삼촌도 굳은 얼굴로 앞만 보고 운전했다. 자동차가 나무 울타리 둘러쳐진 이층집 앞에 멈출 때까지.

외삼촌은 말없이 대문을 열고 들어갔다. 들어오라는 말은 하지 않았지만 나는 뒤를 따라 들어갔다. 공기 중에 퍼져 있던 과일향이 콧속으로 스며들었다. 나는 나도 모르게 숨을 들이켰다. 외삼촌은 현관문이 닫힌 이층 양옥집을 지나쳐 복숭아나무 사이로 걸어들어갔다. 집안에 복숭아밭이 만들어져 있는 건 흔한 일은 아니지만 놀랄 일이라고 할 수는 없었다. 그러나 집안에 무덤이 있는 건 흔하지 않을 뿐 아니라 놀라지 않을 수 없는 일이었다. 그러나 놀라고 있을 수만도 없었다. 앞서 걷던 외삼촌이 그 무덤 앞에 멈춰 섰기 때문이다. 인사해라, 하고 외삼촌이 말했다. 나는 잔디풀이 발목 높이만큼 자란 봉분을 눈에 힘을 주고 노려보았다. 외삼촌이 어떤 설명인가를 해주기를 바라는 마음과 외삼촌이 어떤 설명인가를 하면 어떻게 하지, 하는 우려의 마음이 교차했다. 나는 내가 무엇을 원하는지 도무지 알 수 없었는데, 그것은 아무것도 말해주지 않아도 다 알 것 같으면서 또 모든 걸 말해준다 해도 아무것도 모를 것 같았기 때문이었다. "네 어머니가 이 과수원만을 원했다. 다른 것은 아무것도 원하지 않았다, 아무것도. 이 과수원 안에 네 아버지 묘를 만들고 저 집에서 너를 낳고 삼 년을 살았다." 외삼촌은 무릎을 굽히지 않고 서 있는 내 뒤에서 가만가만 말했다. 머리로는 몸을 낮춰야 한다고 생각했지만 내 몸은 시멘트를 바른 듯 꿈쩍도 하지 않았다. 나는 마음속이 하얗게 캄캄해지는 걸 느꼈다. 하얗게 밝아지는데 아무것도 보이지 않는 걸 느꼈다. 뒤를 돌아볼 수도 없었다.

외삼촌이 아직 뒤에 있다는 걸 그가 하는 말이 알려줬다. 이 집에 처음 와서 밥을 먹던 날, 어머니는 처음 만난 남자와 한 시간 동안 이 방에 같이 있었다고 외삼촌이 말했다. 식사를 마친 후 둘이서 이야기를 더 나누라고 하고 사장과 비서실장이 먼저 자리를 떴다는 것이다. 그날 그 한 시간 동안 두 사람은 무슨 이야기를 나누었을까? 남편의 폭력을 피해 친정에 와 있는 동생에게 저 집안의 파렴치한 사기 행각을 폭로하고 더 늦기 전에 빠져나오라고 설득했을 때 그녀가 한 말은 이런 것이었다.

"그럴 수 없어, 오빠. 과수원 집에서 처음 만났던 날, 음식 차려진 상에 얼굴을 대고, 그 사람, 울었어. 자기는 누군가의 남편이 될 수 없는 사람이라고 하면서, 아버지가 감추고 속여서 억지로 결혼시키려고 한다면서, 자기도 끌려나왔고 나도 끌려나온 거라고 하면서, 이런 일이 처음이 아니라고 하면서, 아버지가 어떤 사람인지 알고 자기가 어떤 사람인지 알면 결코 이 상황을 받아들일 수 없을 거라고 하면서, 이러면 안 되는 거라고 하면서, 제발 부탁이니 거부하라면서, 그러면서, 고개도 들지 않고, 내 얼굴은 단 한 번도 쳐다보지 않고 그냥 울먹였어. 그런데 왜 그랬을까, 나는 그 사람이, 받아들여졌어. 그 사람을 그냥 두고 달아나면 안 될 것 같아졌어. 천지를 뒤덮은 복숭아 향기 때문이었을까, 그 사람이 어찌나 측은하던지 마음이 저절로 그쪽으로, 마치 넝쿨손이 그런 것처럼, 쭉 뻗어나가는 걸 어쩔 수가 없었어. 나도 모르게 그만, 상 위에 떨어져 있는 그 사람 얼굴을 손으로 받쳐서 내 무릎에 올려놓고 야윈 등을 가만가만 쓰다듬었어. 그런 채로 한 시간을 있었어. 천지에 복숭아 향기만 가득했지. 취하는 것 같았어. 복숭아 향기 탓인지 어딘가 다른 데서 온 것 같은 묘한 분위기의 그 사람 인상 때문이었는지 모르겠어. 그 사람, 살과 뼈의 감각과는 다른 느낌을 주는 사람이라고 느꼈는데, 그것도 복숭아 향기에 홀려서 그랬는지 몰라. 그런 느낌이 내 마음을 물처럼 흐르게 했는지 몰라. 그때 이런 생각을 했어. 아, 사람의 운명이란 게 이렇게 정해지는가보구나."

어느 순간 나는 내 몸이 낮춰져 있는 것을 깨달았다. 무엇이 내 마음을 그쪽으로 뻗어가게 했을까. 나는 무릎을 꿇고 고개를 숙이고 있었는데, 내가 무릎을 꿇고 고개를 숙인 대상이 무덤 속의 아버지인지, 순간 속에 깃든 환각에 견인되어 일생을 바친 어머니의 운명인지, 아니면 그 운명에 흩뿌려진 복숭아 향기인지 알 수 없었다. 외삼촌이 무슨 말인가를 했는데, 내게는 살과 뼈를 가진 것 같지 않은 사람의 목소리가 공중을 날아다니는 것처럼 들렸다. "여기서 살아라. 그동안 내가 여태 과수원을 돌봐왔다. 이런 날이 올 줄 알았다. 네 어머니도 아마 여기 돌아오는 게, 네가 있으니까, 차차 힘들지 않게 될 거라는 생각이 든다만……"

．

．

윔블던, 김태호

．

．

나는 이회장이 내가 해주기를 원하는 일을 맡을지 말지 아직 결정하지 못했다. 대답은 그 일을 할 수 있을지 모르겠다고 했지만, 사실은 그를 믿지 못하기 때문이다. 능력의 문제가 아니라 믿음의 문제이다. 믿음이 문제일 때는 믿음을 표면에 내세우기가 어렵다. 능력의 있고 없음은 '나의' 문제지만, 믿음의 있고 없음은 '그에 대한' 문제이기 때문이다. 나의 무능은 나를 향하지만, 나의 불신은 그를 향한다. 그에 대한 불신이기 때문이다. 그 일을 할 능력이 없다고 말하는 것이 너를 믿지 않는다고 말하는 것보다 쉽다. 나는, 나는 너를 믿지 않는다고 면전에서 말하기가 어려워서 나는 그 일을 할 능력이 없다고 말하는 부류의 인간이다. 요컨대 특색이라곤 없는 인간이다. 특색이라곤 없는 평범한 인간의 특색 가운데 하나는 인과관계를 벗어난 사건의 전개를 불편해하는 것이다. 못마땅해한다고 할 것까지는 없지만 어쩔 줄 몰라 하는 것은 맞다. 이를 테면 대가나 이유 없는 호의도 받아들이지 못하고 근거 없는 오해 역시 받아들이지 못하는 사람이다. 누군가 나를 칭찬하면 그 사람의 의도를 의심하고, 내가 받을 것으로 정해졌거나 예상된 것 이상이 주어졌을 때는 반드시, 어떤 식으로든 되돌려주어야 마음이 편한 성격의 소유자다. 이회장이 꽤 높은 보수를 약속하며 부탁한 건 어떤 사람을 찾아달라는 것이었는데, 나는 그 일을 할 수 있을지 모르겠다고 답했다. 심사숙고 끝에 나에게 그 일을 할 수 있는 능력이 없다고 판단하여 그렇게 대답한 것은 아니었다. 부탁의 내용을 납득하지 못한 것이 이유라면 이유였다. 이회장은 그 사람을 왜 찾으려고 하는지 설명하면서 젊은 시절 자기가 겪은 이야기를 들려주었는데, 횡설수설한다고 여겨질 정도로 말에 조리가 없는데다가 천식 때문에 서너 마디에 한 번꼴로 기침을 해대는 바람에 내용을 제대로 알아듣기가 어려웠지만, 문제는 그것이 아니었다. 그가 하는 말을 신뢰할 수만 있다면 그런 것은 장애가 되지 않았을 것이다.

그가 찾아달라는 어떤 사람은 젊은 시절의 기억 속에 있었다. 그는 자기가 한때 윔블던 근처에 산 적이 있다고 했는데, 나는 그가 말한 윔블던을 매년 국제적인 테니스 대회가 열리는 영국의 도시로 알고 있었으므로, 윔블던 테니스 대회가 윔블던에서 열리는 거지요? 하고 물었다. 윔블던에서 윔블던 테니스 대회가 열리지, 하고 이회장이 받았다. 같은 말인데도 내 말에 동조하는 것이 아니라 이견을 내는 것처럼 들려서 신경이 쓰였다. 나는, 젊을 때 테니스

선수였어요? 하고 웃으면서 물었다. 농담을 한다고 한 말이었는데, 그는 내 농담을 받아주지 않았다. 유학생이었어, 하는 짧고 무뚝뚝한 대답이 돌아왔다. 유학생이었다고요? 하고, 듣자마자 의외라는 반응을 보인 것은 그의 말이 실제로 의외였기 때문이다. 그에 대해 나는 상당히 많은 정보를 가지고 있었다. 내게 일을 맡긴 출판기획사는 이회장의 이력을 파악하는 데 필요한 자료들을 꽤 많이 제공했다. 한국의류산업협회 회보에 실린 인터뷰 글과 지자체로부터 받은 여러 장의 감사장과 인천 이씨 족보와 패션잡지에 실린 회사 탐방 기사와 고교 동창회지에 실린 동문 칼럼과 그가 일군 의류회사의 역사 등이 포함되어 있었다. 자수성가한 사업가로 요약하기 좋은 자료들이었다. 내가 읽은 자료 어디에도 그가 유학을 다녀왔다는 내용은 없었다. 영국과 관련된 기록도 발견되지 않았다. 나는 내가 읽은 어떤 자료에도 영국 유학과 관련된 기록이 없다는 사실을 지적했다. 그는, 내 조사를 철저하게 한 모양이군, 하고 웅얼거리고는, 그야 그럴 수밖에, 이야기한 적이 없으니까, 하고 이어붙였다. 그의 표정은 단호하면서도 심란해 보였다. 나는 펜을 든 채 그의 설명을 기다렸다. 잠시 후 그는, 유학을 갔는데, 공부는 안 했어, 할 수 없었지, 하고 말했다. 나는 핸드폰의 녹음 기능을 켜고 메모를 시작했다.

그는 말하는 걸 힘들어했다. 그러면서도 말하는 것을 중단하려 하지 않았다. 군대를 마치고 늦은 나이에 유학을 갔지만 공부를 시작도 하기 전에 포기해야 했던 것은, 그의 아버지 회사가 갑자기 부도가 나서 유학 비용을 지원해줄 수 없게 되었기 때문이었다. 채권자들을 피해 몸을 숨겨야 할 형편이 된 아버지는 미안하다는 말만 전했다. 그렇지만 어렵게 마음먹고 영국까지 공부하러 온 스물일곱 살의 젊은이는 소득 없이 귀국하고 싶지 않았다. 힘들더라도 일을 하면서 어떻게든 공부를 하겠다고 결심했다. 그러나 마음처럼 되지 않았다. 돈을 벌기 위해 시간을 빼앗겼으므로 책을 읽을 시간이 모자랐고, 영어 실력이 시원찮아 수업을 따라갈 수 없었다. 유학생 신분으로 얻을 수 있는 일자리도 충분하지 않아서 무엇이든 마다하지 않고 해야 했는데, 건물 청소나 창고 정리 같은 고된 일을 하고 늦은 시간에 파김치가 되어 돌아오면, 몸이 약한 편은 아니라고 자부했음에도 불구하고, 책은 한 페이지도 읽지 못하고 곯아떨어지기 일쑤였다. 그는 학교에 나가지 못한 채 불안정한 신분으로 허드렛일을 하며 지냈다. 공부를 하겠다는 꿈을 완전히 접은 것은 아니지만, 하루하루 살아내는 일에 지쳐 내일을 생각하기가 어려웠다. 시간에 떠밀려 하루하루를 연명하고 있었던 셈이라고 그는 말했다. 비자 기간이 끝나기 전에 상황을 바꿀 수 있는 전기를 마련할 수 있을지 장담할 수 없었다. 비자 기간이 만료되기 전에라도 학생 신분이 아니라는 사실이 알려지면 언제 추방될지 알 수 없는 일이었다. 그러니까 유학생이라고 했지만, 사실은 불법 체류자였다.

그러던 어느 날, 그 일이 일어났다. 그 일에 대해 말하기 전에 그는 유난히 뜸을 들였고, 기침을 많이 했고, 숨을 여러 번 몰아쉬었다. 그 기억이 그를 재촉하는 것 같기도 하고, 그가 그 기억을 끄집어내려고 애쓰는 것 같기도 했다. 그 기억이 그를 내몰아 급히 쫓

겨 나오는 것 같기도 하고, 그가 그 기억을 끌고 나오는 데 유난
히 고생을 많이 하는 것 같기도 했다. 정원을 황무지로 만들기 위
해 무얼 해야 하는지 알아? 하고 그는 물었다. 질문이 이해되지 않
았으므로 나는 그의 말을 잘못 들었다고 생각했다. 그의 부정확한
발음을 되새김질하며 나는 내가 받은 질문이 무엇이었을지 찾아내
려고 애썼다. 예컨대 황무지를 정원으로 만들기 위해 무얼 해야 하
는지 아느냐는 질문을 잘못 들은 게 아닐까, 살펴봤다. 그러나 아
무리 해도, 정원을 황무지로 만들기 위해 필요한 것이 무엇인지 아
느냐는 문장 말고 다른 것이 찾아지지 않았고, 그 질문에 어떤 대
답이 적합할지 도무지 떠오르지 않았으므로, 그가 같은 질문을 한
번 더 할 때까지 아무 말도 하지 못했다. 다시 던진 그의 질문은 이
번에도, 정원을 황무지로 만들기 위해 무얼 해야 하는지 알아? 였
다. "정원을 황무지로 바꾸기 위해, 글쎄요, 뭘 해야 할까요?" 나는
무슨 대답이든 하려고 했지만 아무것도 떠오르지 않았으므로 무슨
대답도 하지 못했다. "아무것도 안 하는 거야. 아무 일도 하지 않고
내버려두는 거야." 그는 대단한 비밀이라도 밝히는 것처럼 나지막
한 목소리로 말했다. 아하, 나는 감동을 받은 것처럼 입을 조금 벌
리고 고개를 크게 끄덕였다. 그때 나에게 일을 맡긴 용역회사의 인
도 사람, 이름이 발디 뭐였던 것 같은데, 그 양반이 내게 한 말이야,
하고 이회장은 덧붙였다. 윔블던에 있는 한 주택 앞에서, 건물 관리
와 청소 용역업체인 클린 마스터의 매니저인 그 인도인은 내가 그
에게서 받은 것과 같은 질문을 그에게 던졌다고 했다. 널빤지를 잇
대어 붙여 만든 울타리가 낮아서 내부가 훤히 들여다보이는 집이

었다. 울타리 너머로 보이는 앞마당은 풀이 무성하게 자라 덤불을 이루었고 비닐봉지와 신문지와 종이 박스 같은 쓰레기들이 아무렇게나 버려져 있어 지저분했다. 한눈에 보기에도 오랫동안 사람의 손길이 닿지 않았다는 걸 알 수 있었다. 인도인 매니저는 의미심장하게 말했다. "정원을 황무지로 만들기 위해서는 아무 일도 안 해도 되는데, 황무지를 정원으로 되돌리려면 일을 많이 해야 한단 말이야."

그는 그 인도인 매니저로부터 윔블던 힐 로드에 있는 그 집에 대한 설명을 들었다. 집주인이 집을 돌보지 않아서 저 모양이 되었다. 집주인이 실성했다고 한다. 더럽고 악취가 난다고 이웃들이 신고를 했다. 시 공무원이 여러 번 찾아와 정원을 제대로 관리하고 청소할 것을 지시했지만 소용없었다. 그 지시는 집주인에게 거의 전달되지 않았다. 집주인을 만나기도 어려웠지만, 만나더라도 정상적인 대화가 이루어지지 않아 뜻을 이루지 못했다. 공무원은 울타리 밖에서 소독만 하고 돌아갔다. 벌금 고지서가 여러 번 발부되었다. 여기서는 자기 집 정원이라도 관리를 하지 않으면 벌금을 내야 한다. 집주인은 정신이 이상한 게 확실하다. 뭘 하는 사람인지 알 수 없다. 이웃과 왕래가 없다. 대개 집에 틀어박혀 지내지만 아침 이른 시간이나 밤늦게 여기저기 쏘다니기도 한다. 근처의 가장 넓은 공터라고 할 수 있는 윔블던 코먼에서 자주 목격된다. 길에서 그를 만난 주민들에 의하면, 그 사람은 알아들을 수 없는 무슨 말인가를 쉴새없이 중얼거리며 걸어다닌다고 한다. 말이 빠르기도 하지만 아무리 주의를 기울여 들어도 해독이 안 되는 것으로 미루어 짐작하건대 영어가 아닌 것 같다고 한다. 그 사람의 신분에 대해서는 이런저런 이야기가 떠도는데, 정확한 것은 없다. 사오 년쯤 전에 비교적 집값이 비싼 편인 윔블던 힐의 이 집을 사서 이사 왔다. 이사 올 때부터 혼자였다고 하는 사람도 있고, 처음에는 여럿이 거주했는데 어느 날부터 혼자 살고 있는 것 같다고 말하는 사람도 있다. 젊을 때 영국에 이민 와서 포르노와 마약으로 돈을 번 외국인이라는 설이 있다. 물론 정확하지는 않다. 아시아의 유명 예술가인데 독재 정권을 피해 망명했다고도 하고, 반대로 독재 권력에 빌붙어 지내다가 민주화 운동이 일어나자 도망 나와서 숨죽이고 살고 있다고도 한다. 물론 정확하지는 않다. 이곳 행정기관인 머튼 카운슬은 여러 차례의 권고와 벌금 고지서 발부로 효과를 보지 못하자 마침내 강제집행을 결정했다. 그가 파트타임 잡역부로 일하는 용역회사 클린 마스터에 이 일이 주어졌고, 클린 마스터의 인도인 매니저는 그에게 이 일을 맡겼다. 정원의 풀을 제거하고, 쓰레기를 깨끗이 치우고 소독을 할 것. 필요한 장비와 물품은 자유롭게 회사에서 가져다 쓸 것. 그에게 주어진 기간은 사흘이었다. 사흘 중에 어느 한 날을 내서 일하면 된다고 했다. 아마 하루종일 걸릴 거라고 했다. 집주인이 어떤 사람인지 자세히 알려준 것은 이 일의 어려움이 집주인의 괴팍함과 관련 있기 때문이었다. 집주인이 자기 집 정원을 손대는 걸 보고만 있을 거라고 생각할 수 없기 때문에 방법을 잘 강구해야 할 거라고 매니저는 충고했다. 집주인을 설득할 자신이 있다면 굳이 피할 필요가 없겠지만, 소문으로 미루어보건대 그게 가능할 것 같지는 않다. 알아서 결정할 일이지만, 개인적으로는 한밤중에 몰래 들어가서 하든지, 집주인이 거리를 배회하는 시간을 노려서 하는 방법을 추천하고 싶다. 어떻게 하든 알아서 하라. 다만 카운슬에 보고해야 하니까 작업을 시작하기 전과 완료한 후에 사진을 찍어야 한다. 설명을 마친 매니저는 질문이 있느냐고 물었다. 그는 이 큰 집에 남자 혼자 살고 있는 것이 맞느냐고 물었다. 자기는 그렇게 알고 있다고 매니저가 대답했다. 그는 혹시 개를 키우지 않느냐고 다시 물었다. 그렇게 물은 것은 그가 개를 무서워하기 때문이었다. 매니저는 자기가 아는 바로는 없다고 대답했다. 더 물을 것이 있느냐는 듯 눈썹을 치켜올려 보이던 매니저는 어깨를 으쓱해 보이고 떠났다. 그날 바로 일을 할 것도 아닌데 그를 남겨두고 혼자 떠난 것은 현장을 찬찬히 둘러보며 방안을 모색하라는 뜻이었을 것이다. 그는 나무 울타리를 따라 어슬렁거리며 자기가 일해야 하는 집을 기웃거렸다. 인기척은 느껴지지 않았다. 지나가는 사람도 없어서 그 집에 대해 물어볼 수 없었다. 그는 정신이 온전하지 않은 이 집 주인이 자주 산책한다는 윔블던 커먼을 찾아가 찬바람을 맞으며 한 바퀴 돌았다. 벤치에 앉아 키스를 하는 연인을 보았고 개를 산책시키는 사람도 보았다. 그러나 알아들을 수 없는 말을 중얼거리는 실성한 남자는 보이지 않았다.

나는 그가 찾아달라는 김태호를 알지 못했다. 그는 이름만 대면 누구나 알 만한 사람이라고 생각했는지 모르지만, 김태호는 아주 흔한 이름이었다. 내 고교 동창 중에도 그런 이름을 가진 친구가 있었다. 실제로 그 이름을 듣는 순간 내 머릿속에 반사적으로 떠오른 사람이 그 친구였다. 그러나 물론 그가 내 고교 동창을 이야기하는 것일 리 없었다. 그는, 청소 용역회사 클린 마스터의 인도인 매니저가 떠도는 소문이라며 들려준 그 집 주인에 대한 정보들을 하나하나 상기했다. 젊을 때 이민 와서 포르노와 마약으로 돈을 번 외국인, 독재 정권을 피해 망명한 아시아 어느 나라의 유명한 예술가, 독재 권력에 빌붙어 지내다가 그 나라에서 민주화 운동이 일어나자 도망 나와서 숨어 살고 있는 군인. 그러고 나서 그게 터무니없는 말은 아니었어, 꼭 그대로는 아니지만, 하고 덧붙였다. 그 사람이 독재 정권의 하수인이었다가 반정부 인사로 전향한 김태호였다는 것이다. 그 집 주인이, 그러니까 그 이상한 윔블던의 집주인이 한국 사람이었다는 말을 하는 거예요? 하고 물을 때 내 목소리는 나도 모르게 커졌다. 한국 사람이어도 보통 한국 사람이 아니었지, 하고 말함으로써 그는 내 머릿속에서 꿈틀거리는 궁금증을 키웠다. 독일로 망명해서 반정부 활동을 하던 그 사람의 행적이 마지막으로 알려진 곳은 쾰른이었지, 그 사람이 왜 거기 살고 있었는지는 나도 몰라, 하며 그는 머리를 흔들었다. 그러고 보니 그런 이야기를 들은 것이 생각났다. 젊은이는 잘 모를 수도 있는데, 하고 그는 그 사람에 대해 설명했다. 졸지에 젊은이가 된 마흔 살의 나는 내가 태어나기도 전에 한국을 떠나 외국을 떠돌아다녀야 했던 한 남자에 대해 들었다. 김태호는 대한민국에서 쿠데타가 일어났을 때 지프를 타고 한강을 건너온 몇 명의 고위 장교 가운데 한 사람이었다. 군인들이 정권을 잡은 후 최고 권력자의 심복으로 여러 요직을 두루 거쳤다. 그러다가 권력 내부의 암투에 휘말려 제거된 후 해외로 망명했고 그후 반정부 인사가 되었다. 해외 유수의 언론과

기자회견을 하고 미국 청문회에 나가 증언을 하고 회고록을 써서 자기가 참여한 정권의 불의와 음모와 조작의 역사를 폭로했다. 정권 유지를 위해 가한 폭력과 고문과 조작에 대해 자백했다. 그러던 중 쾰른의 어떤 행사에 참석했다가 행적이 묘연해졌다. 그 이후 그를 본 사람이 없다고 알려져 있다. 살았는지 죽었는지조차 알려지지 않았다. 청와대와 정보부가 관련된 별의별 흉한 소문이 나돌았지만 아직까지 밝혀진 것은 없다. 보통 사람도 마찬가지지만, 그런 사람이 흔적도 없이 사라져버릴 수는 없는 일이다. 죽었다면, 그 방식과 형태가 어떠하든, 죽음의 실체가 있어야 한다. 죽지 않았다면, 행적이 나타나야 한다. 심복이었던 자의 배신에 분노한 권력자에 의해 쥐도 새도 모르게 죽임을 당했다는 소문을 말도 안 되는 소리라고 제쳐버리지 못하는 것은, 믿을 수 없게도, 그의 행방과 생사에 대해 말할 수 있는 이가 없기 때문이다. 이것이 김태호에 대해 알려진 객관적 사실이다. 내가 인터넷을 통해 확인한 정보이기도 했다. 쿠데타를 일으키고 권력의 핵심에서 이 나라를 주무른 사람의 명단에 그 이름이 있었다. 어느 시점에 권력의 중심부에서 밀려난 것도 맞고, 외국으로 나간 것도 맞았다. 외국으로 나가 한국 정권에 비판적인 발언을 한 것도, 어느 날 갑자기 행방을 찾을 길 없어졌다는 사실도 확인할 수 있었다.

그 김태호를 사십 년 전 윔블던에서 만났다고 이회장은 주장했다. 그는 그 시기를 비교적 정확히 진술했는데, 그의 나이 스물일곱 살 가을이었다. 김태호가 쾰른에서 실종되었다고 알려진 때로부터 오 년이나 지난 후였다. 그러니까 그는 쾰른 이후, 세상 누구도 보지 못한 김태호를 윔블던에서 보았다고 말하는 것이다. 죽지 않고 살아 있는 김태호를 보았다고 말하는 것이다. 그의 진술이 신빙성 있다고 믿기 위해서는 그가 그 시기에 그곳에 있었다는 확실한 증거가 있어야 한다. 그런데 내게 이 일을 맡긴 출판기획사의 담당자는 이회장이 영국에서 유학한 적이 있다는 정보를 제공하지 않았다. 영국에 간 적이 없다면, 그곳에서 누군가를 만났다는 말은 당연히 신뢰할 수 없다. 김태호든 누구든, 거기 가지 않은 사람이 거기서 만날 수는 없다. 기획사의 담당자는 이회장 아들의 전화번호를 알려줬다. 이회장이 창업한 TH패션의 현 대표인 이회장의 아들은 깊은 한숨과 함께 인지능력에 심각한 문제가 생긴 칠순의 아버지를 진심으로 걱정하는 효심을 보여주었다. 뇌출혈로 쓰러졌다가 회복된 게 일 년 반쯤 전인데, 그후부터 가끔씩 이상한 소리를 해서 가족들을 근심시킨다는 것이었다. 자기가 아는 한, 아버지는 영국에 유학을 간 적이 없고, 윔블던에서 산 적도 없다고 그는 말했다. 지금까지 살아오면서 그런 이야기를 한 적이 한 번도 없는데, 왜 갑자기 이유 없이 그런 이상한 말을 하는 건지 이해할 수 없다는 것이었다. 기억 회로에 어떤 혼란이 생긴 게 분명한데, 왜 그런지 모르겠다고, 요즘 부쩍 상태가 더 안 좋아지는 것 같아 걱정이라고 말하면서는 짜증을 내비쳤다. "무슨 듣도 보도 못한 김태호냐고요, 뜬금없이……" 적어도 나는 아들의 걱정과 짜증을 충분히 이해할 수 있을 것 같았다. 며칠 전 이회장을 인터뷰하러 갔을 때 받았던 의구심이 해소되는 것 같기도 했다.

그날은 그를 세번째 만나는 날이었는데, 자기 방 침대에 비스듬히 누워 있다가 내가 들어오는 걸 보고 벌떡 몸을 일으킨 이회장의 첫마디는, 어서 와요, 였다. 두 번의 인터뷰에서는 나를 반기지 않았고, 인터뷰 내내 아들이 주도하는 이 일을 그다지 내켜 하지 않는다는 인상을 숨기지 않았기 때문에 그날의 반가운 인사가 좀 의외이긴 했지만, 그렇다고 그것을 이상하게 생각할 이유는 없었다. 그러나 이어지는 그의 말에는 어떤 반응을 보여야 할지 당황스러웠다. "아버님은? 아버님은 같이 안 오셨어요?" 그는 내 손을 잡고 아버님을 봬야 한다고 했다. 누군가를 찾는 것처럼 고개를 들어 내 뒤쪽을 살피기도 했다. 그가 나를 다른 사람으로 착각한 것이 분명했는데, 고령인 점을 감안하면 얼마든지 있을 수 있는 일이었으므로, 나는 그가 무안해하지 않도록 얼른 내 소개를 했다. "지난번 두 번에 걸쳐 회장님과 인터뷰를 진행했던……" 내 얼굴을 뚫어져라 쳐다보던 그의 눈길이 나의 얼굴을 지나 까마득히 먼 곳까지 나아가는 것이 느껴졌다. 그의 눈길을 받은 현실의 벽이 점력을 잃고 바스러지는 게 눈에 보이는 듯했다. 곧 내 손을 잡고 있던 손에서 힘이 풀어졌다.

그때는 뭔가 이상하다는 느낌을 받으면서도 그럴 수도 있다고 대수롭지 않게 넘겼는데, 아들의 말을 들으니 대수롭지 않은 일이 아니었다. 나로서는 김태호를 찾아달라는 이회장의 부탁을 들어줄 것인가 말 것인가, 고민할 이유가 사라진 셈이었다. 나는 애초에 내가 하기로 되어 있는 일에만 신경쓰기로 마음을 정했다. 돈을 받고 하기로 되어 있는 내 일은 이회장을 인터뷰해서 그의 삶을 사실대로 기록하는 것이었다. 내 일은 사실의 기록이어야 했다. 실제 기억인지 아닌지도 확실하지 않은 윔블던과 김태호에 대해서는 관심을 기울일 이유가 없었다. 그러나 인터뷰할 때마다 이회장이 김태호를 들먹였기 때문에 나로서는 그 이야기를 듣지 않을 도리가 없었다. 나는 김태호를 뺀 나머지 이야기를 들으려 하는데, 그는 다른 이야기는 하지 않고 김태호에 대해서만 이야기하려고 했다. 나는 어떻게든 다른 주제로 화제를 돌리려 했지만, 그는 번번이 그 이야기로 돌아갔다. 김태호에 대한 이야기를 듣지 않으려면 이회장과의 인터뷰를 중단해야 하는데, 그와 인터뷰를 하지 않을 수는 없기 때문에 나는 김태호에 대해 계속 듣지 않을 수 없었다.

한번은 그의 이야기 방향이 다시 그쪽으로 꺾이는 것을 감지하고, 어떻게든 그쪽으로 가는 걸 막아볼 생각으로 TH패션의 대표인 아들로부터 들은 이야기를 꺼냈다. 그는 버럭 화를 냈다. "미친놈, 제까짓 게 뭘 안다고. 나를 정신병자로 몰아? 나쁜 놈 같으니." 그렇게 흥분하는 모습을 처음 보았기 때문에 나는 움찔했다. 쌕쌕거리며 숨을 고른 후 그는, 기록 같은 건 아무래도 상관없어, 하고 말했다. 기록을 위해서 불려온 사람에게 기록 같은 건 상관없다고 말하는 것은 부당하다고 나는 생각했다. 물론 그가 왜 그런 말을 하는지 전혀 이해하지 못하는 건 아니었다. 나에게 이 일을 맡긴 출판기획사의 담당자를 통해 들은 바에 의하면, 의뢰인은 이회장이 아니었다. 이회장의 의류회사를 이어받아 경영하고 있는 아들이 아버지의 삶을 아버지가 돌아가시기 전에 정리해두고 싶어서 부탁한 일이라고 했다. 그의 삶을 정리하고 싶은 사람은 그가 아니라 그의 아들이었던 것이다. 그놈은, 내가 어떻게 살아왔는지는 관심도 없어, 하고 이회장은 다시 노기에 찬 목소리를 냈다. "속셈은 다른 데 있어. 나를 위해 책을 만들겠다고 하지만, 나를 위한다고? 내 장담하는데, 책이 만들어져도 읽어보지 않을 놈이야. 그놈은……" 그놈은 책이라는 걸 읽지 않는다고, 내 이야기가 담긴 책이라고 해서 읽을 리 없다고, 내 이야기가 담긴 책이니까 더 읽지 않을 거라고 자조를 섞어 말했다. 그놈이 관심 갖는 것은 내가 죽는 것이지, 내 삶을 책으로 내는 것이 아니야, 내 삶을 기록으로 정리하는 것이 내 죽음을 재촉하는 길이라고 생각하는 거야, 내가 빨리 죽기를 바라니까, 그래야 제 마음대로 하니까, 그래서 이런 걸 시키는 거야, 내 삶을 책으로 만들어서 무덤에 넣으려고 그러는 거야, 관을 짜고 있는 거지, 말하자면 내 삶을 정리하는 이 기록이 내 관인 거야, 이 관에다가 나를 집어넣고 못질을 하려는 거지, 하며 이회장은 소리를 질렀다. 소리를 지르다 말고 숨을 가쁘게 몰아쉬며 괴로운 듯 몸을 둥글게 구부렸다. 그럴 때마다 앙상한 가슴뼈가 밖으로 튀어나올까봐 불안했다. 나는 침대 곁에 준비되어 있는 물을 권했지만 그는 손을 저어 거절했다. 나는 그를 더 자극하면 안 될 것 같다는 생각이 들었고, 그런데 그 자리에 계속 있으면 그를 더 자극할 것 같은 생각이 들었으므로 그만 그의 방을 나오고 말았다.

그의 삶을 책으로 만드는 것이 관을 짜는 것이라면 내가 맡은 역할은 출장 목수쯤 될까? 나는 내가 맡은 역할에 부가된 어쩔 수 없는 부담을 상기해야 하는 상황이 거북했다. 나는 대단한 규모라고 할 수 없는 한 의류회사 오너 부자의 알력과 갈등에 관심이 없었다. 관심이 없다기보다 그런 일에 불필요하게 연루될까봐 신경이 쓰였다. 나는 내가 하기로 되어 있는 일만 하기를 원했다. 그를 인 터뷰하고 그에 대한 자료들을 참고해서, 그럴듯한 회고록 원고를 써서 넘기는 것. 그것이 내가 하기로 되어 있고, 하기를 원하는 일 의 전부였다. 아들에 대한 아버지의 감정이나 아버지에 대한 아들 의 감정에 대해서는, 의뢰인인 아들은 말할 것도 없고, 아버지 역 시 기록으로 남겨지기를 바라는 바가 아닐 터이므로 관심을 기울 일 필요가 없었다. 그것은 주제넘은 짓이거나 손해 보는 짓이었다. 나는 주제넘은 짓도 손해 보는 짓도 하고 싶지 않았다. 문제는 하 기로 되어 있는 일을 하다보면 어쩔 수 없이 두 사람의 감정싸움에 관여하지 않을 수 없다는 데 있었다. 사실을 발굴하기 위한 인터 뷰가 감정을 캐내는 격이라고 해야 할까. 내가 결심한다고 될 일이 아니었다.

출판기획사로부터 내 불만을 전달받은 이회장의 아들이 나를 만 나러 왔다. 나는 그에게 아들에 대한 이회장의, 나로서는 이유를 추 측할 수 없는 적대적 감정에 대해 사실대로 이야기하지 않을 수 없 었다. 관을 짜는 목수 취급 받으며 이 일을 계속해야 할지 모르겠 다는 뜻도 전달했다. 아들은 나를 만나는 내내 심란한 표정을 풀 지 않았다. 그는 아버지의 저런 모습이 자기도 당황스럽다며 서두 를 뗐다. 온순하고 다정하던 어른이 달라진 것은 일 년 반쯤 전, 의 식을 잃었다가 깨어나고부터라고 그는 말했다. 그때 이후 아버지 는, 어떻게 된 영문인지 모르지만 터무니없는 허구의 기억에 사로 잡혀 있다고 말했다. 아들은 아버지를 환자로 대했다. 환자로 대한다는 것은 정상적인 의견 교환의 대상으로 간주하지 않는다는 의미였다. 윔블던과 김태호라는 기억이 어떻게 주입되었는지 도무지 알 수 없는 노릇이라고, 꼭 독한 꿈을 꾸고 있는 것 같다고 그는 말했다. 아마도 아버지가 의식을 잃은 틈을 타서 어떤 악령이 아버지의 뇌 속에 거짓 기억을 심어둔 모양이라고, 그러지 않고서는 저럴 수 없다고 말하며 한숨을 깊이 쉬었다. "정말 답답하네요. 김태호라니요? 우리집하고 티끌만큼도 인연이 없는 1970년대 독재자의 심복이 이 21세기 대명천지에 갑자기 왜 튀어나와요? 갑자기 왜 우리 아버지한테요. 생각해봐요. 수십 년 전에 외국에서 행방불명된 낯선 사람을, TH패션의 늙은 회장이 갑자기 찾는다는 게, 말이 돼요? 아버지가 스물 몇 살에 윔블던에서 그 사람을 만났다고 하는데, 말도 안 되는 소리지만, 설령 그게 사실이라고 해도, 여태 살아 있을 가능성이 없잖아요. 다들 죽었다고 하잖아요. 살아 있다면 진작 나타나지 않았겠어요? 그런데 도대체 저 양반은 어떻게, 왜? 답답하네요." 그는 연신 머리를 흔들며 답답하다는 말을 반복했다. 나와 이야기하는 삼십 분 사이에 그의 전화기가 계속 울렸다. 그는 대화를 끊고 두 번 전화를 받았다. 그는 몹시 바쁜 것 같았고, 몹시 바쁘다는 것을 감추려 하지 않았다. 아버지가 물려준 회사를 더 크게 키우고 확장할 거라는 포부를, 물어보지도 않았는데 술술 늘어놓았다. "이제 TH는 단순한 의류회사가 아닙니다." 이미 여행과 리조트 사업에 손을 댔다고 하면서 그는, 십 년 안에 패션과 레포츠 산업의 선두주자가 될 거라고 공언했다. 실재하지도 않는 허구의 과거에 발목 잡혀 이렇듯 희망찬 TH의 미래를 망칠 수 없다고 선언하듯 말했다. 자식으로서 할말이 아니지만, 이라고 전제한 후, 아버지가 자기의 꿈과 TH의 미래를 방해하고 있다고 그는 말했다. 갑자기 튀어나온 도깨비불 같은 아버지의 과거가 자신의 꿈과 TH의 미래를 망치는 것을 보고만 있을 수 없다고 말할 때 그는 어느 때보다 단호했다. 자식으로서 할말이 아니지만, 아버지의 시간이 얼마 남지 않은 것은 부정할 수 없다고 그는 말했다. 온전한 정신을 얼마나 더 유지할 수 있을지 걱정이라고, 인지능력이 완전히 사라지기 전에 후대를 위해 아버지의 삶을 정리해두고 싶은 것이 자기 바람이라고, 그것 말고는 다른 뜻이 없다고 그는 말했다. 그러니까 수고스럽고 불편하더라도 아버지의 이야기를 잘 들어서 정리해달라고 부탁했다. 그의 진심을 의심할 근거가 나에게는 없었다.

그는 이틀 동안 윔블던 힐 로드의 그 집을 지켰지만 어떤 움직임도 감지하지 못했다. 집주인이 아침 이른 시간이나 밤늦게 거리를 배회한다는 클린 마스터 매니저의 말은 입증되지 않았다. 아침 이른 시간에도 저녁 늦은 시간에도 드나드는 사람이 없는 집은 죽은 것처럼 고요했다. 집이 죽을 수도 있는가. 집을 살아 있는 생물로 인식하는 그 생각은 이상하지 않았다. 집이 가만히 있다고 해서 아무 표현도 하지 않는다고 말할 수 없었다. 그 집은 완강하게 타인의 접근을 막고 있었고, 세상에 대해 오불관언의 태도를 견지하고 있었다. 세상에 대한 오불관언의 태도는 세상을 향한 오불관언의 요청이기도 했다. 나를 내버려두라. 내가 그대들을 내버려둔 것처럼. 그가 들은 집의 말은, 그러니까 집주인의 말이었다. 그는 집이 아니라 집주인이 죽었을지 모른다는 생각에 사로잡혔고, 그러자 덜컥 겁이 났다. 궂은일 좋은 일 가릴 형편이 아니지만 이 일은 맡지 않았어야 하는 게 아닐까 후회도 했다. 그러나 그는 곧 이 일을 하고 나서 받게 될 돈을 떠올리며 생각을 바꿨다. 다른 건 생각하지 말고 자기가 할 일과 그 일의 대가로 받게 될 돈만 생각하기로 했다. "돈이 중요했어. 돈 말고는 중요한 게 없었어. 아버지의 조그만 방직공장은 부도를 맞고 망했거든. 더이상 부모님께 의지할 수 없다는 걸 예감했지. 강요된 독립을 받아들이지 않을 수 없었어. 나는 살아남아야 했다고." 오불관언. 그것이야말로 그 상황에서 그가 견지해야 하는 태도였다. 방안에 누가 죽어 있든 말든 상관하지 말아야 했다. 그에게 맡겨진 공간은 정원이었지 방이 아니었다. 그는 풀을 깎고 쓰레기를 치우는 일만 하면 되었다. 방안에 있는 것이 무엇이든 그가 치워야 할 것이 아니었다. 그런 생각을 하며 그는 이를 악물었다.

일을 하기 위해 그 집에 도착한 것은 해가 뜨기 전, 세상이 아직 어두울 때였다. 바람이 평소보다 조금 세게 불었고, 옅은 안개가 끼어 있었다. 앞마당에 한 남자가 있었다. 그 시간에 거기 있으니 그 집 주인일 것이다. 그는 울타리 안에서 벌어지고 있는 일을 울타리 밖에서 지켜보았다. 머리는 헝클어지고 수염은 오랫동안 깎지 않아 덥수룩했지만 자세가 어찌나 꼿꼿한지 뒤로 넘어질 것처럼 보이는 중년의 남자가 정원 이쪽에서 저쪽까지 왔다갔다했다. 키가 작지 않았지만 동양인이라는 사실을 금방 알아차릴 수 있었다. 한쪽 끝까지 걸어갔다가 절도 있게 뒤로 돌아 다시 반대쪽으로 걸어가는 모양이 꼭 제식훈련을 하는 것 같다고, 울타리 밖에서 지켜보며 그는 생각했다. 입으로는 무슨 말인가를 계속 웅얼거렸는데, 그의 귀에는, 나, 김태호는, 이라는 말이 비교적 선명하게 들렸다. 반공, 부패, 절망, 민생고 같은 단어들도 들은 것 같았다. 그 남자가 연출해 보이는 뜻밖의 희한한 장면에 놀라 그 순간 그는 자기가 들은 것이 한국어라는 사실을 곧바로 깨닫지 못했다. 자기가 그 자리에서 들은 말이 한국어였다는 사실을 깨닫자 등골이 서늘해졌다고 그는 회고했다. 차가운 얼음조각이 옷 속에 들어온 것처럼 갑자기 몸이 떨렸다고, 마치 지금 그의 옷 속에 누가 얼음조각을 집어넣기라도 한 것처럼 몸을 떨며 말했다. 반가움이 아니라 무서움이었다는 그때의 경험을 설명하기 위해 그는 갑자기 맞닥뜨린 친숙함이 가장 무섭다는 말을 했다. 친숙한 것들은 어떤 식으로든, 들러붙든가 뒤통수를 때리든가, 간섭하려는 의지를 가지고 있고, 또 실제로 간섭하기 때문이라고 덧붙였는데, 그 말은 이해할 수 있을 것 같기도 하고 이해할 수 없을 것 같기도 했다.

어느 순간 울타리 안의 남자가 울타리 밖의 그에게 눈길을 준 것 같았으므로 그는 얼른 정신을 차리고 자기가 누구이며 무슨 일로 왔는지 설명했다. 한국어로 했는지 영어로 했는지는 잘 기억이 나지 않는다고 했다. 그러나 사실 그런 말은 할 필요가 없었다. 남자는 그의 존재를 전혀 의식하지 않았다. 남자가 그를 쳐다보았다는 건 착각에 지나지 않았다. 남자는 지켜보는 사람의 존재는 아랑곳하지 않고 몇 번 더 정원을 왕복하더니 갑자기 우뚝 멈춰 서서 거수경례를 했다. 절도 있는 동작이었다. 자기에게 거수경례를 했을 리 없는데도 그는 엉겁결에 손을 들어 마주 인사할 뻔했다. 몹시 희극적인 상황임에도 불구하고 웃음은 나오지 않았다. 이어서 남자가 문을 열고 밖으로 나왔으므로 그는 옆으로 비켜섰다. 그 궁금한 사람을 멈춰 세우고 대화를 주고받아야 한다는 생각과 그 위험한 사람을 피해야 한다는 생각 사이에서 우물쭈물하는 동안 남자는 그를 스쳐지나가버렸다. 거리로 나와서도 여전히 무슨 말인가를 중얼거리며 걸음을 빨리했다. 이번에도 그는, 나, 김태호는…… 이라는 말을 분명히 들었다.

그러니까 그 사람이 김태호였다는 거예요? 하고 나는 물었고, 그는 고개를 끄덕였다. 그 사람이 김태호라는 걸 어떻게 증명해요? 하고 나는 물었고, 그는 버릇없는 내 아들놈하고 말하는 본새가 똑같군, 하고 핀잔을 주었다. 마치 자기를 알아달라는 듯, 그 사람이 '나, 김태호는'이라는 말을 반복했다는 것이 그의 주장이었다. '나는'이라고 말할 자리에, '나, 김태호는' 하고 자기 이름을 붙여서 말하는 그 독특한 말버릇에서 그는, 이유와 내용은 모르지만, 그 사람의 자부심을 전달받았다. 나중에 든 생각이지만, 김태호라는 이름을 발음함으로써 그때의 남자는 자신을 치켜세우고, 동시에 그 이름값을 스스로에게 강요하고 있었던 것 같다고 그는 말했다. 그것은 훈장과도 같았다고, 김태호는 자기 이름을 훈장처럼 사용하고 있었다고, 훈장으로 자기를 높이고 훈장으로 자기를 억누르고 있었던 거라고 그는 회고했다. 그것은 증거로 충분하지 않아요, 회장님, 하고 조심스럽게 이의를 제기하며 나는, 아마 그의 아들 역시 나처럼 말했을 거라고 생각했다. 설령 이회장의 기억이 허구가 아니라고 하더라도, 그 김태호가 그 김태호라는 걸 어떻게 입증할 수 있단 말인가. "내가 겪은 걸 왜 네놈들이 안 겪었다고 선언해. 내 과거를 왜 내가 아닌 네놈들이, 마치 네놈들의 과거인 것처럼 진짜네, 가짜네, 판단하고 주장하고 그러는 거야. 네놈들이 거기 있었어? 그해 10월 23일, 윔블던 날씨는 흐리고 을씨년스럽고 바람은 조금 세게 불었어. 네놈들이 거기 있었어?" 이회장은 자기 말이 받아들여지지 않아 몹시 속상하고 화가 나는 모양이었다. 나는 사람의 기억은 믿을 수 없으며, 지워지고 왜곡되고 조작될 수 있다는 말을 하려다가, 그 말 역시 그의 아들이 했을 것 같아 그만두었다. 실제로 그의 진술들 간에 충돌하는 부분이 상당히 많이 있었지만, 기왕에 그의 기억을 신뢰하지 않기로 한 이상, 말꼬리 잡듯 그런 모순들을 지적하고 싶지는 않았다. 이를테면 그는 김태호의 집에서 몇 달간 살면서 그 사람으로부터 직접 여러 가지 믿고 싶지 않은 이야기들을 들었다고 말하는가 하면, 어떨 때는 김태호가 그날, 그 집 정원을 관리하러 간 날, 그의 눈앞에서 집을 나간 후 다시 돌아오지 않았다고 말하기도 했다. 실성한 것이 분명한 그 한국 사람이 자꾸 신경쓰이고 걱정되어서 여러 번 찾아갔지만 갈 때마다 사람을 만날 수 없어서 어느 날 용기를 내서 집안으로 들어가보았고, 거기서 그 사람이 그 김태호라는 걸 확인하게 되었다는 것이다. 그날의 기억을 그는 비교적 자세히 재생했는데, 그 묘사가 꽤 사실적이고 구체적이었다.

꼭 그렇게 생각해야 할 근거가 없는데도 자기가 그 집 정원 청소를 한 날 남자가 집을 나가 다시 돌아오지 않은 것이 확실하다면,

자기에게도 어느 정도 책임이 있는 것 같은 생각이 들었다. 혼자 사는 것이 분명한 그 실성한 한국 남자는 그가 돌봐줘야 하는 대상처럼 여겨졌다. 그럴 의무는 없지만 그러지 않을 권리도 없는 것처럼 여겨져서 괴로웠다. 자주 그 집을 찾아간 것은 그래서였다. 마침내 어느 날 그는 조심스럽게 문을 열고 안으로 들어갔다. 내부는 외부 못지않게 지저분했다. 쓰레기들이 아무데나 아무렇게 나뒹굴고 있어 발을 떼기 힘들었다. 정체를 알 수 없는 악취도 진동해서 코를 막고 들어가야 했다. 이 방 저 방 문을 다 열어보았지만 예상대로 남자는 보이지 않았다. 혹시 죽어 있는 모습을 발견할지 모른다는 생각으로 긴장하고 있었으므로 그제서야 안도의 한숨을 내쉴 수 있었다. 우선 모든 문을 활짝 열고, 마치 그 일을 하러 들어온 것처럼 청소를 시작했다. 쓸 만한 것들은 정리해서 모아두고, 버릴 것들은 밖에 쌓아두었다. 한나절이 넘도록 청소만 했다. 그때까지도 그 이상한 한국 남자는 나타나지 않았다. 비로소 여유를 찾고 여기저기 기웃거리고 다니다가 한 방에서 전신거울 크기의 한글 표구를 발견했다고 그는 말했다. 한쪽 벽 절반 가까이 차지하고 있는 그 한글 문장들을 읽으면서 그는 친숙한 것에게서 전해지는 설명하기 힘든 무서움을 다시 느꼈다고 말했고, 나는 들었다. '반공을 국시의 제일의第一義로 삼고 지금까지 형식적이고 구호에만 그친 반공 태세를 재정비, 강화한다. 이 나라, 사회의 모든 부패와 구악을 일소하고 퇴폐한 국민 도의와 민족정기를 다시 잡기 위해 청신한 기풍을 진작시킨다. 절망과 기아선상에서 허덕이는 민생고를 시급히 해결하고 국가 자주 경제 재건에 총력을 경주한다……' 남자가 집을 나가기 전에 정원을 오가며 중얼거렸던 말들이 거기 적힌 문장들이었다는 사실이 떠오르고, 그러자 김태호라는 이름이 비로소 우뚝 일어서더라고 그는 말했고, 나는 들었다. 그의 말이 참이라는 걸 증명해줄 사람은 없다. 그 집에서 발견된 엄청난 액수의 돈에 대해 그는 또 말했고 나는 들었다. 미국 달러와 한국 돈이 차고 안쪽을 개조해서 만든 비밀 금고 안에 가득 들어 있었다고 했다. 큰 뜻을 품고 어렵게 유학을 오자마자 난민 신세가 된 그는 무슨 수를 쓰든 돈을 벌어야 한다는 생각으로 머릿속이 꽉 차 있었기 때문에 그가 본 것을 보지 않은 것처럼 무시할 수 없었다. 갈등이 전혀 없었던 것은 아니라고 그는 말했고 나는 들었다. 사흘 동안 그는, 그 집과 돈의 주인인 김태호가 나타나기를 바라는지 나타나지 않기를 바라는지 모르는 상태로 그 집에 머물렀고, 사흘이 지난 후 아침 일찍 그 돈을 모두 가지고 나왔다. 도둑질을 했기 때문에 그 사람을 다시 만날까 두려워 윔블던에 다시 갈 수 없었다고 말한 것은 네번째 인터뷰 때였다. 다섯번째 인터뷰에서는 빈집에서 돈을 훔친 것이 아니라 그 집에서 그 사람을 보살핀 대가로 받았다고 했다. 그 과정에서 김태호로부터 최고 권력자와의 관계에 대해 여러 이야기를 들었다고 했다. 그 사람으로부터 들은 이야기들 가운데는 세상에 알려진 것과 다른 것도 있다고 했다. 그것이 무엇인지 물어보고 싶었으나 그러면 그의 말을 진실로 받아들이는 것으로 오해할까봐 참았다. 세부 내용은 말할 때마다 약간씩 달랐지만, 귀국해서 아버지의 방직공장을 다시 일으키고 TH패션으로 이름을 바꿔 돈을 번 것이 순전히 윔블던에서 만난 김태호의 자금이 있어서 가능했다는 요지의 말은 달라지지 않았다. 그것이 핵심이었다. 훔친 것이라고 했다가 빌린 것이라고 했다가 제공받은 것이라고 하는 등 엇갈렸지만, 그 돈이 김태호의 금고에서 나왔다는 사실만은 일관되게 진술했다.

윔블던과 김태호의 존재에 대해 이제까지 입을 다물고 지낸 것은 그 때문이라고 했다. 김태호에 대해 말하기 위해서는 자기가 숨기고 싶은 일에 대해서도 말하지 않을 수 없는데, 그것은 치욕과 돌팔매를 각오해야 하는 일이었다고, 자기는 겁이 많아서 그런 용기를 낼 수가 없었다고 그는 말했고, 나는 들었다. 그래서 영국 유학과 윔블던에 대한 모든 기억을 지우는 쪽을 택한 것이라고, 한 허물을 덮기 위해 한 과거를 없애야 했다고, 그것이 가능한 것처럼 보였고, 실제로 가능했고, 영원히 가능할 줄 알았다고 그는 말했다. 마음이 마냥 편했던 것은 아니었다고 그는 말했고, 나는 들었다. 세상은 영원히 모르고 자기 혼자만 영원히 알고 있어야 한다는 사실이 무섭고 불안했다. 늘 긴장 상태로 지냈다. 잠도 잘 자지 못했다. 초기에는 곧 윔블던에서의 김태호의 행적이 세상에 드러날 것이라고 그는 생각했다. 기대한 것은 아니지만 그럴 거라고 예상했다. 그러면 어떻게 해야 하나 고민하며 애를 태웠다. 그런데 세상이 그렇게 긴 세월 동안 거짓말처럼 잠잠하니까 자기도 모르는 사이에 그런 일이 거짓말같이 여겨지고, 실제로 일어난 일이 아니라 꿈을 꾼 것처럼 되더라고 하며 그는 숨을 크게 내쉬었다. 그렇지만 그것이 착각이라는 것을 왜 모르겠느냐고 그는 말했다. 덮고 지우고 없앨 수는 있지만 덮이고 지워지고 없어지지는 않는다고 그는 말했고, 나는 들었다. 현재의 나는 과거의 내가 내가 아니라고 주장하고 싶지만 그 주장이 허구라는 것은 현재의 내가 누구보다 잘 안다고, 알게 된 이상 모르는 것처럼 가만히 있을 수 없다고 그는 말했고 나는 들었다. 그의 모든 말들이 참이라는 사실을 증명해줄 사람은 없다. 죽음을 앞두고 있는 그가 과제로 삼고 있는 일은 자기가 훔쳤거나 빌린 돈을 돌려주고, 자기의 허물을 덮기 위해 없는 것으로 만들어버린 윔블던에서의 김태호를 살려내는 것이었다. 그렇게 할 수 있도록 김태호를 찾아달라는 것이 그의 부탁이었다. 김태호를 찾아서 사죄하고 돈을 돌려주겠다고 그는 말했다. 세상은 퀼른 이후의 김태호에 대해서도 알아야 한다고 그는 말했다.

그가 TH패션의 현 대표인 자기 아들을 미워하는 것은 자기 말을 믿으려 하지 않고, 자기 뜻을 쓰레기 취급하기 때문이었다. 김태호를 찾아 돈을 돌려주려는 자기를 망령 든 정신병자 취급하기 때문이었다. 그것은 그놈이 돈밖에 모르는 천박한 놈이기 때문이라고 그는 자기 아들을 비난했다. 돈을 돌려주는 게 아까워서 아비의 과거를 부정하는 그의 행태는 허물을 덮기 위해 김태호의 과거를 지운 자기 행태와 다르지 않다고, 아비인 자기 과오를 아들놈이 되풀이하고 있다고, 어리석고 무서운 일이라고 한탄했다. 그의 말들은 이상하게 설득력이 있었다. 나는 그를 믿지 않기로 작정했음에도 불구하고 그에게 끌려들어가는 것을 어쩌지 못했다. 김태호가 아직 살아 있을 거라고 믿는다는 말이냐는 내 질문에는 의심이나 비난이 아니라 순수한 궁금증이 들어 있었다. 세상은 그의 죽음을 기정사실화하고 있지만, 그가 아직 살아 있다는 확신이 든다고 그는 대답했다. 만일 김태호가 살아 있다면 구십 살이 되었을 것이다. 그러나 나이 때문만이 아니었다. 퀼른에서 실종된 후 생사 확인이 안 된 채 흘러간 세월이 사십여 년이었다. 더구나 그 무렵에 이미, 그의 말을 곧이듣는다고 하더라도, 그 사람은 제정신이 아니었다. 그런 사람이 아직 죽지 않고 살아 있을 거라고 간주하는 것이 온당할까.

회장의 아들은 그 생각을 터무니없어했다. 그에게 아버지는 환자였고, 무엇에 씌어 재산을 엉뚱한 곳에 탕진할 위험이 있는 금치산자였다. 그러니까 아버지의 의견은 참고할 가치가 없었다. 돈밖에 모르는 천박한 놈이라는 아버지의 평가를 부정하며 그는 돈밖에 모르는 것이 아니라 누구보다 돈을 잘 아는 진취적이고 능력 있는 사업가임을 앞세웠다. 그는 사실 여부를 확인할 길 없는 부정확한 아버지의 과거가, 엄연하고 유일한 현실인 자기의 현재를 간섭하는 것이 부당하다는 신념을 주저 없이 피력했다. 그는 기본적으로 아버지의 윔블던에 대한 기억을 사실로 인정할 수 없다는 것을 전제하고서, 설령 사실이라고 해도, 그의 기억이 미칠 수 없는, 까마득히 먼 과거의 일들은 실제로 일어났든 일어나지 않았든 차이가 없다고 주장했다. "믿지 않아요. 믿지 않지만, 설령 그것이 실제로 일어난 일이었다고 해도, 이제 와서 어쩌라고요. 없는 채로 여기까지 왔잖아요. 한때 있었다고 해도 계속 없었잖아요. 없는 채로 살았잖아요. 없었던 것은 없는 거예요." 없는 것이 갑자기 출현해서 유일한 현실인 현재를 방해하고 간섭하는 불가능한 일이 일어나고 있다며 그는 흥분했다. 망령이 자기 집안을 망하게 하려고 수작을 부리는 게 불 보듯 뻔한데, 그럴 수는 없다고, 그는 혁명 공약을

낭독하는, 이회장의 기억 속 김태호처럼 단호하게 말했다. 그에게 아버지의 기억 속 윔블던과 김태호는 망령에 속한 것이므로 있어도 없는 것이나 마찬가지였다. 있어도 없는 것이나 마찬가지인 일이 실제로 있었는지 확인하기 위해 수고할 이유가 없다는 것이 그의 생각이었다. 있어도 없는 것이나 마찬가지이기 때문에 그는 아버지의 윔블던을 굳이 찾아 나설 이유가 없었다.

내가 이회장으로부터 김태호를 찾아달라는 부탁을 받고 있다는 걸 그는 알고 있었다. 그리고 내가 그 부탁을 들어주지 않으리라는 것도 알고 있었다. 그가 알고 있는 것은 사실과 다르다. 그는 그의 아버지인 이회장이 내 마음을 이상한 방식으로 끌어당겼다는 것을 눈치채지 못했다. 누군가 나를 칭찬하면 그 사람의 의도를 의심하고, 내가 받을 것으로 정해졌거나 예상된 것 이상이 주어졌을 때는 반드시, 어떤 식으로든 되돌려주어야 마음이 편한 성격의 소유자인 나는 긴 망설임 끝에 마침내 이회장의 청을 들어주는 편을 택하기로 결정했다. 이회장이 내 손에 쥐여준 빛바랜 사진 한 장을 들고 나는 이번 주말 런던에 갈 참이다. 수십 년 전에 클린 마스터의 인도인 매니저에게 보고하기 위해 이십대의 이회장이 찍었다는 여러 장의 사진 가운데 한 장이 내 손에 쥐여졌다. 사진 속 영국 주택의 정원은 오랫동안 관리하지 않아 마구잡이로 자란 풀이 덤불을 이루고 있다. 사람이 아무 일도 하지 않아 황무지가 되어 있는, 윔블던 힐 로드의 그 집이었다. 이상한 믿음이지만, 이회장은 그 집에 아직 김태호가 살고 있을 거라고 한다. 이상한 믿음이지만, 나도 그 집에 구십 살이 된 김태호가 아직 살고 있을 것만 같다.

·

·

강의

·

·

빚을 없애려면 빚을 져야 해요. 빚은 빚으로 없애는 거예요. 빚을
내서 빚을 갚는 것, 그게 답이에요. 다른 방법이 없어요. 다른 방법
이 있으면 해보세요.

그는 재수학원의 인기 강사처럼 말했다. 실제로 그는 재수학원
의, 인기가 있다고는 할 수 없는 강사였다. 내가 그 사실을 지적하
지 않았는데도 그는 자기가 한때 재수학원의 강사였다는 사실을
밝혔다. 인기가 많았다고 말할 수는 없겠네요. 없었던 것은 아니지
만, 많았다고 할 수도 없어요. 인기가 많았다면 학원을 그만두지 않
았을 테니까요. 그랬다면 그놈의 분필가루를 여태 마시고 있었겠
지요. 그는 얼굴을 찌푸리고 손을 저어서 눈앞에 날리는 분필가루
를 피하는 시늉을 했다. 그가 한때 인기가 별로 많지 않은 재수학
원의 강사였다는 사실을 확인해서가 아니라 내가 그의 말투에서

학원 강사 이력을 짐작해낸 사실을 용케 알아차리고 말하는 것 같아서 나는 좀 움찔했다. 너는 그걸 캐치했냐, 그게 대단하냐, 나는 네가 그걸 캐치했다는 걸 캐치했다, 하고 말하는 것 같아서였다. 만만한 상대가 아니라는 생각을 거의 반사적으로, 그러나 별다른 의식 없이 했을 것이다. 그러니까 이런 일을 하는 거지, 정도였던 것 같다. 그것은 인정이긴 했지만 감탄은 아니었다. 나는 틀림없이 그가 입가에 미소를 짓고 있을 거라고 확신했는데, 그는 네가 바라는 대로 해줄 수는 없지, 하듯 무덤덤했다. 무덤덤한 얼굴로, 인기가 없었던 것은 아니지만, 있다고 할 수도 없어서 다행이라고 덧붙였다. 그랬다면 여태 빚의 수렁에서 허덕이고 있을 겁니다. 빚의, 수렁이요. 그는 강조하듯 단어와 단어 사이를 떼어서 내뱉었고, 수렁이라는 단어를 발음하면서는 양팔을 길게 내려뜨렸다. 시청각교육 자료를 적절히 활용하는 학원 강사의 이미지가 문득 떠올랐다. 그럴 상황도, 그럴 사이도 아닌데 자꾸만 그런 쪽으로 연상이 되는 심사를 이해하기 어려웠다. 나는 곧 내 한가한 연상 취미를 나무라는 그를 상상하며 자세를 바꿔 앉았다.

책상이 가운데 놓여 있고, 특색 없는 디자인의 철제 의자가 양쪽에 하나씩 놓여 있었다. 그와 나는 양쪽 의자를 하나씩 차지하고 마주앉아 있었다. 직사각형의 길고 작은 방이었다. 흰색 벽지가 발린 벽은 깨끗하고 천장에서 떨어지는 형광등 불빛은 은은했다. 그런데도 나는 어쩐지 취조실이나 감옥 같은 데 들어와 있는 것 같은 느낌을 받았다. 예컨대 나는 흰색 벽이 지나치게 깨끗하고 형광등 불빛이 불필요하게 은은하다는 생각을 했다. 그의 재킷 왼쪽에 붙은 1304라는 아크릴 재질의 명찰이 그런 인상을 갖게 하는지 모른다는 생각이 들었지만 확신할 수는 없었다. 맨 꼭대기 층이에요. 1304호로 들어오세요. 호출할 필요는 없어요. 입구부터 죄다 모니터링이 되니까요. 씩씩거리며 소리지르는 나에 비해 녹음된 여자의 목소리는 지나치게 싹싹하고 침착했다. 그 목소리는 뜨거워진 내 등을 가만히 어루만지는 것 같았다. 흥분하지 마라. 흥분해서 될 일이 아니다. 흥분하지 말고 1304호로 와서 이야기해라. 그러면 모든 것이 다 납득될 것이고 모든 것이 다 잘될 것이다. 그렇게 속삭이는 것 같았다. 나는 그 손길을 뿌리치지 못했다. 어떤 기대가 있어서가 아니라 어떤 기대를 하는 것이 부도덕한 일처럼 여겨졌기 때문이다. 나는 굴욕을 견디는 심정으로 그 뜨거운 속삭임을 견뎠다. 건물 전부가 유리로 되어 있는, 그러나 밖에서는 안이 들여다보이지 않고, 안에서만 밖을 훤히 내다볼 수 있게 만들어진 그 거대한 건물에 들어설 때 내 몸은 저절로 쭈그러들었다. 나는 그 건물이 몇 층짜리인지 알지 못했고 알려고 하지 않았는데, 내가 갈 곳이 맨 꼭대기 층이었기 때문이다. 사람들은 그 건물을 금융 백화점이라고 불렀다. 그 건물에 입주해 있는 회사는 각종 은행과 증권회사와 신용카드사와 보험회사와 저축은행과 카지노와 대부업체들이었다. 많은 사람들이 들어가고 나왔다. 나오면 보였지만 들어가면 보이지 않았다. 안에 무엇이 있고 안에서 무슨 일이 일어나는지는 들어가본 사람 말고는 알 길이 없었다. 추측을 할 수는 있지만 알 수는 없었다.

나도 한때 빚의 수렁에 빠져서 허우적거렸거든요. 생각도 하기 싫지만, 그런 일이 있었어요. 형이 조그만 사업을 했는데, 집안사람들 모두 빚쟁이로 만들어놓고 부도를 냈어요. 사는 게 원래 그래요. 누군가에게 빚을 떠안기거나 누군가의 빚을 떠안거나, 그게 사는 거죠. 형은 감옥에 들어가고 우리 가족은 수렁에 빠졌어요. 수렁에 빠져봤어요? 나는 빠져봤어요. 그는 내 눈을 똑바로 쳐다보며 수렁에 대해 설명했다. 찰진 진흙이나 뻘과 물이 적당한 비율로 섞인 웅덩이를 수렁이라고 해요. 물에 비해 흙의 비율이 압도적으로 높으면 손을 뻗어 지탱할 수 있고 힘을 주어서 빠져나올 수도 있어요. 흙에 비해 물이 아주 많다면 지탱할 수는 없지만 역시 팔을 뻗어 수영할 수 있으니까 빠져나올 수 있어요. 고체도 아니고 액체도 아닌 게 문제지요. 지탱하려고 힘을 주면 가라앉고 헤엄치려고 허우적거리면 옥죄거든요. 고체에 대응하는 방법이 있고 액체에 대응하는 방법이 있잖아요. 그렇지만 이건 고체도 아니고 액체도 아니니까 고체에 대응하는 방법으로도 액체에 대응하는 방법으로도 빠져나올 수 없는 거예요. 지탱해서 빼낼 수 없고 몸을 던져 빠져나올 수도 없어요. 그거 알아요? 수렁은 살아 있어요. 빠져본 사람은 수렁이 생물이라는 걸 알아요. 밑이 무한히 넓은 거대한 부대처럼 생긴 몸을 가진 생명체라는 걸 알아요. 그는 두 손을 앞으로 쭉 뻗어 위가 좁고 밑이 지나치게 펑퍼짐한 원을 그려 보이며 열정적으로 설명했다. 그의 말을 들으면서 나는 어렸을 때 바닷가에 갔다가 신발을 잃어버린 일을 떠올렸다. 내 몸무게를 잘 받아주던 단단한 모래밭이 어느 순간 와르르 무너지면서 한쪽 발이 발목까지 쑥 빠져들어갔다. 당황한 나는 모래밭을 딛고 있는 다른 쪽 발에 힘을 주고 빠진 발을 빼냈다. 발은 쑥 빠져나왔지만 신발이 벗겨진 채였다. 그 자리에 쭈그려앉아서 신발을 찾았다. 발을 빼낸 자리에 물이 고이더니 곧 모래가 스며들었다. 모래를 들춰내고 파냈지만 신발은 나타나지 않았다. 발이 빠졌던 자리를 중심으로 그 주변을 넓게, 그리고 발목 정도가 아니라 무릎 깊이까지 팠지만 신발을 찾을 수 없었다. 신발은 그곳에 있어야 했다. 그러나 그곳에 없었다. 그때 나는 모래밭 속에 무언가가 있어서 내 신발을 물고 들어갔다고 생각하지 않을 수 없었다. 그러지 않다면 신발이 손에 잡히지 않을 리가 없었다. 나는 그때 모래밭 속에 사는 어떤 생물체가 신발을 물고 들어간 것이라고 생각했지만 그 모래밭이 바로 살아 있는 생명체라는 생각을 하지는 못했다. 수렁은 수렁에 들어온 사람을 잡아당겨요. 그냥 잡아당기는 것이 아니라 흡반을 뻗어 움직이지 못하게 한 다음 아래로 쑥 끌어내리지요. 이렇게…… 그는 오른손의 손가락들을 모아 허공에 대고 잡아당기는 시늉을 했다. 그러고는 시치미를 뚝 떼지요. 그러니까 수렁의 표면은 언제나 깨끗하고 아무 일도 없는 것처럼 고요한 거예요. 무슨 일이 일어났다는 걸 알 수 없는 거예요. 모조리 아래로 끌고 내려가 거대한 부대 속에 집어넣어버리니까 겉에는 아무것도 없을 수밖에요. 안 끌려들어가려고 버둥거리면 이 생물을 도와주는 꼴이 돼요. 버둥거리면 더 세게 잡아당기거든요. 버둥거리면 더 빨리 더 흉하게 먹히게 돼요. 가만히 있는다고 무슨 수가 생기는 건 아니지만 버둥거린다고 무슨 수가 생기는 것도 아니라는 말이에요. 가만히 있는 것을 방법이라고 할 수는 없지만 가만히 있지 않고 버둥거리는 것도 방법이라고 할 수 없어요. 버둥거리는 경우에도 그것이 무슨 방법이라서가 아니라 버둥거리지 않을 수 없으니까 그러는 거잖아요. 그의 설명은 장황했다. 나는 그가 그렇게까지 장황하게 무엇에 대해, 수렁에 대해서는 더욱, 설명할 필요가 없다는 생각을 했고, 자기 과시욕이 지나친 사람인 것 같다는 생각을 이어서 했다. 나는 그쯤에서 그의 입을 막아야 했지만 어떤 식으로 막아야 할지 방법이 생각나지 않았다. 아니, 그가 무슨 방법을 생각해낼 기회를 주지 않았다. 방법이 전혀 없느냐. 없지요. 수렁에 갇혀 있는 사람이 무슨 수를 쓰겠어요. 무슨 수는 수렁 속에 들어가 있는 사람이 아니라 수렁 밖에 있는 사람이 써야 해요. 수렁 밖에 있는 사람이 수렁 안에 있는 사람에게 줄을 던져야 해요. 밖에서 던져준 줄을 붙잡고 나오는 것 말고 다른 방법이 없어요. 나는 그렇게 했어요. 형씨는? 그는 자기 강의에 스스로 취한 학원 강사의 흡족한 웃음을 지어 보였다. 나는 그의 강의에 빠져들지 않기 위해 필사적으로 경멸과 증오의 감정을 끌어올렸다. 아버지를 불러내는 것이 그 방법이었다. 그리고 끙신음 소리를 내는 것이 아버지를 부르는 방법이었다. 나는 그렇게 했다.

빛의 수렁이라는 말은 아버지가 했다. 나에게 하지 않았는지는 몰라도 누군가에게 했다. 했을 것이다. 아마 직접 듣지는 않았을 것이다. 그런데도 직접 들은 것처럼 생생하다. 나는 아버지가 그 말을 수도 없이 했다는 걸 뒤늦게 깨달았다. 일찍 깨달았어야 했다는 걸 뒤늦게 깨달았다. 어쨌든 아버지가 한 말이었다. 그 말을 했다면, 그 역시 수렁이 살아 있는 생명체라는 걸, 아랫부분에 거대한 부대가 있어서 잡히는 건 모조리 쓸어 담는다는 것을, 쓸어 담고도 태연하게 시치미를 떼고 있다는 것을 무의식적으로라도 인지했을 것이다. 수렁에 빠졌을 때 아버지는 자신이 수렁에 빠졌다는 걸 인지했을 것이다. 인지했으면서도 인지하지 않은 척했을 것이다. 인지하지 않은 척하려 했으나 잘 되지 않았을 것이다. 빠지면 빠져나오지 않을 수 없으니까 빠지지 말아야 한다는 걸 빠진 다음에야 알았을 것이다. 나는 내 신발을 삼킨 오래전의 모래 수렁을 떠올린다. 내가 그곳에 빠지지 않기 위해 무엇을 해야 했을까, 혹은 무엇을 하지 않아야 했을까. 모래밭에 가지 않았어야 한다고는 말하지 마라. 그것은 태어나지 말았어야 한다는 말과 같다. 그러니까 그런 말은 아무 말도 하지 않은 것이나 같다. 내가 무엇을 했기 때문에 그곳에 빠졌다면 그곳에 빠지지 않기 위해 그 일을 하지 않으면 될 것이다. 내가 무엇인가를 하지 않았기 때문에 그곳에 빠졌다면 그곳에 빠지지 않기 위해 무엇인가를 하면 될 것이다. 그런데 나는 무엇을 하거나 하지 않아서 그곳에 빠진 게 아니었다. 그러므로 그곳에 빠지지 않기 위해 하거나 하지 않아야 할 무슨 일이 있다고 말할 수 없다. 나는 그냥 걷고 있었는데, 갑자기 모래밭이 쑥 꺼지면서 내 발을 잡아당겼다. 그것이 전부이다. 아버지라고 달랐을까.

이젠…… 지쳤다. 손가락 하나도 움직일 힘이 없구나. 늦게 귀가한 토요일 밤, 그 말을 하고 아버지는 쓰러졌다. 그러고는 정말로 손가락 하나 움직이지 않아버렸다. 정말로 손가락 하나 움직이지 않을 거라고 생각하지 않았기 때문에 어머니와 나는 당황했다. 주말에는 그러려니 했다. 한 주 동안 쌓인 피곤을 잠으로 풀려고 그러는가보다 했다. 어머니도 나도 그렇게 추측했다. 어머니는 걱정스러운 낯빛으로 밥은 먹고 자라고 두어 차례 권했지만 아버지는 꼼짝하지 않았고, 그러자 어머니는 밥보다 잠이 더 맛있는 모양이라고, 피곤할 때는 잠을 자는 게 최고라고, 만사가 귀찮은데 밥인들 먹고 싶겠냐고, 자기도 그런 적이 있다고, 다 이해한다고 하며 화장을 하고 옷을 갈아입고 동창들을 만나러 외출했다. 잠에 취해 있는데 밥 먹으라고 깨운 누군가(아마 어머니였을 것이다)가 죽이고 싶을 정도로 미워서 꽥 소리를 지른 기억이 떠올랐기 때문에 나는 어머니 말에 고개를 끄덕였다. 아버지는 월요일부터 금요일까지 남쪽 도시에서 일했다. 일요일 밤이나 월요일 새벽 버스를 타고 내려갔다가 금요일 밤이나 토요일 저녁에 집으로 돌아왔다. 가는 데 세 시간이 걸린다고 했다. 물론 오는 데도 세 시간이 걸릴 것이다. 어떨 때는 두 주 만에 오기도 했다. 아버지는 항상 피곤했다. 피곤한 몸으로 집에 돌아오고 피곤한 몸으로 집을 나섰다. 아버지와 달리 어머니와 나는 대개 주말에 바빴다. 어머니는 토요일과 일요일, 주로 낮에 동창들을 만나거나 교회에 갔고, 나는 토요일과 일요일, 주로 밤에 친구들을 만나 술을 마시거나 당구를 쳤다. 어머니는 낮에 나갔다가 저녁에 들어왔고 나는 저녁에 나갔다가 새벽에 들어왔다. 피곤한 아버지는 토요일과 일요일 내내 집에 있었지만, 아버지는 잠만 자고 어머니와 나는 밖으로 나갔으므로 우리는 거의 대화를 나누지 못했다.

　월요일 아침까지 손가락 하나 까딱하지 않고 누워 있는 아버지를 어머니가 깨웠다. 출근 안 해도 돼요? 아버지의 눈꺼풀이 잠깐

위로 올라갔다가 곧 아래로 내려왔다. 다른 움직임은 없었다. 어머니는 고개를 갸우뚱하고, 이 사람이, 휴가라도 낸 거야 뭐야, 하며 성경 공부를 하러 간다고 집을 나섰다. 정말로 자기는 아버지가 잠을 실컷 자려고 휴가를 낸 줄 알았다고, 나중에 어머니는 말했다. 한 번도 그런 적이 없었으니까, 자기 일은 늘 알아서 잘하던 사람이니까, 다른 생각을 할 수가 없었지요, 하고 어머니는 조문하러 온 아버지의 친구들에게 말했다. 한 번도 그런 적이 없었으니까, 한 번도 월요일 아침에 누워 있어본 적이 없었고, 한 번도 손가락 하나 움직이지 못하겠다고 한 적이 없었으니까, 그러니까 이상하다고 생각했어야 했는데, 어째서 그러지 못했는지 모르겠어요, 하고 어머니는 아버지의 영정 사진 앞에서 고개를 떨구었다.

성경 공부를 마치고 돌아온 어머니는, 이 사람이 여태 움직이지 않고 있네, 하며 아버지의 몸을 만지다가 움찔하고 물러났다. 아버지는 정말로 손가락 하나 움직일 수 없는 몸이 되어 있었다. 사실은 아버지가 손가락 하나 움직일 힘이 없다고 말하고 쓰러진 토요일 밤부터 이미 손가락 하나 움직일 수 없는 몸이었다는 걸 나와 어머니는 알지 못했다. 아버지는 손가락 하나 움직일 힘이 있을 때까지 필사적으로 버텼고, 버틸 수 있을 때까지 버텼고, 더이상 버틸 수 없게 되었을 때, 정말로 손가락 하나도 움직일 힘이 없게 되었을 때, 더 어쩌지 못하고, 손가락 하나 움직일 힘이 없구나, 하고 말한 다음 쓰러졌다는 걸 몰랐다. 손가락 하나 움직일 힘이 있었다면, 결코 손가락 하나도 움직일 힘이 없구나, 하고 말하지 않았을 거라는 걸 몰랐다. 그 밖에도 아버지에 대해, 아버지인데도 모르는 것이 참 많았다는 걸 몰랐다. 가장 단순하고 가장 투명해 보이던 아버지야말로 우리가 가장 모르는 사람이었다는 걸 깨닫기까지는 그리 많은 시간이 필요하지 않았다. 아버지 회사에서는 조의금을 보내왔지만 그것 말고 더 받을 것이 없었다. 퇴직금을 수령하러 간 어머니는 아버지가 퇴직금을 담보로 퇴직금보다 많은 돈을 빌려 썼다는 사실을 알게 되었다. 뭉텅이 돈이 원금과 이자로 월급에서 빠져나가고 있어서 매달 아버지가 실제로 수령하는 돈은 입사한 지 이십 년 된 회사원의 급여라고는 도저히 믿을 수 없는, 너무나 보잘것없는 금액이었다. 보험회사에 가서는 오래전에 들어놓은 연금보험이 육 개월 전에 해약된 사실을 확인했다. 불입한 원금을 천만원 넘게 손해보고 해약한 것으로 나타나 있었는데, 물론 그녀는 모르는 일이었다. 연체로 인한 불이익을 경고하는 내용의 문자가 아직 해지하지 않은 아버지의 휴대전화에 찍히더니 곧 몇월 며칠까지 연체금을 납입하지 않으면 추심에 들어간다는 협박에 가까운 내용의 우편물이 집으로 날아왔다. 비슷한 내용의 전화도 자주 걸려왔다. 어머니는 서둘러 아버지의 전화를 해지했다. 며칠 후에는 집의 소유권이 넘어갔다는 우편물을 받았다. 이어서 정한 기일 안에 집을 비우라는 통지문이 날아왔다. 이게 뭔 일이래. 이게 무슨 날벼락이래. 이 돈이 다…… 집은 또 왜? 어떻게 된 거래? 어머니는 놀라서 입을 벌리고 숨을 거칠게 몰아쉬었다. 이런 말은 어머니는 물론 아버지를 생각해서도 해서는 안 된다는 줄 알지만, 어머니는 아버지가 돌아가신 사실을 확인했을 때보다 더 크게 충격을 받은 것처럼 보였다. 아버지가 돌아가셨을 때가 아니라 이제야 비로소 날벼락을 맞은 것처럼 보였다. 나는 어머니가 쓰러질 것 같아 등을 받치고 있어야 했다.

뭔 일이래? 어떻게 된 거래? 다들 그렇게 물어요. 빚의 생리를 몰라서 그러는 거예요. 모르고 싶어한다고 해야 하나? 그런데 그걸 모른다는 건 이 세상이 돌아가는 이치를 모른다는 거나 같은 소리지요. 스스로 자기의 무지와 무능을 고백하는 거예요. 골치 아프다고, 혹은 자기가 바라는 대로 돌아가지 않는다고 그 이치를 외면하면 안 되지요. 빚을 진 사람들이, 그러니까 형씨 아버지가 무슨 엄청난 짓을 했을 것 같지요? 가령 도박이나 분에 넘치는 사치나 두 집 살림이나…… 뭐 그런 사람들도 없지는 않아요. 그렇지만 대개는 그냥 하루하루 살았을 뿐이에요. 생각 없이 산 건 문제지만 그냥 가만히 있어도 돈이 들어요. 만물에는 상태를 유지하는 데 필요한 에너지가 있어요. 이동하거나 변화를 하면 더 큰 에너지가 소요되는 건 당연하고요. 돈이 돈을 물고 들어가요. 수렁이라고 했지요? 시작을 그렇게 했다면 각오해야 해요. 시작하면 끝내기가 어려운 게 이거예요. 아주 잘 알려진 유명한 말에 빗대어 말하자면 낙타가 바늘구멍으로 들어가는 것만큼 어려워요. 그러니까 아예 시작을 하지 말아야 해요. 그런데 그게 안 되니까 어쩔 수 없이 시작하는 거지요. 시작을 하지 않아도 되는데 시작하는 사람이 어디 있어요? 그런 사람이 얼마나 되겠어요? 물론 처음엔 아주 적은 금액이었을 거예요. 처음은 다 그래요. 처음부터 크게 시작하는 사람이 어딨겠어요? 아주 적은 금액이라는 건 시간이 꽤 지난 다음, 멀찍이 떨어져서 회고할 때 그렇다는 거예요. 어른의 시점으로 아이들이 노는 걸 보면 한심하잖아요. 구슬 하나에 목숨걸듯 달려드는 걸 보고 쯧쯧, 혀를 차는 어른이야말로 어릴 적 자기 놀던 걸 기억 못하는 한심한 종자들이지요. 현재 기준으로 보면 아이들이 가지고 노는 구슬처럼 보이겠지만, 그때는 꽤 큰돈이었을 거예요. 그 이상을 상상할 수 없을 만큼. 그 적은 돈이 지금 큰돈보다 더 컸을 거예요. 내 말이 아마 맞을 거예요. 모든 것이 아주 작은 데서 시작돼요. 아주 큰일도 아주 작은 데서 시작돼요. 그는 자기가 하는 말에 확신을 가진 사람 특유의 발음과 눈빛과 손짓을 구사했다. 나는 그를 증오하고 경멸해야 하는 처지이면서도 그러기는커녕 오히려 그의 말속으로 빠져드는 나에게 증오와 경멸을 느꼈다. 그의 확신을 비웃고 뒤엎을 재료가 나에게 없다는 것이 문제라면 문제였다. 어조와 의도는 다르지만 아버지도 가끔 내게 같은 말을 했다. 뒤에서 늦게 출발한 자는 앞에서 먼저 출발한 자를 따라잡지 못한다. 뒤에서 출발하는 자가 절대적으로 불리하다. 출발선이 다른 경기는 공정하지 않지만 그러나 공정하지 않다고 투덜거리는 건 바보짓이다. 공정한 경기라는 건 원래 없기 때문이다. 그런 걸 기대하면 안 된다. 술이 약한 아버지가 생맥주를 두 잔쯤 마시고 들어온 날 밤에 중학생이나 고등학생밖에 안 된 아들을 앉혀놓고 하는 그런 말들은 아들의 귀에는 전혀 현실감 있게 들리지 않았다. 나는 너를 앞에 세울 거다. 저만치 앞에서 먼저 출발하는 자가 되게 할 거다. 두고봐라. 나는 그러지 못했다. 나는 뒤에서 출발했고 늦게 출발했다. 물론 죽을힘을 다해 열심히 뛰고 있다. 앞에서 먼저 출발한 놈들보다 더 열심히 뛰고 있다. 그래야 그들을 따라잡을 수 있으니까.

힘들지만 힘을 내고 있다. 힘을 내지만 힘이 든다. 힘이 많이 든다. 먼저 앞에서 출발한 놈들은 힘도 안 내고, 힘이 안 드니까 힘을 안 내도 되고, 힘을 안 내도 되니까 지치지도 않고 잘도 달리는데, 나는 힘을 내야 하니까 힘이 들고, 힘을 내도 계속 힘이 드니까 지치고, 뒤로 처지고, 그러니까 잘 못 달린다. 악순환이다. 앞에서 먼저 출발한 놈들이 달리는 코스는 잘 닦인 평탄한 길이라 산책하듯 느긋하게 가는데, 뒤에서 나중에 출발한 내 길은 울퉁불퉁한 자갈밭이라 그럴 수가 없다…… 그래도 나는 죽을힘을 다해서 달린다. 내 아들이 나처럼 뒤에서 늦게 출발해서 죽을힘을 다해 달리게 하지 않으려고. 울퉁불퉁한 자갈밭을 고생고생하며 달리게 하지 않으려고. 오직 그 때문에. 아니까. 나처럼 시작하면 얼마나 힘든지 나는 아니까. 공정하지 않은 걸 공정하게 바꿀 힘은 없으니까, 그런 방법은 모르니까, 불리하지 않게 출발하게 해주려고, 그렇게라도 해주려고…… 말을 하면서 아버지는 웃거나 울었다. 중간쯤에서 웃다가 끝 무렵에서는 으레 울었다. 그래서 나는 아버지가 맥주 두 잔 마시고 들어온 날 밤이 싫었다. 아무 말도 하지 않는 아버지도 싫었지만 아무 말이나 하는 아버지는 더 싫었다. 그러니까 나는 아버지가 하는 말을 '아무 말'로 간주했었던 거다. 아무 말을 되풀이하는 것도 싫었고, 아무 말을 하다가 울먹이는 것도 싫었다. 무엇보다 아버지의 이야기는 나에게 아무런 감흥도 주지 않았다. 같은 이야기를 되풀이했기 때문인지 이야기를 하다가 울었기 때문인지 확실치 않다. 그가 하는 말이 실감나지 않았기 때문이라고 하는 편이 더 정확한 진술일 것 같다. 나는 내가 뒤에서 늦게 출발하는 사람이 될 수도 있다는 생각을 하지 못하고 살았다. 이제 생각해보면 그것은 아버지가 죽을힘을 다해서 자갈밭을 달린 결과였다. 아버지는 혼자서 죽을힘을 다해 자갈밭을 달림으로써 아들인 내가 자갈밭을 인식하지 못하게 했고 출발선에 대한 아버지의 충고를 실감하지 못하게 했다. 그런 점에서 아버지는 성공했다. 아버지 혼자 죽을힘을 다하고 있었다는 것을 그때는 몰랐다. 나로 하여금 죽을힘을 다하지 않아도 되도록 죽을힘을 다하고 있었다는 걸 몰랐다. 아버지가 모르게 했기 때문에 몰랐다.

아버지는 서른세 살에 결혼했다. 군대에서 제대한 후 시골에서 백만원을 쥐고 서울로 올라온 지 다섯 해 만이었고, 자영업소라고 해야 할 작은 규모의 유통회사에 일자리를 얻은 지 세 해 만이었다. 한 달에 십만원씩 내고 방 한 칸을 빌려 살고 있던 그는 회사에서 만난 시골 출신의 여자와 짧은 연애 기간을 거쳐, 그것이 이유의 전부는 아니지만, 데이트에 드는 경비가 부담스럽고 아까워서 결혼을 하기로 했다. 같이 살 집을 구하는 일이 난제였다. 집을 사는 일은 꿈도 꿀 수 없었고, 전세를 구할 돈도 없었다. 데이트 비용 때문에 결혼을 결심했던 그는 집을 구하기가 너무 어려워 결혼을 포기할 마음을 먹기도 했다. 여자 집안의 도움을 받고 은행에 가서 신용과 담보로 가능한 최대 한도까지 대출을 받아 전셋집을 얻었노라고 아버지는 말했다. 지금의 기준으로 보면 큰돈이라고 할 수 없었다. 그러나 그 돈은 월급이 삼십만원이 겨우 넘는 당시 서른세 살의 그가 빌릴 수 있는 최대치였다. 시작을 그렇게 했다. 그러니 힘들 수밖에. 그렇지만 너는 다르다. 너는 절대로 그렇게 시작하지 않을 거다. 내가 그렇게 시작하게 하지 않을 거다. 아버지의 그 말을 믿어서가 아니라 아버지가 그런 말을 하는 게 실감나지 않아서 나는 내 미래를 염려하지 않았다. 실제로 아버지는 내게 결핍이나 부족을 느끼게 한 적이 없었다. 나는 같은 학교에 다니는 친구들이 사거나 먹거나 하는 것 중에 어떤 것을 사거나 먹거나 하지 못해 부러워한 적이 없었다. 친구들이 하는 건 뭐든 했을 뿐 아니라 오히려 친구들이 하지 못하는 것도 했다. 로봇이나 만화 캐릭터, 장난감 자동차 같은 것들이 내 가방에 가득했다. 영어 학원과 피아노 학원에 다니고 태권도 학원에도 다녔다. 미술 선생님은 일주일에 한 번씩 집으로 왔다. 친구들이 나를 부러워한 기억은 있지만 내가 특별히 누군가를 부러워한 기억은 없다. 부자라고 생각해본 적은 없지만 가난하다고도 생각하지 않았다. 그런 생각을 아예 하지 않고 지낸 것은 아버지가 그런 생각을 하지 않아도 되는 조건을 만들어주었기 때문이다. 아버지는 우리집이 가난할지도 모른다는 생각을 할 수 있는 기회를 주지 않았다. 아버지가 가끔 들려주는 이야기를 통해 아, 아버지는 가난했었구나, 하는 생각을 막연하게 했지만, 그 가난이 무엇인지 잘 실감하지 못했다. 임진왜란이나 한국전쟁 이야기를 들을 때와 다르지 않은 기분으로 아버지의 가난한 시절 이야기를 들었다. 아버지는 나에게는 물론 어머니에게도 가난을 보여주려 하지 않았다. 가난을 끔찍이 싫어했기 때문에 가난으로부터 달아나려 했다. 과거의 가난은 때때로 가난하지 않은 현재의 상태를 돋보이게 하는 역할을 수행했지만 현재의 가난은 현재든 미래든 어떤 상태를 돋보이게 하는 역할을 수행할 수 있다고 생각하지 않았기 때문에 아버지는 가난을 덮으려 했다. 떳떳하고 자랑스러운 가장이기를 원했던 아버지는 가난이 떳떳하고 자랑스러운 가장이 되지 못하게 한다고 여겼기 때문에 가난을 회피하려 했다. 그는 가난을 불편하게 여겼을 뿐 아니라 수치스럽게 여겼다. 불편을 감추고 수치를 들키지 않으려고 전전긍긍했을 아버지를 생각하면 마음이 스산해진다. 굳이 그렇게 하지 않아도 되었을 텐데, 왜 그랬을까, 아버지는?

다행인지 불행인지 아버지의 그런 은폐와 회피와 위장을 가능하게 해줄 장치가 이 사회 곳곳에 덫처럼 설치되어 있었다. 아버지의 체면을 아슬아슬하게 지탱시킨 건 복잡한 돈의 사슬이 지배하는 빚의 시스템이었다. 그리고 아버지를 쓰러지게 한 것도 그것이었다. 시스템은 아버지가 쓰러지면 안 되니까 부목을 제공해가며 지탱시켰지만, 지탱시키기 위해 덧댄 부목을 지탱시키기 위해 다른 부목을 덧대야 하는 일이 생겼고, 그 부목을 지탱시키기 위해 또 다른 부목을 계속 덧대야 했으며, 결국 그 덧댄 것들의 무게로 아버지는 쓰러졌다.

숫자 1304를 가슴에 단 남자는 인기 강사와 같은 노련한 언변으로 그 사실을 확인시켰다. 이건 뭐, 넝마나 같네요. 그는 아버지의 서류들을 대충 들춰보고 그렇게 말했다. 아버지의 금융거래 내역이 적힌, 여러 기관에서 발급된 수십 장의 서류들이었다. 통장 사본과 독촉장과 담보 문서들도 포함되어 있었다. 심지어 손으로 쓴 차용증서라는 것도 있었고 각서라는 것도 있었다. 모든 것들은 금융 백화점에서 작성된 것들이었다. 아버지는 금융 백화점의 고객이었다. 이걸 보면 돈을 어디서 어떻게 융통해서 썼는지 한눈에 알아볼 수 있어요. 어디서 시작했고, 어떻게 잘못됐고, 어떻게 수습했고, 혹은 수습 못했고, 그다음 또 무슨 일이 있었는지…… 일목요연하지요. 201216-YFD-45A로 분류되어 있는데, 아, 이 숫자는 내부의 자체 기준에 의해 부여된 거예요, 궁금해할 필요는 없어요. 이번호를 보면 어떤 종류인지 대강은 알 수 있어요. 이곳을 이용하는 사람들의 사정이 뭐, 대개 비슷비슷하지만 또 조금씩 다르거든요. 이분은 신불자의 전형적인 사례예요. 그때그때 임기응변식으로 땜질하듯 넘기다가 마침내 걷잡을 수 없는 상황에 이른 거지요. 즉흥적으로 위기만 넘기며 근근이 버틴 건데, 마구잡이고 체계가 없었어요. 너무 늦게 왔어요. 뭐 놀랄 일은 아니에요. 여기 오는 사람들, 다 그래요. 다 이 지경이 된 다음에 우리한테 와요. 물론 처음엔 그렇지 않았겠지요. 처음부터 마구잡이로 땜질하진 않아요, 누구도. 체계고 계획이고 뭐고 신경쓸 여유가 없어져버리는 급한 상황이 생겨요. 그럼 그때부터 그냥 도리 없이 마구잡이가 되는 거지요. 그렇게 되는 머저리들이 따로 정해져 있다고 생각하는 사람들이 있는데, 그런 생각을 하는 사람이야말로 머저리예요. 이분은 주식에 손을 대지 말았어야 했어요. 거기서 확 갔어요. 한몫 잡겠다고 선물옵션 대여계좌를 무리하게 운영했네요. 금융시장이 엄청나게 커지고 섬세하게 진화하면서 상황이 급하고 마음이 급해져서 한탕을 노리는, 노릴 수밖에 없는 처지에 놓인 모험가들을 혹하게 만드는 상품들이 마구 나오고 있어요. 오늘날 첨단 자본주의는 재화의 생산이나 소비가 아니라 금융에 의해 주도된다는 건 새삼스럽게 말할 필요가 없겠지요? 돈으로 다른 걸 사고파는 것이 아니라 돈으로 돈을 사고파는 거지요. 돈이 가장 투자가치가 높은 상품이에요. 공장에서 제품이 만들어지듯이 다양하고 기발한 금융상품들이 쉼 없이 만들어지고 있어요. 이 시스템을 운영하는 사람들 머리가 보통 좋은 게 아니에요. 언제나 머리 좋은 사람들이 첨단산업으로 향해요. 지금 첨단산업은 금융이에요. 은행, 보험, 투자회사, 대부업체, 증권, 캐피털, 카드사 들이 소비자를 끌어들이려고 혈안이되어 있는 거 알지요? 광고와 마케팅을 융단폭격처럼 쏟아부어 있지도 않은 욕망을 자극하고 유발시켰던 소비자본주의가 이제 똑같은 수법으로 꼭 필요하지도 않은 금융상품에 대한 욕망을 품게 한단 말입니다. 현혹이지요. 사정이 급하고 욕심이 많은 사람일수록 잘 걸려들어요. 투자만 하면 다 제 돈이 될 것처럼 홀리는 이 금융자본주의 시스템의 고도의 전략에 넘어가지 않기는 정말 어렵죠. 돈이 없어서 돈을 못 버는구나, 한탄하게 해놓고, 돈이 없어도 돈을 벌 수 있는 길이 있다고 꼬신단 말이지요. 장밋빛 환상에 젖은 사람이 이걸 어떻게 무시하겠어요? 절대로 못해요. 물밑에 활개치고 다니는 물고기들이 낚싯대를 드리우기만 하면 다 제 것이 될 것만 같은데 어떻게 눈감고 지나가겠어요? 그런데 그렇지 않잖아요. 하루 온종일 낚싯대를 드리우고 있어도 한 마리도 낚지 못할 때가 있지 않아요? 물밑에 살랑살랑 헤엄쳐다니는 그 물고기들이, 말하자면 미끼고 환상인 거지요. 사람들이 그걸 모를까요? 정말 몰라서 속고 넘어가고 홀리는 걸까요? 그는 내 눈을 빤히 쳐다보며 물었다. 나는 제 입담에 취한 전직 학원 강사의 입을 얼이 빠진 눈으

로 바라보았다. 1304호는 한순간도 자기에게서 눈을 떼지 못하게
했다. 나에게서 눈을 떼지 마세요, 하고 말하지 않았지만, 나는 그
에게서 눈을 떼지 못했다. 그는 압도적이었다. 그를 찾아 이곳에 온
이유를 잊어버리고 있다는 사실을 깨달았지만, 적어도 그 순간에
는 다른 조치를 취하는 게 불가능했다. 그에게 말려들어선 안 되었
지만, 말려든 나를 빼내기가 어려웠다. 나는 혼란스러워하면서, 혼
란 속에서, 그의 강의를 들으러 온 것 같은 자세를 견지했다. 그는
어깨를 슬쩍 으쓱해 보이며 자기가 만든 질문에 스스로 답했다. 그
럴 리가요. 자기가 낚은 게 아니라 낚인 거란 걸 처음엔 모르지만
나중엔 알게 돼요. 나중까지도 모른다면 그 사람은 바보 천치라고
해야겠죠. 그렇지만 알아도 달라지는 건 없다는 게 문제지요, 하고
그는 단호한 어투로 말했다. 바보 천치가 아니라고 해서 천재가 되
는 건 아니라고 그는 말했다. 안다고 해도 빠져나올 수 없다고, 심
지어 빠져나올 수 없다는 걸 안 다음에도 빠져나올 수 없다고 그
는 강조했다. 자기를 제외한 다른 모든 사람들은 낚이지만, 자기만
은 낚을 수 있다는 착각이 마약처럼 그 사람의 정신과 신경을 녹여
버리기 때문이라고 그는 말했다. 그때 그 사람은 전능자로부터 유
일하게 선택받은 특별한 존재인 양 다른 모든 사람과 자기를 구별
한다는 것이다. 그렇지만 세상을 지배하는 이 금융이라는 맘몬은
절대로 아무도 선택하지 않는다고, 다만 자기만 유일하게 선택받
은 것 같은 환각을 모든 사람에게 심어줌으로써 배타적이고 예외
적인 은총이 자기에게만 임할 거라는 기대를 갖게 할 뿐이라고, 그
렇게 추종자들을 만들고 홀리는 것이 눈에 보이지 않는 이 교활한

신의 전략이라고 말할 때 그의 눈빛은 신랄했다. 하마터면 나는 나의 입장이나 그의 신분을 잊고 감동을 표현할 뻔했다. 그가 오래 쉬지 않고 곧바로 말을 이었기 때문에 나는 내 감동을 표현할 기회를 놓쳤고, 그것이 내게는 다행이었다. 사람들이 이런 걸 왜 모르는지 모르겠어요. 하긴 알아도 어쩔 수 없지요. 이건 앎의 문제가 아니라 심리적인 거고, 무엇보다 돈의 있고 없음에 대한 문제이니까. 간단해요. 돈이 급하게 필요하면 판단력은 급하게 소멸해요. 아버지의 문제를 예로 들 때 그의 눈빛은 더욱 신랄해졌다. 아버지는 혼자서 위기를 넘어서려고 어리석게 버둥거렸는데, 그 과정에서 맘몬의 보이지 않는 손에 놀아났다고 그는 말했다. 맘몬은 손이 수천 개나 된다는 걸 알아요? 이 손을 피하는 순간 저 손에 붙잡혀요. 이 손을 피하면 안전한 줄 아는데, 이 손을 피해서 가는 곳이 저 손이에요. 이 손을 피했다고 좋아하지만 결국 저 손 안에 들어가게 되는 거예요. 피한 게 아니라 손을 옮긴 것에 불과한데 그걸 모르는 거지요. 실은 더 센 손으로 옮겨간 건데 그걸 모르는 거지요. 한 단계 움직일 때마다 더 힘이 세고 독한 곳으로 옮겨가게 되어 있는데 그걸 모르는 거지요. 그것이 규칙이라고, 한번 걸려들면 좀처럼 벗어나지 못하는 것은 그 때문이라고 그는 말했다. 형씨 아버지는 넝마가 되어서 우리에게 왔어요. 너무 늦게 왔다고 했지만, 사실 맨 꼭대기 층에 오는 사람 중에 너무 늦게 오지 않은 사람은 없어요. 너무 늦기 전에는 누구도 맨 꼭대기 층에 오지 않아요. 너무 늦기 전에는 아직 늦지 않았다고 생각하기 때문이지요. 아직 늦지 않았다고 생각하는 한 여기 올 리 없지요. 실은 아직 늦지 않았다고

생각해서 여기 오는 시간을 미뤄서 진짜로 너무 늦어버리는 거예
요. 희망을 너무 오래 붙잡고 있으면 희망이 날아가버리는데, 사람
들이 그걸 이해 못해요. 희망이 날아가버리기 전까지만 붙잡고 있
어야 하는 게 희망인데, 사람들이 그걸 이해 못해요. 여기는 맨 꼭
대기예요. 꼭대기보다 높은 데는 없어요. 희망이 날아가버린 다음
에 남은 최후의 희망이 이곳에 오는 것인 셈이지요. 꼭대기에는 두
개의 길이 있어요. 날거나 떨어지거나. 그것 말고는 없어요. 희망이
날아가버린 다음에도 희망이 있느냐고 반문하는 사람들은 우리에
게 올 수 없어요. 그런 사람들에게는 회생의 기회도 주어지지 않지
요, 물론. 그는 약을 파는 사람처럼 말했다. 회생이라는 단어가 목
구멍에 가시처럼 걸렸다. 나는 기침을 했다. 가시처럼 목구멍에 걸
린 그 단어가 기침을 만들었다. 쿡쿡, 두어 번 가볍게 나오다 말 것
같던 기침은 예열을 마친 엔진처럼 쉬지 않고 이어졌고, 점점 빨라
졌고, 몹시 격해졌다. 얼굴에 열기가 느껴졌다. 나는 내 얼굴을 보
지 못하지만 불에 달궈진 것처럼 벌겋게 변했을 거라고 추측할 수
있었다. 그것이 증오의 열기라는 걸, 나는 1304호가 알기를 원하지
않았지만, 모르기를 원하지도 않았다. 수그러들던 적의를 다시 일
깨워준 그에게 고맙다고 인사를 건네고 싶을 지경이었다. 그는 내
가 몹시 고통스럽게 기침을 계속하는 동안 말을 멈추고 가만히 나
를 응시했다. 물을 한잔 권할 만한 상황이었다. 그러나 그는 꼼짝도
하지 않았다. 다행이었다. 그가 나에게 친절을 베풂으로써 혹시라
도 내 안의 증오를 조금이라도 누그러뜨릴지 모른다는 걱정을 하
지 않아도 되었으니까. 책상 위에는 서류들 말고는 없었다. 사무실

안은 단순하고 정갈했다. 물주전자나 물컵이나 정수기는 보이지 않았다. 나는 얼음물을 뒤집어쓰고 싶은 충동을 느꼈다. 끓어오르는 증오를 가라앉히고 싶은 건지 느슨해지려는 증오를 팽팽히 잡아당기고 싶은 건지 분간이 되지 않았다. 그들이 어떻게 했는지 나는 알고 있다. 알지 못했지만 알게 되었다. 아버지는 그들에게 붙잡혔다. 희망과 회생을 이야기하는 그들에게 붙들려서 그들이 하라는 대로 했다. 누구도 그에게, 그들이 하는 것처럼 이렇게 하라거나 저렇게 하라는 말조차 하지 않았으므로 아버지에게는 선택의 여지가 없었다. 누구도 희망이나 회생이라는 말을 쓰지 않았으므로 아버지는 거부할 수 없었다. 이렇게 저렇게 하라고 충고해주는 이가 있다는 것만으로 고마웠다. 그는 그것을 관심이라고 생각했다. 오해였지만 오해라는 생각도 하지 않으려 했다. 그들은 아버지의 빚을 모두 없애준다고 했고, 실제로 모두 없애주었다. 그러나 그 빚을 없애기 위한 그들의 방법은 빚을 더 내는 것이었다. 빚으로 빚을!("빚을 없애려면 빚을 져야 해요. 다른 방법이 있나요? 다른 방법이 없어요. 빚은 빚으로 없애는 거예요. 빚을 내서 빚을 갚는 것, 그게 답이에요.") 은행과 증권회사와 카드회사와 대부업체 등 여기저기 널려 있던 모든 빚을 그들이 다 갚아주었다. 아버지의 빚은 한곳으로 합쳐졌다. 아버지는 금융 백화점 건물의 꼭대기 층만 드나들었다. 처음에는 견딜 만했다. 그러나 삼 개월의 유예기간이 지나자 원금과 이자가 폭탄이 되어 날아왔다. 삼 개월 동안 빚 독촉으로부터 해방되어 비교적 마음 졸이지 않고 지낸 대가는 혹독하고 가혹했다. 살인적인 수수료와 이자 가운데 일부는 매달 월급에서 자동이체로 갚는다는 각서를 썼다. 각서에는 빚을 갚지 못할 경우 동산, 부동산은 물론 노동력과 신체를 포함한 일체의 유무형 재산권을 양도한다는 섬뜩한 내용도 포함되어 있었다. 아버지는 매달 꼬박꼬박 돈을 갚았지만, 일 년이 지난 다음에 빚은 줄지 않았고, 오히려 더 불어나 있다는 사실을 발견했다. 이자가 워낙 비싼데다가 애써 갚은 것보다 많은 돈을 다시 빌려야 할 급한 상황이, 생각보다 자주 도래하곤 했기 때문이었다. 하루라도 연체하면 독촉이 어찌나 험악하고 살벌한지 어떻게든 그 돈부터 막으려 했다는 흔적이 아버지의 수첩 곳곳에 적혀 있었다. 깜깜한 방에 여섯 시간을 가두고 협박을…… 무덤을 미리 체험…… 무서운 것들. 수첩에 볼펜으로 썼다가 그 위에 아무 글자나 마구 덧씌워서 보이지 않게 만든 어느 날의 메모 중 일부를 어렵게 재생해내고 나는 숨이 멎는 것 같은 충격을 받았다. 몸이 덜덜 떨렸다. 아버지의 한숨과 눈물이 수첩 곳곳에 배어 있었다. 왜 그러셨어요, 아버지. 왜? 내 입에서 그런 말이 나왔다. 원망이기도 했고 자책이기도 했다. 자책을 줄이기 위해 원망을 부각시키려는 의도가 없지 않았을 것이다. 아무리 표가 나지 않도록 위장을 잘했다고 해도, 한집에 사는 가족으로서 아버지의 그 한숨과 눈물을 눈치채지 못한 건 쉽게 용납할 만한 일이 아니었다. 아버지가 무의식중에 신호를 보낸 것으로 짐작할 수 있는 행태들이 떠오르면 눈물이 나왔다. 가령 아버지는 어떤 전화가 오면 베란다에 나가 몹시 불편한 표정으로 통화를 하고 들어와 넋이 나간 사람처럼 소파에 앉아 있곤 했다. 한번은 어머니가 교회에 내는 헌금에 대해 아주 소심하게 이의를 제기했다. 전에 없던 일이었다. 어머니는 우리가 누구 은혜로 이렇게 사는데요? 하고 반문했고, 아버지는 입을 다물었다. 아버지는 어머니의 종교활동을 반대하지 않았다. 어머니의 성화에 못 이겨 교회에 같이 간 적은 있지만 진심으로 신앙을 받아들이지는 않았던 것으로 기억한다. 그는 의존하는 것을(누구에게든, 무엇에든, 심지어 초월자에게도) 싫어했다기보다 어색해했다. 그는 누구에게든 무엇에든 의존하며 산 경험이 없었고, 누구로부터든 무엇으로부터든 무엇을 받아본 경험이 없었고, 그래서 누구나 무엇에 의지해서 무엇을 받게 될 거라는 믿음을 가질 수 없었다. 그는 모든 것을 혼자서 감당하려고 했다. 감당할 수 있는 데까지 감당하려고 했고, 어떻게든 감당해냈다. 그러다가 어떻게도 감당할 수 없는 순간이 오자 어디에도 의지하지 않고, 이젠 지쳤다, 하고 숨을 멈춰버렸다.

현실을 받아들이지 못한 어머니는 아버지를 원망했다. 그 지경이 되도록 자기에게 아무 말도 하지 않은 아버지를 원망함으로써 그 지경이 되도록 아버지의 딱한 형편을 눈치채지 못한 자신의 무신경을 방어했다. 그리고 죄책감을 이기기 위해 틈만 나면 교회에 가서 눈물을 흘렸다. 현실을 받아들일 수 없는 것은 나도 마찬가지였다. 나 역시 그 지경이 되도록 아버지의 딱한 형편을 헤아리지 못한 죄책감을 이기기 위해 아버지를 원망하려고 했다. 아버지를 원망하기 위해서 나는 어머니를 따라 교회에 갔다. 집을 비워줘야 한다는 통지문을 받은 날 밤부터였다. 전에는 자주 저항했지만, 아버지가 돌아가신 후 어머니의 요구를 거절할 수 없었다. 알아들을 수 없는 언어로 기도를 하는 어머니 옆에 눈을 감고 엎드려 나는 내 속으로 침잠해들어갔다. 나는 우리에게 닥친 이해할 수 없는 현실에 대해 생각하고, 그중에서 내가 가장 이해할 수 없다고 여기는 것이 무엇인지 곰곰이 생각했다. 그러다가 문득 아버지의 죽음이 너무 허망하다는 사실을 깨달았다. 닥친 불행을 원망만 하느라 아버지의 죽음이 너무 허망하다는 사실을 깨닫지 못하고 있었다는 사실을 깨달았다. 죽은 사람은 아버지인데, 죽은 아버지가 자신의 죽음에 대한 책임까지 떠안고 있는 듯한 이상하고 부조리한 현상에 비로소 생각이 미쳤다. 병이 있지도 않았고 사고도 당하지 않았고 누군가에게 살해당하지도 않았다. 사람이 죽었는데, 사고도 없었고 병도 없었고 죽인 사람도 없다니, 하고 나는 중얼거렸다. 소멸하듯 그렇게 조용히, 오로지 내부의 원인에 의해 죽을 수 있단 말인가. 밥 먹고 세수하고 손톱 깎고 산책하는 것처럼, 늘 하는 일인 것처럼, 아무 일도 아닌 것처럼 그렇게 자연스럽게 죽을 수 있단 말인가. 누군가 죽었다면 죽인 병이든 죽인 사고든 죽인 사람이든, 뭐든 있어야 한다, 없을 수 없다, 하고 나는 나에게 말했다. 나는 내가 이해할 수 없는 것을 아버지가 아니라 아버지의 죽음으로 바꿈으로써 아버지를 이해하려고 했다. 죽이지 않고는 죽을 수 없다고 세뇌함으로써 아버지의 죽음(이라기보다 죽음으로 끌려간 아버지의 고통)에 대한 죄책감에서 멀어지려고 했다. 다행이라고 해야 할까. 나에게 하나의 환상이 찾아왔다. 땅이 입을 벌려 누군가의 피를 받는 그림이었다. 그 피를 받아먹은 땅은 몸을 뒤틀며 괴로워하며 신음하고 호소했다. 그리고 한 목소리가 들렸다. 내가 그를 지키는 자입니까? 소리가 독을 거느리고 공기 중에 퍼졌다. 그 소리를 들은 땅이 더욱 괴롭게 몸을 뒤틀며 신음했다. 옅은 잠에서 놀라 깬 나는 입가에 묻은 침을 닦으며 고개를 들었다. 교회당 안은 어두웠다. 어머니는 내 옆에서 흐느끼고 있었다. 몸을 뒤트는 땅의 신음소리가 여전히 선명하게 들려왔다. 앉아 있는데도 내 몸이 중심을 잡지 못하고 기우뚱했다. 하나의 깨달음이 한순간에 찾아왔다. 나는 지극히 냉정해졌다. 알았어요, 아버지. 내 입에서 그런 말이 그냥 나왔다. 나는 조용히 몸을 일으켰다. 어젯밤에 나에게 일어난 일이었다. 집에서 쫓겨나기 하루 전의 일이었다.

이젠 내가 이야기를 좀 해도 돼요? 하고 나는 물었다. 1304는 얼마든지, 하는 표정과 몸짓을 지었다. 뜻밖이라는 듯 짐짓 놀라는 것 같기도 하고 무슨 질문이든 다 받아줄 테니 해보라고 여유를 부리는 것 같기도 했다. 나는, 이젠 지쳤다, 손가락 하나도 움직일 힘이 없다고 말할 때의 아버지를 눈앞에서 보고 있었다. 나는 아버지를 이해하지 못했지만, 아버지가 살해당했다는 사실만은 또렷이 이해했다. 나는 침착해졌다. 이제 그가 나의 강의를 들을 차례였다. 나는 나지막이 말했다. "살인자들." 그리고 품속에 손을 집어넣었다. 품속에는 어젯밤에 숫돌에 간 식도가 신문지에 돌돌 말린 채 들어 있었다. 그 순간 남자가 가소롭다는 듯 한쪽 입술 끝을 심하게 치켜 일그러진 웃음을 만드는 게 보였다. 나는 멈칫했지만 내 팔의 근육은 멈추지 않았다. 움칫 놀라 뒤로 물러나거나 손을 내저어 만류할 거라는 예상이 빗나가서 자존심이 상한 나는 내뻗는 팔에 힘을 주었다. 품에서 빠져나온 내 팔이 앞을 향해 쭉 뻗는 순간 남자가 왜 피하지도 놀라지도 않는지, 왜 그렇게 일그러진 웃음을 짓고 있는지 깨닫고 말았다. 나는 팔을 쭉 뻗었지만 내 팔은 쭉 뻗어나가지 않았다. 밤새 숫돌에 날카롭게 갈린 칼은 도중에 틱 소리를 내며 튕겨나왔다. 그와 나 사이에 투명한 유리벽이 쳐져 있다는 걸 나는 몰랐다. 당황하고 화가 난 나는 손을 뻗어 칼이 튕겨나온 허공을 더듬었다. 매끄럽고 차가운 유리의 감촉이 느껴졌다. 내 눈에는 허공이었지만 그곳은 허공이 아니었다. 눈에는 보이지 않지만 그와 나 사이를 가로막고 있는 것이 있었다. 그는 유리벽 저쪽에 있었고 나는 이쪽에 있었다. 다리에 힘이 풀렸다. 형씨도 아버지를 따라 하는구먼. 그 양반도 그런 적이 있어요. 하긴, 그건 뭐 특별한 이야기는 아니에요. 다들 그러니까, 한 번쯤은. 그는 다시금 학원 강사의 톤으로 이야기를 재개했다. 왜 내 말을 안 믿어요? 희망이 사라진 다음에 남은 희망이 우리라니까요. 여기가 맨 꼭대기라고 했잖아요. 내일이면 거리에 나앉아야 하는 게 형씨 형편이지요? 안 그래요? 물론 그러고 싶진 않을 거고요. 그런데 그러지 않을 수 있는 길은 팔방으로 알아봐도 없을 거고요. 그냥 그 집을 유지하며 사는 방법이 딱 하나 있어요. 우리와 계약하는 거지요. 잘 생각해보고 선택해요. 남자의 목소리를 나는 잠결에서인 듯 들었다. 묶이지 않으려면 거리에 나앉더라도 그들을 거부해야 한다는 걸 알고 있었다. 그러나 거리에 나앉지 않으려고 묶이게 되리라는 것 또한 알고 있었다. 한때 재수학원의 강사였던 1304는 강의를 이어갔다. 빚은 빚으로 갚아야 해요. 그러니까……

·

·

찰스

·

·

경찰관의 전화를 받은 것은 열시쯤이었고, 나는 연구실에 있었다. 그 시간까지 연구실에 남아 있는 것은 흔하지는 않지만 아주 드문 일도 아니었다. 그날 무슨 일을 하고 있었는지는 잘 생각나지 않는다. 아마 다음날 1교시 수업 준비를 하고 있었을 것이다. 전화를 건 경찰관은 대뜸 김철수씨를 아느냐고 물었다. 상황을 잘 파악하지 못해 어리둥절한 내가 네? 하고 반문하자, 성격이 급하고 타인에 대한 배려가 그다지 있어 보이지 않는 목소리의 경찰관은, 김철수씨요, 김철수씨를 아느냐고요, 하고 언성을 약간 높였다. 심오한 의미가 담긴 철학적 질문이 아닌 것은 분명했다. 너는 네가 누구인지 아느냐? 나는 잠깐 떠올린 그 뜬금없는 생각에 실소하며, 내가 김철순데요, 하고 대답했다. 성격이 급한 것이 확실한 경찰관은 내 말은 귀담아듣지 않고 제 할말을 이어갔다. "아이고, 답답하네요. 김철수, 이 사람이 자기 증명을 못해요. 지갑을 잃어버렸다는데, 나 원 참, 그러지 않아도 바빠 죽겠구먼, 쓸데없는 일로 진 빼게하네. 얼른 와서 이 사람이 먹은 음식값 만팔천원 내고 데려가세요."

처음에는 잘못 걸려온 전화거나 장난전화라고 생각하려 했다. 그러나 내가 아는 사람 중에 그런 장난을 칠 만한 사람이 없었고, 잘못 걸려온 전화라고 하기에는 그 사람이 입에 올린 '김철수'가 걸렸다. 김철수는 내 살갗과 같았다. 스치기만 해도 민감하게 반응하게 되는 것이 이름이었다. 흔하다고 해도, 철수라는 이름을 가진 사람보다 철수가 아닌 다른 이름을 가진 사람이 당연히, 비교가 무색할 정도로 많다. 무엇보다 질문자는 나에게 김철수냐고 물은 게아니었다. 김철수냐고 물은 것이 아니라 김철수를 아느냐고 물었다. 김철수가 거기 있다는 것이었다. 거기 있는 김철수를 아느냐는 질문이었다. 거기 있는 김철수를 여기 있는 김철수가 어쩌겠는가. 나는 어떤 작용인지 모르지만 한낮에는 일어나기 힘든 일들이 밤중에는 비교적 수월하게 일어난다는 사실을 떠올렸고, 한낮에는 받아들이기 힘든 일이지만 밤중이니 받아들이자고 마음먹고 그 일을밀쳐뒀다. 그러나 전화를 끊고 한 시간이 지나지 않아 문득 '찰스'라는 이름이 떠올랐으므로 경찰서로 전화를 걸지 않을 수 없었다.

그는 자기 이름이 찰스라고 했고, 나는 철수라고 했다. 쿠알라룸푸르의 네덜란드 광장 근처에 있는 한 카페에서 그를 처음 만났다. 삼 년 전 여름, 나는 말레이시아 대학에서 열린 학회에 참석하기 위해 그곳에 갔었다. 학회가 끝난 후 전부터 알고 지내던 두 명의 학회 참석자와 함께 쿠알라룸푸르와 인근의 말라카를 돌아보는

1박 2일짜리 짧은 여행을 계획하고 여행사로부터 가이드를 소개받았다. 운전을 하며 관광 안내를 해주러 나온 현지인이 한국말을 능숙하게 하는 데 놀랐다. 처음에 나는 그가 한국 사람인 줄 알았다. 어색하지 않은 그의 한국어 발음 때문에 더 그랬겠지만, 한국 사람이라고 해도 믿을 정도로 생김새가 친숙했다. 외국인에게서 받게 되는 이국적 느낌이라는 것이, 그 사람의 생김새만이 아니라 그 사람이 사용하는 언어와도 밀접하게 연결되어 있다는 사실을 그때 깨달았다. 같은 말을 쓰면 낯선 얼굴도 친숙해지고, 다른 말을 쓰면 친숙한 얼굴도 낯설어지는 이치다. 그의 이름이 찰스라는 것도 나를 놀라게 했다. 이상한 말처럼 들릴지 모르겠는데, 그는 찰스처럼 보이지 않았다. '철수'가 한국 남자임을 유난스럽게 과시하는 이름이라면 '찰스'는 서양 남자임을 유난스럽게 과시하는 이름이었다. 내 머릿속에는 그런 관념이 박혀 있었다. 내 이름이 철수라는 말을 들은 그는, 내 한국 이름도 철수예요, 하고 한국말로 말하며 환하게 웃었다. 한국인이 아닌가요, 하고 나는 한국어로 물었고, 그는, 아니요, 나는 여기 사람입니다, 하고 역시 한국어로 대답했다. 내 눈에는 그가 여기 사람으로 보이지 않았다. 그는 아버지는 말레이 혈통이고 어머니는 중국계라고 소개했다. "조상들 사연을 다 알고 있는 건 아니니까, 내 몸에 어떤 피가 얼마나 더 섞여 있는지 모르지요." 그 말을 들은 일행 중 한 사람이 그에게, 한국말 잘하는 거 보니까 한국인 피도 섞여 있을지 모르겠다고 말했다. 그는 그럴지도 모르지요, 하며 미소를 지어 보였다. 그 말에 이어서 한국 여자를 사귄 적이 있다는 말도 했다. 그녀가 한국말 배우는 데 많이 도움 줬어요, 내 이름을 철수라고 지어준 것도 그녀예요, 하면서 '철수'를 한 글자씩 떼어서 발음했는데, 그 순간 친밀감이라고 할 수는 없지만 그것과 상관없다고 할 수도 없는 묘한 감정이 밀려들었던 기억이 난다. 스치기만 해도 민감하게 알아차리는 살갗의 반응과 같은 것이었으리라. 그가 내 이름의 유래에 대해 말하고 있다는 식의 착각을 했을 리는 만무하지만, 무언가를 공유하고 있는 사람을 향한, 거의 본능에 가까운 신뢰 같은 것이 꿈틀하였던 것 같은데, 그와 동시에 그 꿈틀거리는 무조건의 신뢰에 제동을 걸려는 움직임이 반사적으로 일어났던 것 같기도 하다. 그가 나의 내부에서 일어날 그런 혼란을 미리 예측하고 모종의 기도를 했을 거라고 단정하고 싶지는 않다. 그렇게까지 생각해야 할 근거가 충분하지 않기 때문이다.

그 밤에 경찰관의 입을 통해 발음된 철수는, 그러니까 찰스였다. 철수인 찰스가 그 밤에 나를 부르고 있었던 것이다. 경찰의 말로는 술과 밥을 시켜 먹은 후 돈을 내지 않고 도망가려는 것을 붙잡았다고 했다. 물론 그것은 식당 주인의 진술이었다. 열한시가 넘은 시간에 경찰서로 전화를 걸어 무전취식으로 조사를 받고 있는 사람이 혹시 찰스라는 이름을 가진 외국인이 아닌지 물었으나 나에게 전화를 걸었던 경찰관은 외근을 나갔고, 새로 전화를 받은 사람은 그건에 대해 알고 있는 것이 없었다. 유치장에 있는 사람들 가운데 외국인의 모습은 보이지 않는다는 말만 했다. 다른 업무를 보느라 내 말에 집중하지 않는 경찰관의 모습이 눈앞에 그려졌다. 할 수 없이 전화를 끊고 경찰서로 찾아갔을 때 찰스는 술에 취해 마구 소리를 지르거나 들어주는 사람도 없이 무슨 말인가를 쉴새없이 중얼거리는 남자들 사이에 웅크리고 있었다. 나를 보자 자리에서 벌떡 일어나는 그의 표정이 어찌나 환한지 바로 찰스를 생각해내지 못하고 한 시간이나 지체한 것이 미안할 정도였다.

찰스는 음식을 먹고 돈을 내지 않은 건 맞지만 일부러 그런 것은 아니고 도망간 것도 아니라고 변명했다. 지갑이 없어진 사실을 식사가 끝나고 돈을 내려고 하는 순간 알게 되었다는 그의 변명을 의심할 이유가 나에게도 경찰관에게도 없었다. 경찰관은 매우 형식적으로 물으나마나 한 걸 물은 다음, 일을 성가시게 만들지 말고 식당에 음식값을 주고 해결하라고 충고했다. 그리고 바로 전화를 걸어 식당 주인을 바꿔주었다. 나는 그 자리에서 삼만원을 입금하고, 일 처리를 시원시원하게 해준 경찰관에게 비타민 음료수를 한 박스 사주었다. 경찰서를 나오면서 분실신고를 했느냐고 묻자 찰스는 지갑에 든 것도 없었어요, 하며 손을 내저었다.

그날 밤 찰스는 내 연구실에서 잤다. 지갑을 잃어버려 차비가 없을 그를 집까지 데려다주고 헤어지려 했지만 그것이 주어진 과제를 마지못해 하고 급히 달아나는 것처럼 매정하게 여겨질 것 같아 맥주를 한잔하기로 한 것이 화근이었다. 그의 잔에 술을 따르며 나는 그 여자를 찾았느냐고 물었다. "이름이 뭐였지, 임선희였나?" 그렇게 물은 것은 그가 한국에 온 것이 그녀를 찾기 위해서라는 사실을 알고 있었기 때문이다. 내가 그렇게 알고 있는 것은 찰스가 그렇게 말했기 때문이다. 쿠알라룸푸르와 말라카 관광에 나선 우리 일행은 나를 포함해서 세 명이었다. 어떻게 하다보니까 여행하는 내내 그가 운전하는 차의 조수석에 내가 앉았다. 내 이름이 자기 한국 이름과 같은 철수여서였는지 그는 다른 사람보다 나에게 더 친밀하게 굴었고, 무슨 일이든 나와 상의하려고 했다. 가령 식사 메뉴를 고르거나 유람선 탑승 여부를 물을 때 나를 상대했다. 그러다보니 대화를 많이 나누게 되었고, 그 과정에서 그가 한국에서 꽤 오래 살았다는 사실을 알게 되었다. 그는 한국의 대학에서 공부를 했고, 일도 했다고 했다. 그가 한국말을 그렇게 능숙하게 구사하는 게 우연이 아니었던 것이다. 그는 특히 서울과 의정부와 구리에 대해 많은 이야기를 했는데, 어떤 정보에 대해서는 그런가? 하고 내가 물어야 할 정도로 구체적인 것도 있었다. 가령 구리시가 태극기의 도시이며, 한강변에 태극기 공원이 조성되어 있다는 말을 했는데, 나는 들어본 적이 없었다. 코스모스 축제가 열리는 한강변에 대한 이야기는 들은 것 같긴 했지만 확실하지 않았다. 내가 미심쩍어하자 그는 자기가 그 도시에서 삼 년이나 살았다는 사실을 내세웠다.

그러던 중에 그는 자기가 영어를 모국어로 하지 않는 사람에게 영어를 가르칠 수 있는 자격증을 가지고 있다는 말과 함께 한국에 가서 영어 교사를 하고 싶다는 뜻도 드러냈다. 나는 그 말을 선뜻 받아들이기가 어려웠다. 자격증의 유무나 영어를 얼마나 잘하느냐의 문제가 아니었다. 그렇지만 그가 미국인이나 캐나다인이나 영국인이 아니라는 사실을 지적할 수는 없었다. 그것은 좀 말하기 어려운 내용이었다. 그래서 나는 한국에서는 테솔 자격증이 있다고 해서 정규학교의 영어 교사를 할 수 있는 건 아니라는 사실을 알려주는 것으로 그의 계획의 비현실성을 암시했다. 방과후 수업을 진행하거나 원어민 보조 교사를 할 수는 있겠지만, 그것이 만족할 정도의 수입이나 신분을 보장해줄 것이라 기대할 수는 없다는 말도 했다. 한국에는 영어학원이 아주 많고 영어를 배우려는 사람도 많으니까 어학원에서 영어를 가르치는 강사 자리를 혹시 구할 수 있을지 모르겠지만, 그 역시 장담할 수 있을지 모르겠다고 덧붙였다. 너의 그 동양인 얼굴과 동남아인 신분을 가지고는 그것도 쉽지 않을걸, 하는 속말을 그가 알아듣기를 바라는 마음과 알아들으면 어쩌나 하는 마음이 오락가락했다. 그는 내 말을 고개를 끄덕여가며 들었다. 다 알고 있다는 표시였다. 그는 영어교육에 관한 한 한국 형편을 나보다 훨씬 더 잘 알고 있는 듯했다. 한국에 가서 영어 교사를 하겠다는 그의 계획이 즉흥적이거나 막연하지 않다는 인상을 받기에 충분했다. 그래서 더욱 나는 그가 왜 굳이 한국에 가서 영어를 가르치며 살려고 하는지 이해할 수 없었다. 한국에 가려고 하는 다른 사연이 있어야 한다는 내 생각에는 제법 완고한 데가 있었다. 그가 내 속말을 알아들었는지 못 알아들었는지는 확실하지 않지만, 내 의아심을 눈치채지 못했을 거라고는 생각하지 않는다.

그때 그가 그 이름을 입에 올렸다. "가서 임선희를 만날 거예요." 임선희는 그가 사귀었다는 한국 여자의 이름이라고 했다. 그에게 한국어를 가르쳐준 여자였고, 한국에 가서 살 마음을 갖게 한 여자였다. 나는 임선희라는 여자에 대해 자세히 묻지 않았다. 임선희라는 여자에 대해 자세히 물을 마음이 생기려면, 그의 말에 대한 믿음이 있어야 했다. 그런데 나는 자기 나라를 떠나 아무것도 보장된 것이 없는 낯설고 불확실한 미지의 세계로 옮겨가려고 하는 그가 어딘가 미심쩍었다. 그 이유가 단지 한 여자에 대한 사랑 때문인 것처럼 말하는 그의 낭만적 열정을 수용하기도 어려웠다. 비웃거나 나무랄 수는 없지만 흔쾌히 받아들이기도 어려웠다. 흔쾌히 받아들여지지는 않았지만 비웃거나 나무랄 수도 없었다. 그것은 인정할 수도 없고 인정하지 않는다고 말할 수도 없는 세계였다. 더구나 1박 2일 여행 가이드의 개인 사정에 마음을 깊이 기울인다는 것이 민망하기도 했다. 더 캐묻는 대신 입을 닫는 쪽을 택한 것은 그런 이유들 때문이었다. "그녀도 한국에서 영어 가르쳐요. 태극기와 코스모스의 도시, 구리에서요. 영어 강사예요." 그러면서 그는 자기 핸드폰을 켜서 무언가를 내게 보여주었다. 화면에 떠 있는 것은 누군가의 페이스북 페이지였는데, 날씬한 체격의 동양 여자가 책을 들고 강의하는 사진이 보였다. 나는, 미인이네요, 하고 건성으로 말하고는 핸드폰을 돌려주었다. 실제로 미인이기는 했지만 내 마음의 상태는 여전히 반신반의였고, 더 마음을 기울이지 않기로 작정한 뒤였다.

다음해 그가 정말로 서울에 나타났을 때도, 그의 비현실적인 출현에 놀라면서도 그녀에 대해 묻지 않은 것은, 내가 그와 그의 말을 온전히 믿지 않았다는 증거로 손색이 없다. 사실은, 그가 했던 말은 물론 그의 존재조차 거의 지워져가는 중이었다. 1박 2일의 여행 가이드는 1박 2일이 지나면 머릿속에서, 쫓아낼 필요도 없이, 사라지는 것이 자연스럽지 않은가. 그가 한국에 들어온 것보다 나를 찾아온 사실이 솔직히 더 놀라웠다. 1박 2일이 지난 다음에도 그가 여전히 고객인 나의 삶에 어떤 역할을 하려고 한다면 그는 훌륭한 가이드라고 할 수 없다는 유의 생각을 나는 했다. 그를 알아보지 못한 것은 이상한 일이 아니었다.

말레이시아 대학의 학회에 참석하고 돌아온 지 일 년쯤 된 어느 날, 그는 정말로 영어 강사를 하며 살겠다고 한국에 들어왔다. 처음에 나는 연구실을 돌아다니며 옛날 영화나 다큐멘터리 CD를 팔러 다니는 사람으로 착각하고 손을 내저었다. 찰스예요, 한 일 년 전에 말라카에서 뵈었지요, 하는 말을 듣자 겨우 그때의 얼굴이 떠올랐다. 아, 찰스…… 나는 그때의 1박 2일이 떠올랐지만, 그러나 그가 왜 나를 찾아왔는지 몰라서 다음 말을 잇지 못했다. 그가 내민 명함에는 어떤 영어학원의 로고가 찍혀 있었다. 면접을 보고 오는 길이라고 했다. 귀국하기 전에 서류를 보냈으므로 이미 취직이 된 것이나 마찬가지라고 말하는데, 일 년 전과 마찬가지로 한국어 발음이 어색하지 않았다. 나는 그를 잊고 지냈고, 한국에 온다는 그의 말을 귀담아 듣지 않았으므로, 거기다가 설령 한국에 온다고 하더라도 나를 찾아올 거라는 생각을 한 번도 하지 않았으므로 놀랍고 당황스럽기까지 했지만, 찾아온 손님을 반기는 주인 역할을 맡아 하지 않을 수 없었다. 가장 대중적인 한국 음식맛을 보여줄 생각으로 고깃집으로 데리고 가 삼겹살과 소주를 시킨 기억이 난다. 그 기억이 선명한 것은 그가 삼겹살도 소주도 거부했기 때문이다. 쿠알라룸푸르와 말라카를 여행하던 1박 2일 동안 그가 무엇을 먹고 무엇을 먹지 않았는지 생각나지 않았다. 생각해보니 그는 우리 일행과 따로 떨어져서 식사를 했던 것 같다. 그러므로 나는 그의 식성에 대해 알지 못했다. 술을 마시지 않는 것도 몰랐다. 나는 혹시 종교 때문이냐고 물었다. 영향이 전혀 없다고 할 수는 없겠지만, 돼지고기와 술을 먹지 않는 건 그저 습관 때문이라고 그는 대답했다. 자기 아버지는 하루에 다섯 번 기도하고 라마단 기간에는 철저하게 금식하며 메카 순례를 평생의 꿈으로 삼고 살지만 자기는 그런 걸 지키지 않는다고 했다. 돼지고기와 술을 멀리하는 건 어렸을 때부터 그렇게 해와서 몸에 밴 것이라는 그의 말을 믿지 않을 이유가 없었다. 나는 그가 돼지고기와 술을 먹는 걸 본 적이 없지만 기도하는 걸 본 적도 없었다. 그럴 기회가 없어서 그랬는지 모르지만, 어쨌든 그는 우리를 안내하던 1박 2일 동안 종교적인 사람이라고 생각할 만한 모습을 보여주지 않았다. 그렇기 때문에 나는 삼겹살과 소주를 거부하는 그의 모습에 조금 당황했다. 그냥 습관이라고 말했음에도 불구하고, 그리고 그의 말을 의심할 이유가 전혀 없었음에도 불구하고, 그 모습은 유일하게 종교적이었다. 그의 자연스러운 한국말이 그를 친숙하게 느끼게 해주었다면 그의 종교적 관습은 그를 낯설게 여기게 했다. 나는 우거지가 가득 든 갈비탕을 시켜주었다.

그는 갈비탕을 다 먹고 나서야 나를 찾아온 용건을 이야기했다. "추천서가 필요해요. 한국 사람 보증이 필요하다고 해요. 한국 온 지 얼마 안 되어서 아는 사람이 없어요. 내 이름도 철수니까 철수 교수님이 해주면 좋겠어요. 직업이 교수님이니까 좋아할 거라고 생각해요. 부탁해요." 나는 내가 왜 당신에게 추천서를 써줘야 하느냐고 묻고 싶은 걸 참았다. 그는 학원에서 왜 그런 걸 요구하는지 모르겠다고 했지만, 나는 왜 그러는지 알 것 같았다. 학원은 그를 신뢰하기 힘들거나 신뢰하고 싶지 않은 것이다. 그러자 나 역시 그가 나에게 왜 이러는지 이해할 수 없지만 그의 부탁을 들어주지 않을 수는 없을 것 같아졌다. 내 추천서가 대단한 위력을 발휘할 거라고 기대할 수 없다는 것이 역설적으로 내가 추천서를 써주는 데 별로 망설이지 않은 이유이기도 했다. 한국에서 대학을 다녔다면서 추천서 써달라고 부탁할 사람이 없단 말인가, 하는 질문은, 써주기로 마음먹은 이상 굳이 할 필요가 없었다.

그날 이후 경찰서에서 온 전화를 받기까지 그로부터는 연락이 없었다. 어쩌다 한 번씩 찰스를 떠올리긴 했지만 그가 건넨 명함에 적힌 어학원에 전화를 걸어볼 생각은 하지 않았다.

그의 잔에 술을 따르다 말고 문득 전에 돼지고기와 술을 거부하던 일이 생각나서, 괜찮으냐고 물었다. 그는 뭐가 괜찮은지 모르겠다는 듯한 표정으로 올려다보더니 곧 무슨 뜻인지 알아들은 듯 괜찮아요, 했다. 습관인데요 뭐, 하는 말이 덧붙여졌다. 그렇다고 했지, 하며 나는 그의 잔에 맥주를 가득 채웠다. 그렇긴 하지만 습관이니까 바꾸기 힘들기도 할 텐데, 하는 말은 하지 않았다. 이제 돼지고기도 먹느냐고 물으려다가 말았다. 그의 말을 완전히 신뢰하지 않는 마음이 여전히 내 안에 있다는 표시였을까. 나는 나의 반신반의의 근저에 있는 것이 그의 한국행의 동기(로 그가 밝힌 것)임을 굳이 되새기고 싶지 않았다. 한때 사귀었던 여자를 찾기 위해 자기의 현재와 미래를 내던지고 한국으로 왔다고? 그것이 유일한 이유라고? 나로서는 납득하기 어려웠다. 나는 그 문제를 풀지 못했다. 그러니까 그 자리에서 내가 임선희를 찾았느냐고 물은 것은, 순수한 궁금증만은 아니었고 호의적인 질문도 아니었다. 그를 추궁하려는 의지가 내 속에 도사리고 있다는 사실을 인정해야 하는 일은 유쾌하지 않았다. 말레이시아 남자인 당신이 한국 여자를? 임선희라는 여자가 정말로 존재하는지 확신할 수 없다는 입장을 견지하려는 마음이 내 안에 있었다. 그러나 더 유쾌하지 않은 것은 이유도 근거도 없이 그를 의심하는 나를 책망하는 또다른 나의 존재였다.

찰스는 아무 말도 하지 않고 고개를 숙였다. 그는 아무 말도 하지 않았지만 나는 대답을 들은 것 같았다. 적어도 잘되어간다는 반응이 아닌 것은 확실했다. 그의 일이 잘되어가지 않는 것이 내게 좋은 일일 이유가 없었다. 그러나 반대의 경우를 생각하면, 예컨대 임선희라는 여자가 실제로 존재하고, 그가 한국에 와서 그녀를 만났고, 바라는 대로 같이 살고 있기라도 한다면 그동안의 나의 반신반의는 그야말로 면목이 없게 되지 않겠는가. 내가 좀 도와줘요? 하고 말을 꺼내놓고 나는 움찔했다. 정말로 도와달라고 하면 어쩌나 하는 걱정 때문이 아니었다. 그를 도와줄 마음이 전혀 없다고 할 수도 없었다. 그보다 그 말을 할 때 설명하기 힘든 가학적인 쾌감이 혈관을 타고 빠르게 휘돌아가는 것이 느껴졌기 때문이다. 내가 도와줄 일이 있기는 해요? 하고 묻고 싶었는지 모르겠다. 나는 내 어투에서 그가 경솔함이나 교활함을 읽었을까봐 신경이 쓰였다. 꼭 그에게만 그런 건 아니지만, 예의바르고 교양 있는 사람으로 이해받으려는 마음이 내 안에 있다는 걸 부정할 수 없다. 그 때문에 가끔 마음속에서 종이 구겨지는 것 같은 소리가 난다는 것도. 그때도 종이 구겨지는 소리 같은 걸 들었으므로, 되도록 그 소리를 듣지 않으려 상체를 앞으로 내밀며 서둘러 무슨 말인가를 하려고 했다. 그러니까 내 말은 찰스가 한국까지 와서 만나려고 하는, 까지 말했을 때 찰스가 숙이고 있던 고개를 들고 손을 저었다. 그 이야 기는 지금 하고 싶지 않아요, 하고 말할 때 그의 얼굴은 몹시 지치 고 피곤해 보였다. 나는 말라카에서나 내게 추천사를 부탁하러 연 구실을 찾아왔을 때의 그와 지금의 그가 다르다고 느꼈지만 그 차 이를 분명하게 설명하기는 어려웠다. 어딘가 조심성이 없어진 것 같아 보이기도 했는데, 한국 생활에 적응했다는 뜻으로 받아들이 면 이해하기 곤란한 정도는 아니었다. 그는, 잠을 자고 싶어요, 하 고 짧게 말했다.

나는 택시를 태워 보내려고 했다. 그는 지갑을 잃어버렸고, 그러 니까 수중에 돈이 없을 테고, 밤이 늦은 시각이었다. 차비를 주고 택시를 태워 보내는 것은 내가 해야 하고, 할 수 있는, 그날의 마지 막 과제였다. 그를 택시에 태워 보내는 것으로 그날 일을 마무리할 것이고, 그에 대한 의무감으로부터도 벗어날 것이었다. 그에게 사 는 곳이 어딘지 물은 것은 자연스러운 순서였다. 그런데 그가 고개 를 저었다. 그의 고갯짓을 자연스러운 것으로 여길 상황이 아니었 으므로 나는 그가 내 한국말을 정확히 이해하지 못했다고 생각했 다. 그 쉬운 말을 알아듣지 못했다는 것은 말이 되지 않지만 나는 그렇게 생각했다. 주변이 너무 소란스러웠으니까. 그래서 다시, 이 번에는 발음을 더 신경써서, 사는 곳이 어디예요? 하고 물었다. 어디로 가야 할지 모르겠어요, 하는 말을 들은 것 같았는데, 나는 그 말이 그의 입에서 나왔다는 사실이 믿기지 않았고, 믿고 싶지 않았다. 주변이 너무 소란스러워서라는 생각을 다시 했는데, 실제로 그렇게까지 소란스러웠는지는 장담하지 못하겠다. 나는 혼란 속에서 거의 본능적으로 위기를 느꼈고, 갑자기 닥친 새로운 상황을 이해하고 대처하기 위해 머릿속에서 생각들이 빠르게 회전하는 걸 느꼈다.

나는 내 생각들이 도달한 결론에 의지하기로 했다. 생각들을 나로부터 분리하고, 내가 통제할 수 없는 독자적인 인격인 양 대하는 것은 어떤 행동의 책임을 경감하거나 분산하기 위한 방법으로 유용했다. 방법을 알고 있는 사람이 쓰지 않기는 어렵다. 살아오면서 그 방법을 더러 사용해왔다는 사실을 숨길 수 없다. 나는 결코 나를 해롭게 하지 않는다는 믿음을 가지고 있는 내 생각으로부터 그가 사는 곳이 어딘지 더 묻지 말라는 충고를 들었다. 궁금한 것이 모두 물음이 되는 것은 아니다. 물음은, 때때로 그 물음에 대한 대답을 감당할 것을 요구한다. 어떤 물음들은 그런 자신감 내지 책임감 없이는 물어질 수 없다. 궁금함에도 불구하고 묻지 않거나 궁금하지 않은데도 불구하고 묻는 것은 그 때문이다. 어떤 궁금한 것들은 물어야 하지만 묻기가 어렵기 때문에 묻지 않고, 어떤 궁금하지 않은 것들은 묻지 않아도 되지만 묻기가 쉽기 때문에 물어진다. 궁금한 것은 왜 궁금하고, 궁금함에도 불구하고 어떤 것들은 왜 묻기가 어려운가. 궁금한 것은 닫혀 있는 상자이기 때문이고, 그런데도 묻기가 어려운 것은 그것을 열었을 때 무슨 일이 일어날지 알 수 없기 때문이다. 더 정확하게 말하면 무슨 일이 일어날지 어렴풋이, 어렴풋이만 예감하고 있기 때문이다. 이 원리를 작동시키는 힘에 대해, 이기심이라고 비난하고 싶지 않은 나는 전적으로 자기 보존의 욕구, 즉 생존본능이라고 이름 붙인다.

나는 그가 사는 곳이 어딘지 묻지 않고 내 연구실로 그를 데려갔다. 집으로 데려갈 수는 없었으므로, 그것은 그가 사는 곳을 묻는 것만큼 위험한 일로 간주되었으므로, 연구실의 소파에서 자게 했다. 그것이 내가 할 수 있는 최선이라고 생각했으므로 그렇게 했다. 그리고 아마도 그것이 내가 그에게 베풀 마지막 친절이라는 생각도 했을 것이다. 최선이라는 말 속에는 상황의 지분이 상당하다. 상황의 난처함을 전면에 내세우려고 할 때 우리는 최선이라는 말을 쓴다. 내가 그에게 알려준 것은 내 방의 디지털 도어록 비밀번호 네 자리와 삼층에 샤워실이 있다는 것과 다음날 내 수업이 아홉시에 있다는 것이었다. 그는 고개를 숙이고 고맙다는 말을 두 번 했다. 나는 내가 알던 찰스가 아닌 것 같다는 생각을 다시 했다.

다음날 1교시 수업에 맞춰 가느라 연구실에 들르지 못했다. 강의실에 들어가기 전에 연구실로 전화를 걸었지만 신호만 가고 받지 않았다. 수업을 마치고 연구실 문을 열었을 때 그의 모습은 보이지 않았다. 그가 자고 갔다는 흔적도 찾을 수 없었다. 어젯밤에 그를 데리고 오지 않았다면 누군가 이 방에서 자고 갔다고 생각하기 힘들 정도였다. 나는 흔적도 자취도 남아 있지 않은 내 방이 마음에 걸렸다. 그가 아직 연구실에 남아 있으면 점심을 먹여서 보내야겠다는 마음을 먹고 있었지만, 동시에 그가 여태 남아 있지 않을 거라는 생각도 했었다. 그것은 거의 기대와도 같았다. 어딘가에 그의 전화번호가 적힌 메모가 있기는 할 것이다. 그러나 표면에 드러내기 어려운 어떤 이기심과 교활함이, 즉 자기 보존의 욕구가 그의 전화번호를 모른다고 고개를 저었다.

나는 찰스를 거의 생각하지 않았다. 그를 생각하지 않은 것은 도리에 어긋난 일이라고 할 수 없고 이상한 일도 아니었으므로 불편하지 않았다. 임선희라는 이름의 여자와 그가 근무한다고 말한 영어학원이 어쩌다 떠오른 적은 있지만, 어떤 행동을 하도록 부추길 만큼 구체적이지 않았고 오래 지속되지도 않았다. 그냥 스쳐지나가는 정도에 지나지 않았다. 스쳐지나가는 것들은 그 밖에도 셀 수 없이 많았으므로 그것들은 내 마음 어디에도 걸리지 않았다. 세상은 잠시도 가만히 있지 않고 요동치는데, 그럴 때마다 요동치는 대로 흔들릴 수는 없는 일이었다. 바람이 늘 심하게 부는 곳에 사는 사람은 바람이 불 때마다 호들갑을 떨지 않는 이치이다. 그 바람이 자기 방 창문을 흔들 때까지는 바람의 존재를 모른 체한다.

찰스가 내 방 창문을 흔들며 들어온 것은 이번에도 한밤중이었다. 다음날 학회에서 발표할 논문을 다듬느라 그날도 늦게까지 연구실에 있었다. 아마 자정이 다 되었을 것이다. 발소리는 듣지 못했는데 디지털 도어록의 숫자를 누를 때 나는 기계음이 들렸다. 옆방에서 나는 소리로 생각하기에는 지나치게 크고 가까웠다. 나는 모니터에서 눈을 떼고 출입문을 노려보았다. 머리카락들이 쭈뼛 일어서고 숨이 가빠지는 게 느껴졌다. 숨을 가다듬고, 누구세요? 하고 묻기도 전에 살며시 문이 열리고, 볼록한 배낭을 맨 찰스의 모습이 나타났다. 내가 놀란 것 못지않게 그가 놀라는 모습을 나는 뭐라고 형언할 수 없는 기이한 기분으로 바라보았다. 움찔거리는 발의 움직임에서 나는 그가 도로 문을 닫고 나가고 싶어한다는 것을 눈치챘다. 나와 눈이 마주치지 않았다면 아마 그랬을 것이다. 나에게도 그가 도로 나가주는 편이 나았지만, 그나 나나 이미 마주친 눈을 마주치지 않은 상태로 돌릴 수는 없었다. 나는 의자에서 몸을 일으키며, 이 밤중에, 무슨 일로, 연락도 없이, 같은 말을 두서없이 했고, 그는 꾸부정한 몸을 펴지 않은 채, 아직 안 갔네요, 나는 비어 있는 줄 알고, 비가 좀 많이 와요, 같은 말을 중얼거리듯 했다. 그의 겉옷이 젖어 있는 것으로 보아 밖에 비가 오는 모양이었다. 나는, 밖에 비가 오느냐고 하나마나 한 물음을 던졌고, 그는, 비가 와요, 하고 하나마나 한 대답을 했다. 폭우가 와서 생긴 고랑과도 같은 침묵이 그와 나 사이에 생겨났다. 연구실이 비어 있는 줄 알고 왔다는 그의 말이 신경쓰였지만 나는 묻지 않았다. 그 대신 어색함을 털어버리듯 손바닥을 비비며 자리를 권했다. 그는 배낭을 벗어 소파 위에 올려놓고 앉았다. 처음의 머뭇거림과는 달리 신발을 벗어 옆으로 밀어놓고 한쪽 다리를 다른 쪽 허벅지 위에 올려서 주무르는 모습이 퍽 자연스러웠다. 무의식적으로 그런 행동을 한 게 분명했다. 그러니까 그것은 습관적인 동작이었다. 습관적이라니. 나는 지난번 그가 자고 간 다음날 느꼈던 내 방의 지나치게 깔끔한 상태를 떠올리고, 어쩌면 그가 그 이후로도, 생각보다 자주 내 방을 이용했을지 모른다는 생각을 했다. 그전에는 한 번도 해보지 않았던 그 생각이 마치 마음 한쪽에 오랫동안 침전되어 있기라도 했던 것처럼 멀쩡하게 떠오르는 게 기이했다. 나는 그가 양말을 벗어 똘똘 말아 배낭에 집어넣는 모습을 물끄러미 바라보다가 어색한 표정을 지으며 책상을 정리했다. 원고를 조금 더 살펴보고 일어나야 했지만 그럴 수 있는 상황이 아니었다. 그 상황에서 내가 할 수 있는 행동은 그를 쫓아내거나 그냥 머물게 하거나 둘 중 하나였다. 그러나 그를 쫓아내는 것이 실제로 가능한 선택 사항이 아니라는 것 역시 직감하고 있었다. 이번에도 그의 사연을 자세히 알려고 할 필요는 없다는 계산이 자동적으로 이루어졌을 것이다. 나는 주섬주섬 책과 원고를 챙겨 가방에 넣었다. 찰스는, 밖에 비가 꽤 와요, 라고 말하고 우산이 있느냐고 물었다. 나는 어딘가 우산이 있을지 모른다고 말하며 구석을 뒤졌다. 그런 나를 그는 방의 주인이 손님 대하듯 걱정스러운 눈빛으로 바라보았다. 우산을 찾지 못하고 그냥 가방을 집어든 내가 불청객이 된 것 같은 기분이 들었다. 방문을 여는 나를 향해, 조심해서 가요, 했던 찰스의 목소리가 아직도 선명하다. 시간이 많이 지난 요즘도 이따금 듣곤 하는 그 목소리는 때로 지나치게 밝고 때로 불가사의하게 비장하다. 시간이 그의 목소리에 여러 색깔을 입혔기 때문이다. 그 목소리들은 그때 내가 들었던 실제의 목소리라고 할 수 없다. 조심해서 가요, 라니…… 손님인 찰스가 어떻게 그런 말을, 방 주인인 철수에게 할 수 있을까. 어쩌면 그는 그 말을 하지 않았는지 모른다. 내 기억이 그가 하지 않은 말을 했다고 고집하고 있는지 모른다는 생각도 든다.

그날 나는 왜 그렇게 허겁지겁 내 방을 떠난 것일까. 그 방에서 아직 할 일이 남아 있고, 밖에는 비가 오고, 우산은 없고, 그 방은 내 방이었는데, 왜 그렇게 쫓기듯 그곳을 나왔을까. 그를 쫓아내는 대신, 마치 그가 나타났으니 내가 비켜주는 것이 마땅하다는 듯, 허둥지둥, 왜 그랬을까. 찰스가 나타났다는 것 말고 다른 요인이 없다면 찰스를 피했다고 할 수밖에 없는데, 그럴 이유가 무엇이었을까? 엄밀하게 말하면 그가 나를 찾아왔다고 할 수 없다. 나를 찾아왔다면 용건이 있어야 했다. 그러나 그는 나에게 볼일이 없었다. 서둘러 방을 나올 때까지 그는 나에게 어떤 용건도 내놓지 않았다. 그는 내 방에 왔지만 나를 찾아오지는 않았다. 그가 찾아온 것은 내 방이었지 내가 아니었던 것이다. 내 방에 용무가 있었지 나에게는 아니었던 것이다. 그는 내 방을 자기 방처럼 이용했다. 내가 더 결례를 범했다고 할 수는 없지 않은가. 나는 내 방을 찰스에게 내준 내 행동을 변호하려고 애를 썼다.

찰스가 나를 찾아온 것이 아니라고 생각하려 애쓴 것은 찰스가 나를 찾아온 것이 아니기를 바랐기 때문이고, 찰스가 나를 찾아온 것이 아니기를 바란 것은 찰스가 나를 찾아왔을 때 맡아야 할, 맡지 않으면 안 될 어떤 부담을 예감했기 때문이라는 걸 나는 모르지 않았다. 그 예감은 이상하고 뚜렷했다. 요컨대 나는 그의 한국 이름이 철수인 것이 몹시 거슬렸다. 그의 이름이 철수이기 때문에 그와 엮이고, 그의 존재를 거부하지 못할까봐 신경쓰였다. 그는 지난번 무전취식 사건 때 경찰관에게 자기 이름을 김철수라고 진술했다. 생각할수록 생각지 못한 의미가 생겨나는 것이 두려웠기 때문에 나는 되도록 그 일을 생각하지 않으려 했다. 그랬지만, 그럼에도 불구하고, 김철수라는 큼지막한 이름표를 가슴에 붙인 찰스가, 나는 철수다, 하고 소리치며 주먹으로 가슴을 툭툭 치는 황당한 상상을 가끔 했다. 그럴 이유도, 그럴 필요도 없는데, 어느 날 갑자기 그가 나로 변신하고 나를 대신할지 모른다는, 말도 안 되는 상상을, 어떤 요인에 의해 유발되거나 매개된 채 하곤 했다. 그것은 너무나 불합리하고 부자연스러운 일이었지만, 찰스 역시 그렇게 생각해줄지는 확언하기 어려웠다. 찰스가 내 살갗에 스치지 않기만을 바라며 나는 아주 예민하고 조심스럽게 시간을 보냈다.

어떤 출판사의 편집부에서 전화를 걸어와 번역 운운할 때까지 내 평온은 아슬아슬하게 유지되었다. 자기를 ㅁ출판사의 편집장이라고 소개한 여자가 뾰족하고 앙칼진 목소리로 한 말들을 나는 알아들을 수 없었다. 나는 그녀의 말을 끊고, 전화를 잘못 건 것 같다고 말했다. 그녀는 ㅇ대학의 김철수 교수가 아니냐고 확인했다. 그 어투가 심문하는 것 같아 은근히 감정이 상했다. 나는 ㅇ대학의 김철수가 맞긴 하지만, 지금 하는 이야기는 나와 상관 있는 것 같지 않다는 말을, 최대한 감정을 억누르고 했다. 편집장은 한숨을 한 번 푹 내쉬고는, 그만큼 이야기했으면 알아들으셔야지요, 우리 작가분이 정말 힘들어하세요, 하고 말했다. 불만이 한가득 더해진 뾰족한 목소리였다. 나는 이 여자가 무언가 단단히 착각하고 있는 게 틀림없다고 판단했고, 그녀의 무례를 나무라줄 준비를 하고 있었다. 그러나 그럴 기회는 오지 않았다. 그녀가, 그 작가분에게는 번역자가 따로 있어요, 이미 번역중이고요, 우리도 영국 미국 할 것 없이 거래하는 출판사가 있어요, 개별적으로 작가에게 접근하시면 안 돼요, 작가분이 정말정말 너무너무 힘들어하세요, 이제 메일도 전화도 제발 그만하세요, 하고 말했을 때 문득 그동안 아슬아슬하게 유지되어오던 살얼음판에 균열이 생긴 것을 눈치챘다. 그녀가 입에 올린 작가에 대해 알고 있었다. 유럽에서 출판된 소설이 무슨 문학상 후보에 오르고 독일에선가 베스트셀러가 되면서 국내 언론에 자주 오르내리는 작가에 대한 이야기를 나도 들은 적이 있었다. 화제가 되고 있는 그 작가의 소설을 한번 사서 읽어볼까 하는 생각을 기사를 읽는 동안 했었다. 그러나 평소에 소설을 읽고 지내지 않아서인지 선뜻 책을 구입하는 데까지 몸이 움직여지지는 않았다. 우연히 기회가 생긴다면 혹시 모르지만, 내가 그 책을 사기 위해 자발적으로 서점에 가는 일은 아마 앞으로도 일어나지 않을 것임을 나는 알고 있었다. 출판사의 여직원은 나에게 바로 그 작가를 괴롭히지 말라고 야단치고 있었다. 불길한 예감에 사로잡힌 나는, 속사포처럼 내쏟는 여자의 앙칼지고 뾰족한 말들 사이로, 혹시 찰스인가요? 하고 조심스럽게 물었다. 그녀는 수화기 너머에서 헛웃음을 한번 짓고는, 찰스와 철수가 한 팀이라면서요, 했다. 그녀는 자기가 나를 비웃고 있다는 사실을 굳이 숨기려 하지 않았다. 아, 나는 모르는 일이에요, 찰스가 무슨 일을 한 건지 저, 전혀, 모르겠어요, 하고 말했지만, 그리고 그것은 진심이었지만, 진심이었음에도 찰스와 철수라는 이름이 한꺼번에 불린 순간 나는 불시에 일격을 당한 것 같은 아찔함에 어쩔 수 없이 말을 더듬었고, 나의 말더듬이 상대에게 심어줄, 오해에서 비롯한 확신을 떨어내고자 서두르느라 더 말을 더듬었다. 그녀는 내 진심에 귀기울이려 하지 않았다. 김철수 교수님! 하고 부르는 그녀의 짧고 단호한 목소리에는 노골적인 경멸이 묻어 있었다. 나는 수치심을 느꼈다. "김철수 교수님께서 우리 작가님께 전화를 걸어서 찰스라는 동료와 번역을 같이 하고 있다고 하셨다면서요. 영국 출판사에 아는 사람이 있다고 하셨잖아요. 시작하려면 착수금이 필요하다고 그러셨잖아요. 전화를 안 받으니 음성사서함에 여러 차례 음성을 남기고, 메일도 쓰고 그러셨잖아요······" 더 듣지 않아도 충분히 상황 파악이 되었으므로, 나는 알았습니다, 하고 애매하게 대답했다. 그 애매한 대답은 말을 더듬는 것과 다르지 않았다. 그것으로 그녀가 그만 중단해주기를 바랐던 것인데, 편집장은 더 듣지 않아도 될 말을 조금 더 했다. 보내준 원고를 자기들이 검토해본 바에 의하면 번역 실력을 신뢰하기 어렵다는 평가와 공학디자인이 전공 아니냐는 질문 형식을 띤 힐난과 앞으로도 이런 일을 계속한다면 자기들의 작가를 보호하기 위해 어쩔 수 없이 법적 대응을 고려할 수밖에 없다는 경고가 그녀가 추가로 남긴 말들이었다.

나는 몹시 부끄럽고 무엇보다 찰스에게 화가 났으므로 앞뒤 가릴 여유가 없었다. 이자가 결국 이런 얼토당토않은 짓까지 내 이름으로 벌였단 말인가. 출판사 편집장과 통화를 마치자마자 오래전에 번호를 받아놓기만 하고 한 번도 걸어본 적 없는 찰스의 전화번호를 찾아 눌렀다. 약간의 호의와 체면 때문에, 그리고 무엇보다 귀찮아서 그와의 관계를 단호하게 끊지 못하고 우유부단하게 유지해온 것이 후회되었다. 반신반의가 죽 이어졌지만 설마 이런 일까지 일어나리라고는 생각하지 않았다. 그는 내가 허용하지 않은 일을 내 이름으로 하고 있었다. 찰스는 김철수가 되어 엉뚱한 일을 꾸미고, 전화를 하고 메일을 보냈다. 내 이름으로 그가 또 무슨 일을 했는지, 무슨 일을 더 할지 모를 일이었다. 지금 이 순간에도 그가 무슨 일을 벌이고 있을 것만 같아 불안했다. 내 이름 김철수를 지키기 위해 지금이라도 단호해져야 한다고 생각했다. 여태 단호해질 기회를 노리고 있었으며 비로소 그 기회를 만난 것만 같은 생각도 들었다. 나는 더이상의 호의는 없으며, 내가 김철수이고, 김철수는 찰스와 상관없다는 걸, 찰스에게 선언할 작정이었다. 그러나 나는 그렇게 하지 못했다. 수신이 정지된 번호라는 안내 음성이 나왔다. 다시 걸어도 마찬가지였다. 그의 집이 어디인지 알지 못했으므로 찾아갈 수도 없었다. 그에게 집이 있기는 한 것일까, 그제서야 그런 의심이 표면으로 올라왔다. 처음 내 연구실을 방문했을 때 그가 주고 갔던 어떤 영어학원의 명함은 아무리 뒤져도 나오지 않았다. 어느 날 책상 정리를 하다가 다른 쓰레기들과 함께 휴지통에 밀어넣었을 것이 분명했다. 추천서를 써서 보내기까지 했으면서 학원 이름을 기억하지 못하는 것은 그만큼 건성으로 그를 대했다는 증거였다. 한심하다고 자학하고 있는데, 학원 이름 대신 임선희라는 이름이 떠올랐다. 그녀가 태극기와 코스모스의 도시에 있는 영어학원의 강사라는 사실 역시 기억해냈다. 찰스는 그녀를 만나기 위해 한국에 갈 거라며 그녀의 페이스북에 올라 있는 사진을 보여주었다. 나는 인터넷 창을 열고 '구리시 영어학원'이라고 쳤다. 수십 개의 사이트가 화면에 떴다. 나는 세심하게 영어학원들의 이름을 발음하며 살폈다. 기억 속에 있는 이름과 어감이 비슷한 학원 다섯 개를 추려내서 하나하나 전화를 걸었다.

임선희는 마지막으로 전화를 건 학원에 근무하고 있었다. 생각과는 달리 그 학원은 중학생들을 대상으로 하는 보습학원이었다. 내가 찰스를 아느냐고 하자 그녀는 약간의 침묵 끝에 누구냐고 물었다. 전화기 너머로 전해지는 팽팽한 공기의 흐름과 탐색이라도 하듯 길게 늘이는 말꼬리가 여차하면 전화기를 내려놓을 것 같아서 나는 서둘러서 내 소개를 했다. 나는 김철수이고, ㅇ대학의 교수이며, 찰스와는 오래전부터 아는 사이인데, 최근에 연락이 되지 않아 걱정이라고 말했다. "그런데 그 사람을 왜 저에게 묻는 건데요?" 탐색하고 살피는 기색이 여전한 그녀의 목소리가 아슬아슬했다. 나는 최대한 공손한 어투를 사용해서 찰스가 임선희씨를 만나러 한국에 온 것을 알고 있다고 답했다. 숨을 내뱉는 듯한 그녀의 얇은 웃음소리가 들렸다. 나는 그녀의 웃음이 의식적인 것 같다는 생각을 했다. 그러나 곧이어 던진, 그 사람이 그렇게 말해요? 하는 질문에는 웃음기가 묻어 있지 않았다. 그 사람이 그렇게 말한 건 맞지만 나는 곧이곧대로 믿지 않았다는 말을 하려다가 멈칫했다. 믿지 않았으면서 왜 단정해서 말했느냐는 추궁을 받았을 때 변명할 말이 궁색했기 때문이었다. 다행이라고 해야 할지, 그녀는 내 대답을 기다리지 않았다. 그 사람이 아직 한국에 있어요? 하고 혼잣말처럼 묻고, 아닐걸요, 아마 아닐 거예요, 하고 스스로 대답했다. 그녀가 왜 그렇게 생각하는지 궁금증이 이는 것은 당연한 일이었다. "그야 우리나라 사람이 아니니까요." 그녀의 대답은 단순했고, 단순한 만큼 미흡했다. 그가 우리나라 사람이 아니라는 건 나도 알고 있었다. 그는 찰스이고 말레이시아 사람이다. 나는 그가 찰스고 말레이시아 국적을 가지고 있으며 어느 영어학원에서 영어를 가르치는 걸로 알고 있다고 설명했다. 그녀는, 자기가 알기로는 그는 영어학원에서 영어를 가르친 적이 없다고 말했다. 나는 내가 추천서를 써준 적이 있다는 말을 했다. 그녀는, 알아요, 하고 내 말을 끊었다. "그 사람이 추천서를 가지고 나를 찾아왔어요. 하지만 추천서 같은 건 필요하지 않았어요. 그는 자격이 되지 않았어요." 추천서를 써준 나의 자격을 문제삼는 것 같아서 기분이 좀 언짢았지만, 그녀가 내 자격이 아니라 찰스의 자격에 대해 말하고 있다는 것을 모르지 않았으므로, 그리고 찰스가 외국인을 위한 영어교사 자격증을 취득한 사실을 들어서 알고 있었으므로 자격이 없다는 그녀의 단언에 이의를 제기했다. 그녀는 체념조로 말했다. "그런 게 무슨 소용이에요? 어떤 한국인이 동남아 사람한테 영어를 배우려고 해요. 더구나 불법 체류자한테." 불법 체류자요? 하고 되물을 때 내 목소리는 저절로 커졌다. "잘 아는 사이라면서요?" 임선희는 어떻게 그걸 모를 수 있는지 의아하다는 듯 되물었다. 나는, 그와 잘 아는 사이는 아니라는 말을, 어쩔 수 없이 했다. 찰스에 대해 잘 안다고 말할 수 있는 사람은 그녀이지 내가 아니었다. 나는 잘 알지도 못하면서 잘 아는 것처럼 행세한 것으로 비쳐질 것 같아 민망했다.

나는 이렇게까지 된 원인이 그와 철수라는 이름을 같이 쓰고 있어서라는 데 생각이 미쳤고, 그래서 불쑥 찰스에게 철수라는 이름을 붙여준 것이 임선희씨가 아니냐고 다소 퉁명스럽게 물었다. 내가 겪고 있는 모든 부담스러운 사태의 책임을 그녀에게 떠넘기고 싶은 마음이 그 물음 속에 들어 있었다. 나의 속마음을 그녀가 눈치채도 상관없다는 생각이었다. 그녀는, 그건 그렇긴 해요, 하고 수긍했다. "학생들에게 한국 이름을 지으라고 했거든요. 어떤 이름을 지을까 고민하기에, 찰스는 철수로 하면 되겠네, 하고 조언을 했을 거예요." 나는 잠깐만요, 하고는, 찰스가 임선희씨의 학생이었는지 확인했다. 그녀는, 자기가 다니는 교회의 선교 센터에서 외국인 근로자들에게 한글을 가르치는 프로그램을 운영하고 있는데, 이년 반 정도 거기 가서 한글을 가르친 적이 있다고 덧붙였다. "찰스는 내 학생들 중에서 가장 똑똑하고 성실했어요. 한국어능력시험을 두 번 봤는데, 아마 3급을 취득했을 거예요. 그 친구 꿈은 한국어를 더 공부해서 통역사가 되는 거였어요. 악덕 공장주만 아니었으면 아마 그 꿈을 이루었을지도 모르는데……" 들을수록 내가 모르는 이야기가 나와서 혼란스러웠다. 내가 아는 찰스가 맞는지 의심스러워질 정도였다. 나는 그가 한국에 공부하러 온 유학생이 아니었느냐고 물었다. 내가 알고 있기로는 그랬다. 나는 찰스가 한국에서 공장 노동자로 일했다는 생각을 해보지 않았다. 그녀는, 찰스에 대해 정말로 아는 게 없군요, 하고는 그가 한국에서 가구공장과 형광등을 만드는 공장과 오리를 키우는 농장 등에서 일했다고 알려줬다. 유학생 신분으로 온 건 맞는다고 했다. 그러나 공부는 하지 않았다고 했다. 돈을 버는 것이 한국에 온 목적이었기 때문이고, 또 한국에 오기 전에 이미 자기 나라의 명문 대학을 졸업했기 때문이라고 했다. 한국에 들어오기 위해 유학생 신분을 이용했지만, 들어오자마자 브로커가 소개해준 공장에 가서 일했다는 것이다. 말하자면 불법 입국에 불법 체류자 처지였던 셈인데, 그걸 알고 있는 공장주가 열악한 환경에서 험한 일을 시키면서 임금 지급을 미루는 등 부당하게 대우했다고 했다. 폭언과 손찌검도 당했다고 했다. 항의를 하면 신고해서 추방해버리겠다고 도리어 으름장을 놓았다고 했다. 불법 체류자를 고용한 업주 역시 처벌받으니까 말처럼 쉽게 신고하지 못할 거라는 걸 알았지만 그래도 자기가 떳떳하지 않기 때문에 전전긍긍할 수밖에 없었다고 했다. 그 사실을 알게 된 그녀가 선교 센터에 말해서 개입을 했는데, 일이 오히려 잘못되어 찰스가 한국을 떠나게 되었다고 임선희는 말했다. 그 가구공장 사장이라는 사람, 진짜 악랄한 놈이었어요, 하면서 그녀는 약간 흥분했다. "그러면, 그러니까 찰스는, 이번에도, 그러니까……" 내 말은 앞으로 나아가지 못하고 제자리를 맴돌았다. 네, 찰스는 이번에도, 하고 그녀는 잦아들어가는 목소리로 말했다. 그 순간, 어떤 마음의 작용인지 분간하기 어려우나, 신기하게도 임선희를 만나러 한국에 오겠다던 찰스의 말이 처음으로 의심 없이 믿어졌다. 그래서 나는 그 말을, 나에게 들려주듯 또렷하게 했다. "찰스는 임선희씨를 만나러 한국에 올 거라고 했어요." 찰스가 처음 한국에 올 때는 돈을 벌기 위해서였지만, 이번에는 그녀를 만나기 위해 한국에 온 게 틀림없다는 확신이 비로소 생겼으므로, 그리고 지금까지 그런 그를 온전히 믿지 못한 것이 갑자기 미안해졌으므로 나는 찰스를 응원하는 어떤 역할인가를 하려고 했다. 그것이 그녀를 압박한다는 생각은 하지 못한 채였다. 찾아왔어요. 찾아왔지만, 그 친구를 받아들일 수는 없었어요, 그애가 원하는 건 내가 해줄 수 있는 게 아니고, 해줄 수도 없는 일이에요, 라고 말하는 목소리에서 나는 죄지은 사람처럼 고개를 떨구고 있는 그녀를 떠올렸다.

그녀는 그를 도울 수 없었다고 했다. 오 년 전에도 그를 도우려고 했지만 돕지 못했었다. 그녀가 나서서 결국 그를 추방당하게 했다. 그 일로 오랫동안 몹시 힘들었다고 그녀는 말했다. 오 년 만에 갑자기 나타난 그가 그때의 아픔을 다시 불러냈다고, 자기를 어쩔 줄 모르는 상황으로 몰아넣었다고, 그래서 그가 원망스럽다고 말했다. 그녀는 또 말했다. 그때는 그를 도우려고 하기는 했다. 그럴 수 있었다. 그러나 이번에는 그를 도우려고 하지도 못했다. 그럴 수 없었다. 오 년이 흘렀고, 그녀는 여전히 학원 강사지만 세 살 먹은 아이의 엄마이고, 찰스는 한국에서 일을 할 수 없는 불법 체류자였다. 그는 할 수 있는 것이 없고, 그녀 역시 그를 위해 할 수 있는 것이 없었다. 한국에 들어온 후 얼마 전까지 자주 찾아왔지만 최근에는 전화도 걸지 않았기 때문에 자기 나라로 돌아간 줄 알았다고, 그런데 갑자기 내가 전화를 걸어 그 사람을 찾아서 놀랐다고 그녀는 말했다. 나는 찰스가 아직 한국에 있을 가능성이 더 크다고 말했다. 그녀는, 자기는 출국한 것으로 알고 있으며, 앞으로도 그렇게 알고 있겠다는 말을 꾹꾹 눌러 글씨를 쓰는 듯한 음성으로 발음했다.

결국 나는 찰스의 연락처를 확보하는 데 성공하지 못했다. 내가 그녀에게 전화를 건 것이 그 때문이었다는 사실을 통화를 끝내면서도 인지하지 못했다. 그녀로부터 들어 알게 된 찰스는 내가 이해하고 있는 찰스와는 아주 많이 달랐다. 그것들을 사실이 아니라고 부정할 근거가 나에게는 없었다. 다만 한 가지, 그가 한국을 떠났을 거라는 그녀의 말은 부정할 수 있었고, 부정해야 했다. 그러나 나는 그러지 않았다. 자기 보존의 욕구, 즉 생존본능이 꿈틀거리는 걸 나는 모르는 체했다. 내 감정체계에 일종의 국면 전환이 이루어진 사실을 아주 은밀하게 반기고 있었다는 사실을 부정할 수 없다. 나는 조금 전의 조급함과 불안함을 떨쳐버리고 이상한 고요 속으로 유영해들어간 것을 느꼈다. 나는 내가 그녀를 신뢰하기로 했다는 것을 알아차렸다. 그 편이 나에게 이롭다는 판단을 내렸다는 것을. 그렇게 함으로써 철수 행세를 하는 찰스를 찾을 필요를 없앴다는 것을.

그런데도 늦게까지 연구실에 남아 있거나 아침 일찍 출근하는 날이면 혹시 찰스를 다시 만나게 되지 않을까, 하는 기대 같은 게 생기는 걸 어쩌지 못했다. 그가 불쑥 연구실 문을 열고 들어오거나 내 소파에 발을 올리고 있는 장면이 그려지면 저절로 몸이 뻣뻣해졌다. 나는 그가 교묘하게, 그러니까 어디선가 숨어서 살피고 있다가 내가 연구실을 빠져나가는 걸 확인한 후 몰래 들어와 자고 흔적을 남기지 않은 채 사라지는지 모른다는 상상을 하고는 했다. 나는 찰스가 이미 자기 나라로 돌아갔다고 믿으면서도, 아직 자기 나라로 돌아가지 않고 여전히 내 주변을 서성이고 있는지 모른다는 생각을 하는 나를 감당해야 했다. 나는 내가 찰스를 기다리고 있다는 사실을 어떻게 이해해야 할지 혼란스러웠다. 내가 기다리고 있는 찰스는, 내가 믿고 싶은 대로 자기 나라로 간 것이 확실하다면, 올 수 없는 찰스였다. 그런데 올 수 없다는 것을 알면서 기다릴 수는 없는 일이니까, 내가 정말로 기다리는 찰스는 올 수도 있는 찰스였다. 올 수도 있는 찰스는 자기 나라로 가지 않았을 수도 있는 찰스였다. 나는 찰스가 자기 나라로 돌아갔을 거라고 믿으면서 동시에 돌아가지 않았을지도 모른다는 생각에서 벗어나지 못했다. 그리고 그것은 근거가 없는 생각이 아니었다.

어느 날, 책을 읽다가 깜박 잠이 들었는데, 전화가 걸려왔다. 요란한 벨소리에 깨어 몽롱한 상태에서 전화를 받은 나는 출입국관리소 조사과라는 말을 얼른 알아듣지 못했다. 나는 어디요? 하고 물으며 시계를 보았다. 열두시가 넘은 시간이었다. 수원 출입국관리솝니다, 하는 남자의 목소리는 비현실적으로 음침했다. 꿈속의 소리를 듣고 있는 것 같은 착각이 일었다. 그때까지만 해도 잠이 내 의식의 꺼풀을 붙잡고 있었다. 그러지 않았다면 달랐을 거라고 장담할 수는 없지만, 의식에 달라붙은 잠의 찌꺼기들이 상대방의 말을 제대로 알아듣지 못하게 한 것은 사실이었다. 검은색의 얇은 천으로 눈을 가리고 더듬더듬 햇빛을 향해 나아가는 것처럼 불투명하고 아슬아슬했다. 나는 멍한 상태로 내가 들은 소리들을 하나하나 떼어 발음했다. 수. 원. 출. 입. 국. 관. 리. 소. 소리들은 낱낱인 채로 조립되지 않았다.

잠을 털고 나오게 한 것은 찰스라는 이름이었다. 현실 바깥 어디선가 들려오는 것 같은 음침한 목소리의 남자는, 찰스 야후 람이라는 분을 아십니까? 하고 물었다. 나는 하마터면 잘 안다고 말할 뻔했다. 남자가 따로따로 떼어서 발음했던 여덟 개의 글자들이 결합

되면서 하나의 이미지가 형성된 순간과 내 귀에 그 이름이 들린 것은 거의 동시였다. 아, 찰스. 나는 그 이름을 알고 있었으므로 안다고 대답해야 했고, 그러려고 했다. 그런데 그 순간 혀가 입천장에 달라붙는 기이한 일이 일어났다. 무엇인가가 내 혀를 붙잡고 놓아주지 않았다. 그런 상태에서 나는 올 수 없는 사람을 기다리는 것이 어떻게 가능한지 깨달았다. 올 수 없기 때문에 마음놓고 기다릴 수도 있다는 사실을 깨달았다. 불과 몇 초였겠지만 영원과도 같은 긴 시간이 지나갔다. "이 사람이 하도 졸라서 전화 한번 드렸는데, 역시 하실 말씀 없으시지요?" 통화가 끝났을 때 기다렸다는 듯 혀가 입천장에서 떨어졌다. 붙어 있던 것이 떨어지면서 나는 소리가 내 귀에는 '찰스'로 들렸다.

．

．

넘어가지 않습니다

．

．

"넘어가지 않습니다. 나는 여기로 있습니다. 당신은 용서합시다."

순경에게 팔을 붙들린 남자가 호소하듯 말했다. 악의가 없다는 사실을 알리려는 다급한 고갯짓에서는 자기가 한 일과 상관없이, 혹은 자기가 한 일에 비해 지나친 봉변을 당할지 모른다는 두려움이 전해졌다. 그런 종류의 경험을 자주 해서 피해의식이 몸에 밴 것으로 보이기도 했다. 순경이 비춘 랜턴 불빛에 드러난 작고 마른 몸, 약간 검은 얼굴만으로는 그가 외국인이라는 사실을 바로 알아차리기 어려웠다. 부자연스러운 발음과 부정확한 문장이 아니었다면 지나가는 마을 사람들 가운데 한 명으로 여겨졌을 것이다. 그는 순경과 그녀를 번갈아 쳐다보며 사과와 해명의 말을 계속했고, 그럼으로써 그가 지나가는 동네 사람이 아니라는 사실을 알게 했다. "넘어가지 않습니다. 나는 여기로 있습니다. 당신은 용서합시다."

랜턴을 든 경찰관이, 어떻게 할까요, 하고 묻는 듯한 표정으로 그녀를 살폈다. 그녀가 머물고 있는 집 뒤에서 붙잡힌 사람이 한 번도 본 적 없는 낯선 외국인인 것은 뜻밖이지만 다행이기도 했다. 그녀는 자기가 아주 잘 아는 누군가의 얼굴을 확인하게 될까봐 긴장하고 있었다는 사실을 부정할 수 없었다. 그녀가 경계하는 대상은 그녀를 잘 아는 사람이었다. 모르는 사람은 그녀를 위협하지 않았다. 외국인일 거라는 생각은 전혀 하지 않았기 때문에 그녀는 당황했다. 그녀가 아무 대꾸도 하지 않자 경찰관은 파출소에 데리고 가서 조사를 해보겠다고 말하고는 남자가 도망가지 못하게 뒤에서 붙잡고 있는 젊은 순경에게 눈짓으로 지시했다. 그녀는 애매하게 고개를 끄덕였다. "사모님, 나는 넘어가지 않습니다. 당신은 용서합시다. 사모님, 나는……" 외국인 남자는 그녀를 돌아보며 같은 말을 반복했다. 남자의 눈빛에 일렁이는, 그녀로서는 해석할 수도 감당할 수도 없는 간청을 무시하기 위해 그녀는 뒷걸음질을 쳤다.

누군가 어둠 속에서 자기가 머물고 있는 집을 기웃거린다는 걸의식하게 된 것은 일주일 전이었다. 그녀가 이 집에 들어와 살기시작한 지 사흘째 되는 날이었다. 처음엔 마을 사람이 지나가며 내는 발소리일 거라고 생각했다. 그러나 다음날도 그 다음날도 똑같은 기척이 느껴졌기 때문에 마을 사람이 지나가는 것으로 간주하고 안심할 수 없었다. 그녀는 귀를 곤두세우고 지냈고 틈을 내어커튼 사이로 바깥을 주시했다. 그때마다는 아니지만 자주 사람의움직임이 감지되었고 어떤 날은 소곤소곤 대화하는 소리가 꽤 오랫동안 들리기도 했다. 잘못 보았거나 잘못 들었다고 판단할 수 없었다. 시골은 어둠이 내리면 세상 만물이 숨을 멈춘 듯 적막해졌고, 그녀가 머물고 있는 집은 마을에서 약간 떨어져 있었다. 겁을 집어먹지 않을 수 없는 상황이었다. 그녀에게 집을 내준 친구 B가 중국에서 전화를 걸어 시골에서 지내는 게 불편하지 않으냐고 물었을 때 그녀는 불편하진 않은데 좀 무서워, 하고 대답했다. 친구가, 그렇지, 밤이 되면 시골은 완전히 깜깜하고 인적이 끊기니까, 하고 대수롭지 않게 반응하자, 아니, 그게 아니고, 하고 곧바로 부정해놓고는, 마치 무슨 과오를 저지르기라도 한 것처럼 머뭇거리며, 밤에 이 집을 누가 감시하는 것 같은데, 아는 게 없느냐고 물었다. "살지도 않는 집에, 무슨……" 크게 웃으면서 그럴 리 없다고 했다가 혹시, 하고 말끝을 흐리는 B의 반응이 그녀로 하여금 숨을 멈추고 주변을 두리번거리게 했다. 친구가 말로 다 표현하지 않은 생각을 자기도 속으로 하고 있었다는 사실을 깨닫자 새로운 두려움이 달려드는 것 같았다. 사태를 눈치챈 친구가 곧 다독이듯 차분한 목소리로, 그 사람이 네가 거기 있는 걸 어떻게 알겠어? 하고 말했고, 그건 정황으로 보아 부정할 수 없는 사실이었지만, 그녀는 한번 사로잡힌 불안에서 쉽게 헤어나올 수 없었다. B의 말이 맞았다. 그녀가 거기 있는 걸 그 사람이 알 리 없었다. 그녀가 거기 있는 걸 아는 사람은 그 집의 주인인 B 말고는 아무도 없었고, B가 그 사실을 누군가에게 알렸을 리 없었다. 그런데도 그 사람일 가능성을 부정하지 못한 것은 그 사람이 아니라면 누구란 말인가, 하는 생각이 그녀를 괴롭혔기 때문이었다.

　오랜만에 통화를 하던 중 그녀의 음성이나 말투에서 무엇을 감

지했는지, 무슨 일 있지? 하고 B가 물어왔을 때 기다리고 있었다는
듯 와락 밖으로 터져나오는 울음을 그녀는 막지 못했다. 한 달 전
쯤의 일이었다. 뒤이어 오랫동안 누르고 막아왔던 말들이 쏟아져
나왔다. 그런 사람인 줄 몰랐어, 그런 사람인 줄 어떻게 알았겠어,
하는 말을 몇 번이나 되풀이하는 그녀에게 B는 내가 뭐랬어, 하며
한숨을 몰아쉬었다. 그와 동거하기로 결정했노라고 알렸을 때 B
는 신중할 것을 충고했었다. 말은 신중하라고 했지만 사실상 반
대였다. 신중한 반대의 표현이 '신중하라'였다. B는 이런 결과를 예
감하기라도 했다는 듯 한숨을 쉴 뿐 흥분하지도 않았다. 그녀의 하
소연을 다 듣고 나서 그 친구가 한 말은 무조건 그 남자를 떠나라
는 것이었다. 그녀가 아무 대꾸도 하지 않은 것은 친구가 한가하게
여행을 권하고 있다고 생각해서가 아니라 그 사람을 떠나 옮겨갈
다른 곳을 떠올릴 수 없었기 때문이었다. 주변 사람들은 그녀를 순
하고 규범적인 사람이라고 평했는데, 그것은 그녀가 겁이 많고 용
기가 없는 사람이라는 뜻이기도 했다. 판단력이 떨어지고 독립적
이지 못하다는 의미도 아마 포함되어 있을 것이다. 그녀는 자기가
그런 사람이라는 사실을 부정할 수 없었다. 친구가 그 남자와의 동
거에 신중하라고 조언한 것도 그녀의 그런 성격을 염두에 두고 한
말이었다. 어렸을 때부터 이웃에 살아 가족끼리도 잘 아는 사이인
B는 그녀가 사람을 쉬 믿고 남에게 잘 속아넘어간다는 걸 알고 있
었다. B는 서른여섯 살의 수학 학원 파트타임 강사인 그녀가 만나
고 있는, 술집과 유흥업소가 즐비한 험악한 동네에서 나이트클럽
과 술집을 운영하는, 이혼 경력과 폭력 전과까지 있는 마흔세 살의

남자를 못미더워했다. 몸에 딱 붙는 옷차림과 호언을 일삼는 말투(그는 마치 영웅담을 늘어놓듯 대단한 자부심을 과시하며 폭력에 얽힌 과거사를 주렁주렁 나열했다. 그의 폭력 전과를 알게 된 것도 그의 이해할 수 없는 호언을 통해서였다)와 건들거리는 걸음걸이에 대해서도 얼굴을 찌푸렸었다. 그때 이미 초등학교 다니는 아이의 어머니였던 B는 연애 경험이 없어 남자들의 속성을 이해하지 못하는 그녀가 번지르르한 그 남자의 언변에 넘어갔다는 걸 직감적으로 알아차렸지만, 동시에 한번 넘어간 이상 어떤 부정적인 의견도 귀담아듣지 않을 거라는 사실 또한 직감했다. 네 말을 들을걸, 네 말을 들었어야 하는데, 하고 울먹이는 그녀를 향해 B는 울 자격도 가치도 없다고 나무랐다. "일단 도망쳐. 그리고 끊어. 일 년도 오래 버틴 거다." 어떻게 해야 할지 몰라 망설이는 그녀에게 B는 구체적인 방법을 제시했다. 자기에게 비어 있는 집이 하나 있다고 했다. 전원주택 붐이 일 때 혹시 투자가치가 있을까 싶어 빚을 내어 사두었는데 투자는 고사하고 구입할 때 시세도 안 될 뿐 아니라 지금은 팔려고 내놓아도 사려는 사람이 없어 애물단지가 되어 있다고, 지난 계절까지는 어떤 화가가 세 들어 살았는데 마침 지금은 비어 있다고, 비어 있은 지 한 달 반쯤 되었다고, 모든 게 다 갖춰져 있으니 청소만 하고 들어가면 되니까 살기에 불편하지 않을 거라고, 거기에 가 있으라고 충고했다. 그녀가 글쎄, 고맙긴 한데, 하며 망설이자 친구는 일 년 전에 적극적으로 말리지 않아 이런 일이 생기게 한 과오를 되풀이하지 않겠다는 듯 꼭 자기 말대로 해야 한다고 여러 번 당부했다. 남편을 따라 상해에 머물고 있어 당장 만나러 가지 못해서 미안하고 안타깝다는 뜻을 전하며, B는 그 집이 있는 위치를 상세히 설명했다.

B에게 털어놓고 난 후에 무섬증이 더 심해진 것은 아니지만 더 견디기 힘들어진 것은 사실이었다. 일주일간의 고민 끝에 그녀는 친구의 우정 어린 충고를 받아들이기로 마음먹었다. 행동을 하기 전에 그녀는 상해로 전화를 걸어 한 가지 사실을 다짐받았다. 아무에게도 알리지 말 것, 특히 시골에 있는 자기 부모 귀에 들어가지 않게 해달라고 부탁했다. B는 자기도 모르고 있겠다고 말함으로써 그녀를 안심시켰다. 그러고는 그 시골집에 어떻게 가야 하는지 다시 자세히 알려줬다. 일단 잠실역이나 강변역에서 마석까지 가는 버스를 타라고 했다. 마석에서 내린 다음 사람들에게 물어 30-3번 버스를 탈 수 있는 정류장으로 이동해야 한다고 했다. 30-3번 버스는 자주 다니지 않을 거라고 했다. 어쩌면 삼십 분을 기다려야 할지도 모른다고 했다. 그 버스를 타고 달빛마을 입구에서 내린 다음 언덕길을 따라 십 분쯤 걸으라고 했다. 농가들과 조금 떨어진 곳에 시골 교회풍의 뾰족한 지붕이 보일 거라고 했다. 현관문의 비밀번호는 3254이며 보일러는 석유를 쓰는데 아마 한 드럼 정도 남아 있을 거라고 했다. 무선인터넷의 암호는 설정되어 있지 않으니까 그냥 쓰면 된다고 했다. 친구는 되도록 빨리 귀국해서 찾아가겠다는 말도 했다. 그러고 나서 강변역, 마석, 30-3번 시내버스, 달빛마을, 그리고 현관 비밀번호 3254를 여러 번 발음해서 암기시켰다.

그러니까 그녀가 그 시골 마을의 전원주택에 숨어 있다는 사실을 아는 사람은 그녀 자신과 중국에 가 있는 오랜 친구 B 말고는 없었다. 그럼에도 불구하고 며칠째 밤마다 느껴지는 인기척은 그녀로 하여금 그녀와 B 말고도 다른 누군가가 그녀가 거기 와 있다는 사실을 알고 있을지 모른다는 의심을 하게 했고, 그 누군가가 자기를 감시하고 있다는 생각을 하게 했고, 그런데 그럴 사람으로 다른 사람을 상상할 수 없었기 때문에 그녀는 불가피하게 그 사람이 자기가 여기 숨어 있다는 것을 알아냈을 거라는 두려움에 사로잡혔다. 그 사람이 사람을 시켜 자신의 동태를 살피게 했을 거라는 생각은 곧 확신이 되었다. 그럴 리 없다는 생각은 그러고도 남을 위인이라는 생각으로 번번이 대체되었다. B는 그녀가 그 사람을 사실 이상으로 무서워하고 있다고 말했지만, 그녀는 B가 그 사람이 사실 이상으로 무서운 사람이라는 걸 몰라서 그렇게 말하는 거라고 생각했다. 그 사람이 언제 나타나 그녀의 머리채를 잡아챌지 알 수 없는 일이었다. 하늘로 올라가봐라, 내가 못 찾아내나, 라는 말은 거친 욕설과 습관적인 주먹질을 참다못해 집을 나온 몇 달 전에 그녀의 전화기에 남겨놓은 그 사람의 메시지였다. 그 남자의 으르렁거리는 협박에 겁에 질린 그녀는 몸이 마비되는 것 같은 경험을 했고, 정말로 그녀가 몸을 숨기고 있는 허름한 여관방에 검은 복장의 남자들이 찾아와서, 사장님이 기다리십니다, 가시죠, 했을 때는 숨이 멎는 줄 알았다. 그 이야기를 듣고 그녀의 위치가 핸드폰에 의해 추적당했다고 추측한 B는 집을 나오기 전에 핸드폰부터 바꾸라고 충고했다. 그녀는 친구의 충고대로 이곳으로 오기 전에 핸드폰을 바꿨다. 그럼에도 안심이 되지 않았다. 정면에만 울타리가 있고 뒤에는 따로 담이 없었으므로 문단속을 철저히 해야 했다.

그녀는 문을 닫고 자물쇠를 걸고 밖으로 나가지 않았다. 창문마다 커튼을 쳤다. 밤에도 되도록 불을 켜지 않고 지냈다. 그런다고 한번 찾아온 두려움이 사라질 리는 없었다. 두려움은 세균과 같았다. 빠르게 번식하고 넓은 범위로 퍼져나갔다. 두려움에 사로잡힌 그녀는 두려움에 집중하는 것 말고 아무것도 할 수 없었다. 마침내 일주일째 되는 날, 부엌의 작은 창을 통해 집 벽에 바짝 몸을 붙이고 있는 어떤 사람의 그림자를 확인한 순간 경찰서에 신고를 했고, 삼십 분이 걸려 출동한 경찰관은 한국말이 서툰 동남아계 남자를 붙잡았다.

이튿날 낮에 찾아온 경찰관이 전해준 바에 따르면, 그날 붙잡힌 그 외국인은 이름이 틴 카우, M국 국적의 노동자였다. 나이는 이십오 세이고, 달빛농장에서 일한 지 칠 개월째였다. 달빛농장은 그녀가 머물고 있는 집에서 도보로 십 분 정도 떨어진 산 아래에 위치했다. 방울토마토와 양파와 감자를 주로 재배하는 곳이었다. 겨울에도 비닐하우스 안에서 농사를 짓는다고 했다. 틴 카우 외에 네팔에서 온 노동자가 한 명 더 있는데, 이들은 컨테이너로 지어진 농장 안의 임시 막사에서 숙식을 해결하고 지냈다. 비전문 취업 비자를 가지고 입국했으며, 건설 현장에서 이 년 정도 막노동을 하다가 이곳 농장으로 옮겨 칠 개월째 일하는 중이었다. 술은 조금 마시지만 담배는 피우지 않는다고 했다. 전과는 없었다. 국내에 체류하는 동안 어떤 말썽을 일으킨 기록도 없었다. 농장 주인도 차분하고 성실한 사람이라고 증언했다.

경찰관은 자기가 수집한 정보들을 나열하며 그 외국인 노동자가 위험하지 않은 사람이라는 사실을 이해시키려 했다. 그녀는 그런 정보들이 귀에 들어오지 않았다. 따져야 하는 것은 그런 정보들이 아니었다. 그 남자가 밤마다 자기를 엿본 것은 부정할 수 없는 사실이고(그녀는 그렇게 단정했고), 따라서 그가 왜 그랬는지 밝혀져야 했다. 그녀의 조급함을 의식하고도 일부러 뜸을 들이는 듯한 경찰관의 태도가 마땅치 않았다. 그 사람이 왜 나를 감시하는지 알아냈느냐고 물은 것은 불가피했다. "그 이야기를 드리려던 참인데요. 그게 참, 그 사람이 밤마다 여기 온 건 사실이었습니다. 한두 시간씩, 어떨 땐 그 이상 머물다가 갔다고 하네요. 하지만 누구를 감시한 건 아니랍니다. 누구 사주를 받은 것 같지도 않고, 뭐 여자 훔쳐보는 이상한 취미를 가진 것도 아니고요. 거짓말을 하는 것 같진 않았습니다만." 그럼 뭐예요? 그녀가 눈빛으로 설명을 재촉했다. 이것 때문이었어요, 하며 그가 호주머니에서 꺼내 보인 것은 핸드폰이었다. 아, 이건 제 거고요, 하며 그는 도로 핸드폰을 집어넣었다. "그자가 밤마다 여기 온 건, 좀 어이가 없는데, 와이파이 때문이었어요. 꽤 오래전부터 그랬다는데요. 이 집 벽에 몸을 붙이고 인터넷을 하고 전화를 썼어요. 와이파이가 잘 잡히는 곳을 찾아 이리저리 이동해가며 자기네 나라 사이트에 접속하고 유튜브 같은 데 올라온 동영상을 보고 가족들과 통화도 하고, 그랬다는 겁니다. 근처에 무선 인터넷 가능한 데가 여기밖에 없었답니다. 우연히 알게 되었다고 하고, 꽤 오래전부터 그랬다는데요. 일과 끝나고 저녁 먹고 걸어서 여기로 와서 몇 시간씩…… 그게 그 친구 유일한 낙이

었겠지요. 그래도 자기는 울타리를 넘어가지는 않았다고 주장하네
요. 건물 벽에 바짝 몸을 붙이고 집 쪽으로 팔을 뻗어 신호를 잡았
다고. 뭐 거짓말하는 건 아닌 것 같아요. 남의 집 무선 인터넷망에
침입해서 허락 없이 와이파이를 쓴 것은 맞는데, 이걸 주거침입이
라고 할 수도 없고, 도난당한 게 없는데 절도라고 하기도 마땅찮고,
그러네요. 아, 물론 사모님이 불안을 느꼈으리라는 건 십분 이해하
지요. 그 사람한테도 허락 없이 그러면 안 된다는 사실을 알렸고
요. 그러긴 했는데, 좀 딱하긴 하네요." 경찰관은 따끔하게 혼을 내
서 훈방하려 한다고 말하고는, 무슨 생각인지 그 외국인 남자가 했
던 서툰 한국말을 나지막하게 중얼거렸다. "넘어가지 않습니다. 나
는 여기로 있습니다. 당신은 용서합시다." 나지막한 중얼거림 끝에
멋쩍은 듯 피식 웃음을 지어 보이기까지 했다. 그에게 그런 의도
가 없었는지 모르지만, 처지가 딱한 외국인 노동자에게 선의를 베
풀라는 암시를 꽤 노골적으로 하고 있는 것 같아 불편했다. 그녀가
이 집에 들어오기 전부터 그 사람이 이 집 인터넷을 사용하고 있었
다는 사실을, 그것이 무슨 권리라도 되는 것처럼 알려주는 것 같기
도 했다. 모르는 체하면 도움이 절실한 사람을 외면했다고 비난할
것만 같았다. 그렇지만 그런 비난에 대한 두려움은 자기를 감시하
고 엿보는 사람에 대한 두려움을 이기지 못했다. 경찰관의 설명이
그녀의 의심과 두려움을 완전히 잠재우지 못했다고 할 수 있었다.
호의나 인정 같은 것도 분별력의 지원이 없으면 불가능하다고 해
야 할까. 단정지어 말할 수 없지만 그 순간 그녀에게 분별력을 기
대하기 어려웠다는 것은 맞다. 그 외국인 노동자가 그 사람에게 고

용되어 자기를 감시하고 있는지 어떻게 알겠는가, 하고 생각한 것이 그 증거이다. 누구도 믿을 수 없었다기보다 무엇을 믿어야 할지 몰랐으므로 그녀는 그저 고개를 절레절레 저었다. 이해해주세요, 무서워서 그래요, 정말이에요, 어쨌든 다시 나타나지 않게 하세요, 하고 말하면서 다급하게 고개를 젓는 그녀의 모습은 전날 밤 부정확한 한국어 문장을 반복하며 간절한 눈빛으로 도움을 구하던 외국인 노동자의 모습을 연상시켰다. 그렇게 느낀 사람은 그녀 자신이었다. 그녀는 근거를 알 수 없는 죄책감이 기왕의 두려움과 섞여 만들어내는 내부의 혼란이 의아해서 고집스럽게 입을 다물었고 입술을 깨물었다. 그런 그녀를 가만히 지켜보던 경찰관은 두어 차례 고개를 끄덕이고는 돌아갔다. 경찰관의 그 고갯짓이 비난이나 조롱처럼 여겨져 신경쓰였지만, 그녀는 애써 자신의 내부에서 벌어지고 있는 감정의 싸움을 멀리했다.

굳은 표정으로 방에 들어가 문을 잠근 그녀는 안절부절못한 상태로 중국에 있는 친구에게 무료 문자메시지를 보냈다. 자신이 사태를 제대로 파악하고 대응하는 능력이 모자란다는 사실을 적어도 그 친구 앞에서는 숨기지 않아도 되었으므로, 그리고 이번에야말로 사태를 잘못 파악하면 안 된다는 위기감을 무시할 수 없었으므로, 두서없긴 해도 며칠 동안 자기에게 일어난 일을 비교적 상세히 알렸다. 조언을 구한다는 말은 하지 않았지만 조언을 해줄 거라는 기대가 있었다. 그리고 기대대로 B는 겁이 많고 판단력과 독립심이 부족하며 다른 사람을 터무니없이 잘 믿는 친구를 위해 조언을 해주었다. B는 무슨 그런 경찰 놈이 있느냐고 흥분부터 했다. 듣도 보도 못한 타국 사람이, 그것도 혈기 왕성한 스물 몇 살짜리 남자가 여자 혼자 사는 집을 밤마다 기웃거리는데, 국민의 안전을 지켜야 할 경찰관이 그렇게 안이하게 대처하는 건 있을 수 없다며 바로 전화해서 강하게 항의하라고 했다. 국민은 신변 보호를 요청할 권리가 있다, 국민의 세금을 받는 경찰관은 위험에 처한 국민의 신변을 보호할 의무가 있다, 그러라고 우리가 세금을 내는 거다, 그러니 당장 전화해서 어두워진 다음에 집 근처에 누구도 접근하지 못하게 조치를 취하도록 요구하라고 했다. 그리고 혹시 모르니까 현관문의 비밀번호를 바꾸고, 집에 있을 때는 보조 잠금장치인 걸쇠를 반드시 채우라고 충고했다. 그 외국인의 말이 설령 사실이고 사정이 아무리 딱하다고 해도, 언제 어떻게 돌변할지 모르는 게 사람이고 남자이므로("세상에, 거기다가 스물 몇 살이라며? 피부색도 다르고 말도 안 통하는 스물 몇 살짜리 낯선 남자라니, 무슨 짓을 어떻게 할지 모르는 짐승이라고 생각해야 해.") 그자가 거기 나타나지 못하도록 무선 인터넷에 암호를 설정하라는 충고도 했다. 친구의 말이 모두 일리 있다고 생각했으므로, 그리고 친구의 말에 의해 공포심이 한층 더해졌으므로 그녀는 친구가 하라는 대로 했다. 현관문의 비밀번호를 바꿨고, 걸쇠를 잠근 채 지냈고, 경찰서에 전화해서 신변 보호 요청을 했고, 무선 인터넷의 암호를 설정했다. 그녀의 전화를 받은 경찰관은, 뭐 꼭 원한다면, 이라는 단서를 달긴 했지만, 순찰을 약속했다. 경찰관의 순찰도 순찰이지만, 설정된 와이파이의 암호를 알지 못하는 한 인터넷을 쓸 수 없으니까 달빛농장의 그 외국인 노동자는 다시 나타나지 않을 것이다, 라고 그녀는 생각했다.

경찰관은 가끔 나타나 집 주변을 어슬렁거리다가 돌아갔다. 주로 해거름녘이었고, 두 사람이 같이 오기도 했지만 대개 혼자였다. 그녀는 요란한 오토바이 소리로 경찰이 왔다 가는 것을 확인했다. 가끔 문을 두드렸고, 별일 없는지 물었다. 그녀는 문을 조금 열거나 커튼만 걷고 별일 없다고 대답했다. 별일 없을 겁니다, 하는 소리가 나고 오토바이 소리가 나고, 그리고 조용해졌다.

그 외국인 남자가 다시 찾아온 것은 나흘 후, 일요일 오전이었다. 시선을 어디에 두어야 할지 몰라 안절부절못하는 문밖의 남자를 그녀는 문안에서 도어렌즈를 통해 바라보았다. 밤에 보았을 때보다 키가 더 작고 몸집이 왜소했다. 얼굴도 더 검고 수척해 보였다. 지금은 누구도 잘 입지 않는 블루진 재킷 차림이었는데 누군가에게 얻어 입은 듯 헐렁해 보였다. 정체를 알고 난 다음이라 그런지 생김새만으로도 외국인이라는 걸 금방 알아볼 수 있었다. 왜 찾아왔는지 모르지만 그녀는 알고 싶지 않았고, 그저 그가 빨리 돌아가기만을 바랐다. 무슨 말인가를 했지만 음악을 크게 틀어놓고 있었기 때문에 무슨 내용인지 확인할 수 없었다. 십 분쯤 초조하게 서 있던 남자는 방울토마토가 담긴 큼지막한 비닐봉지를 현관 앞에 두고 떠났다. 그녀는 집주인을 만나지 못하고 그냥 돌아가는 것이 못내 아쉬운 듯 자꾸 뒤를 돌아보는 그의 모습을 커튼 사이로 지켜보다가 돌아섰다. 더 지켜보다보면 자기도 모르게 문을 열어줄 것 같아서 그랬다. 그녀는 다리에 힘을 주었고 입술을 깨물었다.

그 사람이 다시 온 것은 세 시간쯤 후였다. 이번에는 혼자가 아니었다. 사모님, 이야기 좀 들어보세요, 우리 나쁜 사람 아니에요,

라고 말하는 사람의 목소리가 달랐다. 무엇보다 발음이 더 정확해서 알아듣기 쉬웠다. 그녀는 문을 열지 않고, 도어렌즈를 통해 그들을 살폈다. 말하고 있는 남자는 키가 컸고 고수머리였고 볼이 움푹 팼고 피부가 더 검었다. 나이도 더 들어 보였다. 멋을 부리려고 그랬는지 몸에 딱 달라붙는 점퍼를 입고 지퍼를 목까지 올렸는데, 멋있어 보이지는 않고 우스꽝스럽게 보였다. 그 사람이 자기는 틴 카우와 같이 일하는 카날 산제브라고 소개했다. 문은 안 열어도 상관없다고, 이야기만 들어달라고, 듣고 있을 거라고 생각하고 말씀드린다고 서두를 꺼낸 다음, 자기는 네팔에서 돈 벌러 한국에 왔으며, 틴 카우의 친구인데, 자기가 한국말을 친구보다 조금 잘하기 때문에 틴 카우의 의사소통을 도와주러 같이 왔다고 말했다. 틴 카우는 그 옆에서 겁먹은 눈으로 주변을 두리번거렸다. 틴 카우는 나쁜 사람 아닙니다, 도둑질 안 합니다, 라고 그는 말했다. 틴 카우가 고개를 끄덕였다. 틴 카우는 집에 전화하고 싶어합니다, 틴 카우는 한국에 온 지 삼 년 넘었는데, 돈 많이 못 벌었습니다, 나쁜 사장 만나 돈 못 받았습니다, 그리고 한 번도 집에 못 갔습니다, 틴 카우 가족들, 불쌍합니다, 틴 카우 나라, 위험합니다, 사람들이 그 나라 떠납니다, 폭격으로 집이 날아갔습니다, 아버지가 아픕니다, 누워 있습니다, 틴 카우는 가족들을 걱정합니다, 한국 데리고 오고 싶어합니다, 그렇지만 힘듭니다, 돈 없습니다, 돈 많이 벌어야 합니다, 틴 카우는 가족 소식 들어야 합니다, 자주 전화 걸어야 합니다, 라고 천천히, 그러나 또렷하게 말했다. 친구가 자기를 위해 말하는 동안 틴 카우는 자기에게 주어진 역할을 성실하게 수행하는 연기자처럼 연

178

신 고개를 끄덕였다. 어떨 때는 크게 끄덕이고, 어떨 때는 작게 여러 번 끄덕였다. 그러다가 고개를 들어 호소하는 눈빛으로 그녀가 있는 문 쪽을 바라보기도 했다. "집안으로 넘어 들어가지 않습니다. 밖에서 핸드폰만 쓸 것입니다. 도움을 베풀어주십시오. 부탁합니다." 네팔 사람 카날 산제브는 주어를 생략하고 말했다. 그는 누구를 대신해서 부탁하는 것이 아니라 자신을 위해 부탁하는 것처럼, 자신이 삼 년 동안 고국에 돌아가지 못했고, 가족을 보지 못한 것처럼, 폭격으로 자기 집이 날아가고 자기 아버지가 아파 누워 있는 것처럼, 사람들이 떠나가는 나라를 떠나지 못하는 가족들을 염려하는 사람이 자기인 것처럼 말했다. 한국어에 능숙하지 않아서 생긴 우연한 현상일 수 있으나 그녀에게는 그 사실이 신기하게 여겨졌다. "당신들이 두려운 게 아니에요." 그녀는 입을 열었지만 곧 닫고 말았다. 그녀가 하려고 한 말은, 당신들이 아니라 당신들을 두려워하도록 만드는 무엇인가가 두렵다는 것이었다. 그 무엇인가가 당신들뿐 아니라 세상에 대해, 세상의 모든 사람들에 대해 두려움을 갖게 한다는 것이었다. 내 안의 두려움이 내 밖의 모든 사람들을 두려워하게 한다, 그래서 문을 열지 못하게 한다, 그것이 문제다, 라는 것이었다. 그러나 그녀는 자기가 하려는 말을 충분히 잘할 수 있을지 갑자기 자신이 없어졌고, 또 자기가 충분히 잘 말한다고 해도 그들이 제대로 알아들을 수 있을지 확신이 생기지 않았다. 그래서 입을 다물었다.

한참 동안 그녀의 반응을 기다리던 틴 카우가 열리지 않는 문을 향해 큰 소리로 무슨 말인가를 했는데, 그녀는 정확히 알아듣지 못했다. 틴 카우가 한 말이 선물해주세요, 사모님, 이었다고 그의 네팔 친구가 알려줬을 때 그녀는 깜짝 놀랐다. 선물이라니? 그 말은 어색하고 어울리지 않는 말로 들렸다. 한국말이 서툰 외국인 노동자가 엉뚱한 단어를 발음한 것이라고 생각했다. 그러나 그들이 출석하는 은혜교회 목사님이 오늘 설교에서 은혜가 선물이라고 했다고 부언한 사람은 그의 네팔 친구 카날 산제브였다. 이어서 너희가 가지고 있는 것 가운데 누군가로부터 받지 않은 것이 무엇이냐, 다 받은 것인데 그러지 않은 것처럼 어떻게 자랑할 수 있느냐는 말이 성경에 쓰여 있다는 말을 띄엄띄엄 했다. 우리가 가진 것은 다 받은 거고, 받지 않은 것이 없고, 그러니까 주어야 하는 거라고 했어요, 선물이요, 라고 강조하기까지 했다. 그녀는 무언가를 강요받는 듯한 기분이 들었지만 불쾌하지는 않았다. 불쾌하다기보다 불편했다. 그녀는 닫혀 있는 문이 곧 열릴 것만 같았고, 그래서 불안해졌다. 그러나 물론 문이 열릴 수는 없었다. 닫혀 있는 문이 열리려면 문밖의 그들이 억지로 힘을 써서 부수거나 문안의 그녀가 스스로 잠금장치를 풀고 열어주어야 했다. 그들이 무력을 쓸 가능성이 있다고 할 수 없고, 그녀가 문을 열어줄 생각을 하고 있는 것도 아니었으므로 저절로 열리지 않는 한 문이 열릴 일은 없었다. 그런데 누군가의 의지나 어떤 작용 없이 저절로 열린다는 건 합리적인 생각이 아니었고, 따라서 고려할 사항이 아니었다. 문이 열릴지도 모른다는 걱정은 할 필요가 없다는 뜻이었다. 그러나 한번 찾아온 그 걱정은 쉬 사라져주지 않았다. 문이 열리면 안 된다는 생각이 이상한 열정처럼 그녀를 사로잡았다. 그녀는 그들이 위험한 사람들이

어서가 아니라 다만 열리면 안 되는 문이 어떤 작용에 의해서 열릴지 몰라 초조해졌다. 문이 열리고 난 다음 벌어질 좋지 않은 어떤 일을 예상해서가 아니었다. 가령 그 남자들이 누구의 사주를 받고 자기를 감시한다거나 문이 열리는 순간 난폭하게 변해서 자기를 어떻게 할 거라는 걱정을 적어도 그 순간에는 하지 않았다. 그보다 문이 열리는 순간 밖에 있는 사람들에게 자기 모습이 어떻게 보일지 그것이 걱정이었다. 그들이 보게 될 자기 모습을 그녀는 보고 싶지 않았다. 그녀는 도어렌즈에서 떨어져 경계하는 자세를 취했다. 그들이, 다음에 뵙겠습니다, 하고 인사한 다음 돌아가지 않았다면 경찰에 전화를 걸었을 것이다. 위험해서가 아니라 불안해서. 두려워서가 아니라 어떻게 해야 할지 몰라서.

그녀는 무선 인터넷의 암호를 설정했고, 그 번호는 외부에 알려지지 않았으므로 외부인이 그 집의 와이파이망에 침범할 수 없었다. 그 외국인 노동자도 예외가 아니었다. 그러니까 이제 그 외국인 노동자는 그녀의 거처에 나타나지 않아야 한다. 와봤자 그가 원하는 것을 얻을 수 없으니까. 무료 인터넷을 이용하는 것이 불가능하니까. 전화도 걸 수 없고 포털 사이트에 접속할 수도 없고 유튜브 동영상도 볼 수 없으니까. 그러나 밤이 되면 남자는 어김없이 나타나서 그녀가 머물고 있는 집 주변을 배회했다. 핸드폰을 머리 위로 들고 혹시나 하고 여기저기 자리를 옮겨다니는 왜소한 체격의 남자의 자취를 매일 밤 느낄 수 있었다. 매번 허탕치면서도, 그것 말고는 다른 방법이 없어서, 오늘밤은 혹시, 하고 밤마다 찾아오는 남자의 마음이 손에 잡힐 듯했다. 그녀는 그 마음을 손에 잡지 않기 위해 자주 손을 등뒤로 감추고 눈을 감았다. 이상한 것은 그런데도 그 사람을 쫓아내거나 신고할 생각이 들지 않는다는 점이었다. 순찰을 한답시고 경찰은 해가 지기 전에, 그러니까 그 노동자가 아직 농장에 있을 시간에 요란한 오토바이 소리를 내며 왔다가 무성의하게 둘러보고 돌아갔지만, 그녀는 항의하지 않았다.

어느 날 밤 중국에 있는 B에게 보내는 문자메시지 창에 그녀는, 이런 기분은 뭘까, 마치 내가 인질범이 된 것 같다, 라고 썼다. 그녀의 무르고 흐리멍덩한 성격을 잘 알고 있는 친구는 곧바로, 나약해지지 마라, 네가 인질이지 무슨 인질범? 하고 나무랐다. 물론 그녀가 인질이라는 친구의 진단에 그녀는 동의했다. 그녀는 집안에 붙들려 밖으로 한 발짝도 나가지 못하는 상태였다. 그녀가 누군가의 인질이라는 건 틀린 말이 아니었다. 그녀가 피해서 도망 온 동거남과 그녀의 밤을 위협하고 있는 외국인 노동자는 그녀를 연금 상태로 만들었다는 점에서 차이가 없었다. 그렇게만 생각하려 했다. 거기까지만 생각해야 했다. 그래야 안전했다. 그런데 생각이 거기서 멈춰지지 않았다. 거기서 멈추려 하면 무언가 허전하고 자기를 기만하는 것 같아 마음이 불편했다. 누군가에 의해 인질로 잡혀 있는 상황이 틀림없는데, 거꾸로 누군가를 인질로 잡고 있는 것처럼 거북하고 떳떳하지 않은 것은 왜일까. 어째서 온전히 피해자라는 태도를 견지하는 것이 거북하고 쑥스러운 것일까. B는 근거 없는 자학, 쓸데없는 감상주의라고 통박하고, 선해빠져서, 세상 독한 맛을 아직 덜 봐서, 같은 말을 동원해 야단쳤다. 친구의 의견 가운데 그녀가 받아들일 수 없는 것은 없었다. 그러나 친구의 의견 말고 그녀가 받아들여야 하는 것이 더 있는 것 같았다. 그것이 전부가 아닌 것 같았다.

갑자기 기온이 떨어져 낮부터 내리던 비가 눈으로 변하고 바람까지 몹시 심하게 불던 날 밤 문득, 며칠 전에 그 남자가 현관 앞에 두고 간 방울토마토가 떠올랐다. 그것을 안으로 들이는 것이 그 남자에게 호의적인 사인으로 받아들여질지 모른다는 생각 때문에 그녀는 그 봉지에 손대지 않았다. 쓸데없이 오해하게 하고 싶지 않아서였다. 그런데 비바람을 맞으며 방치되어 있을 방울토마토 봉지가 그날따라 마음에 걸려서 그녀는 현관문을 열고 나갔다. 방울토마토를 집안으로 들여놓는 그 짧은 순간에 바람이 휘몰아치면서 한 움큼의 비를 현관 안쪽에 뿌렸다. 설마 이런 날씨에도 그 외국인이 집 주위를 서성이고 있을 리 없다는 생각을 하면서도, 이런 날씨에도 불구하고 여전히 나타나 집 주위를 서성이고 있을지 모른다는 생각이 떨어져나가지 않았기 때문에 그녀는 바람에 따라 이리저리 휘어지며 쏟아지는 빗줄기를 한참 바라보고 있다가 우산을 찾아 쓰고 밖으로 나갔다. 그 외국인을 볼 거라고 생각해서인지 볼 수 없을 거라고 생각해서인지 확실하지 않았다. 그 외국인이 비를 맞고 있기를 바라는지 그러지 않기를 바라는지도 분간하기 어려웠다. 비를 맞으며 떨고 있는 그 외국인을 만나지 않기를 바라는 마음 한구석에 정작 그 외국인을 보지 않게 된다면 몹시 섭섭하고 배신감이 들 것 같은 이해하기 힘든 마음이 자리했다. 그리고 세차게 몰아치는 비바람을 피하지 못해 옷이 다 젖은 채 처마밑에 오들오들 떨고 서 있는 왜소한 체격의 외국인 노동자를 발견했을 때, 그녀는 그 남자가 자기를 배신하지 않았다고 느꼈고, 심지어 자기에게 기회를 준 그를 향해 고마움을 느끼기까지 했다. 그 순간 그녀가 애써 피하려고 했던 진실을 눈앞에서 목도한 것 같았다. 피해자이기만 할 때 그녀는 마음의 부담을 느끼지 않았다. 피해자라는 신분을 가지고 있는 동안은 누군가의 도움을 조건 없이 무제한적으로 요청할 수 있었다. 피해자는 기본적으로 억울한 자이므로, 행한 자가 아니라 당한 자이므로, 비판이 아니라 동정을 받아야 하는 자이므로, 거리끼거나 머뭇거릴 필요가 없으며, 심지어 당당하지 않을 이유가 없었다. 피해자는 빚진 것이 없으므로 책임질 것이 없고 추궁받지도 않으며 어떤 선택을 해야 할 부담으로부터도 제외된다. 피해자는 기본적으로 요구를 받는 자가 아니라 요구하는 자, 요구할 권리를 가진 자이기 때문이다. 자비를 구하는 눈빛과 간청을 거부할 수 없는 것은 그 때문이다. 그 외국인 노동자의 출현으로 야기된 내부의 혼란이, 책임질 것이 없고 어떤 선택도 요구받지 않으며 다만 요구할 권리만을 가지고 있는 (것으로 가정된) 그 익숙한 자리가 흔들리는 데 대한 불안과 관련되어 있었다는 사실을 그녀는 비교적 선명하게 인식했다. 그 남자의 안타까운 눈빛을 처음 봤을 때 그녀의 마음속에서 일렁인 것이 그것이었다. 자기는 아무 능력도 권리도 없으며 순전히 당신의 자비만을 간청한다는 듯한 그 애절한 눈빛이 불편하고 싫어서 시선을 피했다는 사실이 새삼 상기되었다. 그녀는 떨고 있는 남자에게 우산을 씌워주며 말했다. "들어오세요. 안으로 들어오세요." 남자는 몸을 덜덜 떨며, 아닙니다, 괜찮습니다, 라고 말했다. 괜찮긴 뭐가 괜찮아요? 꼴을 보세요, 괜찮은지, 하고 다소 거칠게 말하며 그녀는 남자의 젖은 옷깃을 잡아끌었다. 아닙니다, 와이파이 씁니다, 싫습니다, 넘어가지 않습니다, 나는 여기 있습니다, 라고 말하는 남자의 목소리에 이 부딪치는 소리가 섞여 들렸다. 휘몰아친 바람이 그녀가 들고 있던 우산을 뒤집었다. 우산은 방향 없이 마구 휘젓는 비바람으로부터 그들을 가려줄 수 없었다. 그녀는 우산을 집어던지고, 얼굴을 찌푸리며, 여기서 죽고 싶어요? 하고 짜증스럽게 소리질렀다. 그 상황에서도, 아닙니다, 아닙니다, 괜찮습니다, 라고 말하며 버티는 남자가 이해되지 않았다. "들어오세요, 제발. 전화를 하든지 인터넷을 하든지 일단 들어와서 하세요, 제발." 그녀는 어느새 부탁하고 사정했다. 넘어가지 않습니다, 넘어가면 나, 죄인 됩니다, 안 합니다, 라고 남자가 말하는데, 그녀의 눈에서 눈물이 나오려고 했다. 그녀는 눈물을 도로 밀어넣으면서 필사적으로 소리쳤다. 그녀의 목소리는 거의 울부짖는 것처럼 들렸다. "선물이에요, 선물. 선물이라면서요." 그녀는 선물을 달라고 간청하는 어린아이처럼 외쳤다.

．
．

신의 말을 듣다

．
．

공사중이던 고층 건물이 무너지면서 여러 명이 죽고 수십 명이 다친 M시의 사고는, 업체 선정 과정에 인맥과 뇌물과 정치자금이 작용한 사실이 부실 공사의 주된 원인으로 지적되면서 관련자들의 책임을 물어야 한다는 들끓는 여론을 몰고왔다. 인구가 이십 만도 안 되는 지방 도시에 랜드마크 운운하며 복합 레저타운 건물을 허가해준 것부터 수상한 일인데다가 그 사업을 따낸 건설회사가 도시 개발이 예정된 지역에 인접한 땅을 싸게 구입해서 연립주택을 지어 판 것 말고는 달리 내세울 실적이 없는 소규모 회사여서 의혹을 키웠다. 사고가 나지 않았으면 불거지지 않았거나 나중에 불거졌을 뇌물 및 불법 정치자금의 수수를 비롯한 각종 추문들이 둑이 터진 것처럼 한꺼번에 쏟아졌다. 치명적인 것은 그 업체의 대표가 시장의 부인과 친척 관계라는 소문이었다. 헛소문이라는 반격은 어디서도 나오지 않았고, 그래서 그것은 기정사실이 되어 도시 전체로, 도시를 넘어 나라 전체로 퍼졌다. 진상 조사와 담당자 처벌과 시장의 퇴진을 요구하는 목소리가 신문의 칼럼과 관공서 건물 앞의 피켓 시위와 각종 단체의 성명서를 통해 빠르게 확산되어갔다. 사람들이 모이면 그 사고 이야기를 했다. 그 이야기만 하는 건 아니지만, 그 이야기를 빼놓지 않고 했다. 이를테면 결혼식 피로연장에서도, 직장인들의 저녁 회식 자리에서도, 삼십 년 만에 만난 동창들의 대화에서도 그 이야기는 빠지지 않았다.

어떤 자리에서 그 화제를 처음 꺼낸 사람이 누구인지 밝히는 건 중요하지 않기도 하거니와 불가능하기도 하다. 누군가 먼저 꺼낸 사람이 있기야 하겠지만, 그 화제는 특정인에게 귀속되는 고유성을 가진 것이 아니어서 그 누군가는 곧바로 익명이 되어버린다. 이 사람이 한 말이나 저 사람이 한 말에 내용의 차이가 없으면 굳이 이 사람이 이 말을 했고 저 사람이 저 말을 했다고 구별해서 새길 이유가 없다. 우리는 하나다, 라는 안도가 이 상황이 제공하는 혜택인데, 실상 그것은 나는 고유하지 않다, 의 다른 말이고, 나는 실체가 없다, 를 덮는 말이고, 그러니까 허위다. 발화자가 구별되지 않는 의견이나 감정을 주고받을 때 우리의 마음이 편한 것은 그 때문이고, 편한데도 가끔(이건 예민한 사람이 느끼는 거라고 할 수 있지만) 마음 한구석이 찔리는 것 같아지는 것 역시 그 때문이다. 새겨질 필요가 있는 것은 다른 의견이나 감정인데, 이럴 때 의식은 느슨한 자세를 고치고 똑바로 앉는다. 의식이 곤두서는 경험, 삼십 년 만에 만난 사람 앞에서 국립 M대학의 십 년 차 교수인 김승종은 최근에 그런 순간을 겪었다.

일찍 사위를 보는 친구 덕분에 오랜만에 만나게 된 M고등학교 11기 동창들 가운데 몇 명이 그냥 헤어지기 아쉽다며 결혼식장 부근 맥줏집으로 들어가 만들어진 자리였다. 아닌 게 아니라 졸업하고 처음 보는 얼굴들이 많았고 그냥 헤어지면 아쉬워할 만한 자리였다. 지난 기억을 떠올리고 지금 하고 있는 일 얘기를 주고받고 각자 살아낸 시간들을 한두 줄로 요약하거나 장황하게 늘어놓느라 시끌벅적하던 술자리가 웬만큼 시간이 지나자 시들해졌는데, 그때 누군가 불쑥, 승종이가 한 건 했더라, 어제 신문 봤냐? 하고 새로운 화제를 꺼냈다. 고등학교 때 살던 동네에 여태 살면서 빵집을 운영하고 있다는 친구였다. 한두 사람이 고개를 끄덕였고, 나머지는 무슨 말이냐는 듯 빵집 주인과 김승종의 얼굴을 번갈아 쳐다봤다. 김승종은, 내가 무슨, 하며 머리를 긁적였고, 말을 꺼낸 친구는, 저 친구가 말이야, 하고 신문에서 읽은 내용을 옮겼다. "저 친구가 이번 붕괴 사고에 대해 인터뷰를 했는데 말이야. 시민들은 시장에게 부정과 전횡을 저지를 어떤 권리도 주지 않았다, 주지 않은 권리를 제멋대로 행사한 시장에게 책임을 묻는 것은 시민의 권리다, 뭐 그런 요지의 말을 했더라. 인터뷰하는 사진도 크게 났고." M시에서 발행되는 지방신문에 그런 기사가 난 것은 하루 전이었다. 며칠 전 김승종이 회원으로 있는 M미래포럼은 붕괴 사고와 관련하여 진상 조사와 책임자 처벌을 요구하는 성명서를 냈다. 성명서에는 시장의 퇴진을 암시하는 문장도 들어 있었다. 그후에 인터뷰 요청이

왔는데 공교롭게도 포럼 대표가 외국에 출장 나가 있는 바람에 부대표를 맡고 있는 그가 대신 기자를 만나야 했다. 그는 사양했지만 따로 하는 일도 없는데 부대표가 그거라도 해야지, 하며 부추기는 몇몇 회원들의 성화에 떠밀려 어쩔 수 없이 인터뷰를 했다. M미래 포럼의 성명서는 그 문제를 다룬 다른 단체의 성명서와 다를 리 없었고 다를 게 없었다. 거리에 떠도는 장삼이사의 목소리를 대변한 것에 불과했다. 그의 인터뷰도 다를 리 없었고 다른 게 없었다. 그는 성명서에 표현된 것 이상의 말은 하지 않았다. 신문을 본 친구가 그가 했다고 옮긴 말은 성명서에 있는 문장 중 일부였다. 그러니까 그것은 그가 했지만 그의 말이 아니었다. 그는 쑥스러워하며, 그거 우리 단체에서 낸 성명서에 다 있는 거야, 하고 말했다. 하지만 굳이 그런 고백을 할 필요는 없었다. 그 자리에 있는 이들 중 누구도 그의 말을 귀담아듣지 않았기 때문이다. 그들은 어떤 주장이 누구의 것인지 관심을 보이지 않았다. 누구의 주장이라고 할 만한 차이가 없었기 때문이었다. 누구의 것인지 분간되지 않는 비난과 한탄의 말들이 그들의 입에서 중구난방으로 쏟아져나왔다. 공사를 맡은 건설회사를 성토하다가 뿌리깊은 이 나라의 정경유착을 개탄하다가 정치인의 부도덕과 공무원들의 무능을 도마 위에 올리다가 돈 없고 백 없는 서민의 설움을 토로하다가 했다. 그리고 그런 대화가 으레 그렇듯 곧 초점을 잃고 시무룩해졌다. "승종이 잘 말했다. 시장은 책임지고 물러나야 한다. 용감하고 훌륭하다, 우리 김승종." 그 술자리 대화에 결론을 내기라도 하는 것처럼 누군가 그렇게 말했다. 김승종은 다른 사람이 받을 칭찬을 대신 받고 있는 것 같은 쑥스러움을 느끼면서도 그에 대해 아무 반응도 보이지 않음으로써 만인의 공감을 불러낼 용감하고 훌륭한 발언을 한 사람의 뿌듯함을 은근히 즐겼다. 어쨌든 신문기자 앞에서 그 말을 한 사람은 그였다. 성명서에 들어 있는 말이고, 단체의 공식 입장인 건 맞지만, 그렇기 때문에 그의 말이 아닌 건 아니었다. 실제로 인터뷰를 하는 동안 그는 단순히 M미래포럼의 입장만을 대변한 것이 아니라 한 시민으로서의 공분을 표현했다. 그때 그는 M미래포럼의 부대표였지만 김승종이기도 했다. 그는 자기 발언을 했다는 사실을 의심하지 않았다. 그러니까 그 자리에서 그가 느낀 뿌듯함에 대해 염치없다고 비난할 수는 없다. 물론 아무도, 적어도 직접적으로는 그런 비난을 하지 않았다.

그러나 그 술자리에서 일어나기 전에 김승종은 자기를 비난하는 어떤 목소리를 듣고 흔들렸다. 아무도 그가 흔들린다는 걸 인식하지 못했다. 그를 흔들리게 한 사람조차 그가 흔들린다는 사실을 인식하지 못했다. 그것은 그를 흔들리게 한 사람에게 그를 흔들리게 하려는 의도가 없었기 때문이다. 바람이 불면 나뭇잎이 흔들리지만, 그 나뭇잎을 흔들리게 하려고 바람이 분 것이라고 할 수는 없다. 나뭇잎이 흔들렸다는 사실만으로 바람에게 그 나뭇잎을 흔들리게 하려는 의지가 있었다고 단정할 수는 없다. 어떤 현상이 항상 어떤 의지의 작용으로 일어나는 것은 아니라는 뜻이다. 그 자리에서 한 친구는 다만 고등학교 3학년 마지막 학기를 추억했을 뿐이다. 그 때문에 김승종이 불편해졌다고 해서 그에게 김승종을 불편하게 하려는 의지가 있었다고 단정하는 것은 옳지 않다. 물론 그에게 그런 의지가 없었다고 단정하는 것도 삼가야 한다. 어떤 단정도 정당하지 않다. "기억나냐, 김승종. 네가 쓰던 방 나한테 물려주고 간 거?" 김승종은 무슨 말이냐는 듯 고개를 들어 말을 붙인 친구를 멀뚱히 바라보다가 아, 그거, 그랬지, 하고 그제야 생각난다는 듯 천천히 고개를 끄덕였다. "자취생들끼리 그런 거래를 했단 말이야? 짜식들. 아, 좋았지, 그때가. 생각난다." 옆자리의 친구가 과장되게 반응하며 술잔을 들었다. 다른 친구가 술잔을 부딪치며, 둘이 그런 사이였어, 우, 수상한데, 하며 장난스럽게 야유했다. 김승종과 수철이 학교 근처에서 자취를 한 건 같이 학교를 다닌 동창들은 거의 알고 있는 사실이었다. 둘은 동네는 다르지만 M시 인근 시골 출신이었다. 김승종은 학교 근처에 방을 얻어 혼자 자취 생활을 했고, 수철은 이 년 터울의 동생과 함께했다. 서울에 있는 대학에 합격한 김승종은 3학년 마지막 학기를 마친 후 짐을 싸서 집으로 내려갔지만, 재수를 하기로 결심한 수철은 동생과 함께 M시에 더 머물러야 했다. 승종은 방을 빼고 나가야 했고, 수철은 다른 방을 얻어야 하는 상황이었다. 두 사람의 필요가 맞아서 배턴터치가 이루어졌다.

김승종은 수철이 언급하자 그 일이 겨우 기억난 것처럼 반응했지만, 그것은 사실이 아니었다. 결혼식장에서 그의 얼굴을 보는 순간 그때 일이 바로 떠올랐다. 그러나 그는 수철이 그 일을 기억해내지 않기를 바랐으므로 모른 척했다. 그러나 바람대로 되지 않을 거라는 것 역시 알았는데, 수철의 얼굴을 보는 순간 그가 바로 그 일을 떠올린 것처럼 수철 역시 자기 얼굴을 보는 순간 바로 그 일을 떠올렸을 거라고 생각했기 때문이다. 그는 수철의 얼굴을 보기 전까지 그 일을 잊고 있었지만, 수철은 그의 얼굴을 보기 전에도 그 일을 잊지 않고 있었을지 모른다는 생각도 들었다. 그렇더라도 수철이 그 이야기를 자기 앞에서 굳이 꺼내는 짓은 하지 않았으면 하고 은근히 바라고 있었던 것인데, 그때까지 이어지던 화제가 사그라들고 새로운 이야깃거리가 나오기 전에 잠시 생긴 술자리의 침묵 속으로 그가 툭 그 일을 가지고 들어온 것이다. 학교 근처에서 자취하던 이 자식들 무지 부러웠는데, 하고 한 친구가 추억에 젖은 목소리로 말했고, 그러게, 얘네들, 스스로 밥 해먹으랴 빨래하랴 공부하랴, 무지 고생했을 텐데 그땐 그런 생각은 하지도 못했지, 어쩌구 하며 거들었다. 승종이 살던 집이 양지바른 언덕바지에 새로 지은 이층 양옥이었지, 하고 누군가 생각났다는 듯 탁자 위에 손가락으로 약도를 그려가며 회고했다. "그 근처에서는 제일 근사했지. 담이 높았고 마당도 있었잖아. 지붕이 파랗고 담이 노란색이었어. 다들 얼마나 부러워했다고. 좋은 집이었지?" 그 질문이 누구를 향해 던져진 것인지는 확실하지 않았다. 승종은 대답 대신 수철의 얼굴을 살폈다. 자기가 대답할 수 있지만 어쩐지 수철에게 넘겨야 할 것 같은 생각이 들었다. 수철이 그 자리에 없다면 자기가 해야 하지만 수철이 그 자리에 있으므로 자기가 하는 것은 경우가 아니라는 생각이 들었다. 수철은 빙그레 웃기만 할 뿐 대답하지 않았다. 승종은 고개를 숙인 채, 그러나 온 신경을 기울여 대답을 기다렸지만 수철은 웃기만 했다. 아니, 웃지 않았는지 모른다. 그는 그저 승종의 얼굴을 살짝 쳐다보았을 뿐인지 모른다. 아니, 그것도 아니었는지 모른다. 맥주를 들이켜는 과정에서 자연스럽게 치켜떠진

무심한 눈길이 잠깐 스쳤을 따름이었는지 모른다. 그런데도 승종은 그가 자기를 힐끗 쳐다보았고, 뿐만 아니라 빙그레 웃음을 짓고 있다는 생각에 사로잡혔다. 그는 고개를 들지 않았기 때문에 수철이 자기를 보고 있는지 보고 있지 않은지 알 수 없었다. 그런데도 그는 고개를 들지 않았기 때문에 수철이 자기를 보고 있지 않을 리 없다는 생각을 떨쳐버릴 수 없었다. 그 생각을 떨쳐버리려면 수철이 자기를 보고 있지 않다는 걸 확인해야 했지만 자기를 보고 있지 않다는 걸 확인하려다가 자기를 보고 있다는 걸 확인하게 될까봐, 그것이 두려워서 확인하려는 시도를 하지 못했다. 좋은 집이었지? 수철이 끝내 입을 열지 않았기 때문에 승종은 물론 그 자리에 있는 친구들 모두 그 집이 좋은 집이었는지 듣지 못했다. 그러나 승종을 제외하고 그 자리에 있던 친구들 모두 수철이 그 집을 좋은 집이라고 생각했는지 궁금해하지 않았기 때문에 대답을 재촉하는 사람은 없었다. 모든 질문이 반드시 의도나 의미를 가지고 있는 것은 아니다. 모든 질문이 대답을 요구하거나 기대하고 던져지는 것도 아니다. 대답에 관심 없거나 심지어 대답을 성가셔하는 질문도 있다. 좋은 집이었지? 의미와 의도를 갖지 않은 채 그냥 던져진 이 질문은 그 자리의 취기와 소음과 무질서를 견디지 못하고 순식간에 휘발되어 날아갔다. 정도의 차이는 있지만 의미와 의도를 갖지 않았다는 점에서 크게 다를 것 없는 이야기들이 그 질문이 사라진 술자리로 들어왔다. 이야기들은 자리에 앉았다 일어서고 끼어들었다 빠져나갔다. 그러나 김승종은 앉았다 일어서고 끼어들었다 빠져나가는 이야기들을 감지하지 못했다. 친구들의 얼굴을 쳐다보고 맞장

구를 치듯 고개를 끄덕이고 가끔 과장되게 웃기도 했지만 그러나 그곳에서 오가는 이야기에 집중하지 못했다. 아무도 눈치채지 못했지만, 그리고 그래서 다행이었지만, 그는 모두로부터 소외되어 있었다. 물론 소외시킨 사람은 없었다. 친구들은 그가 자기들이 주고받는 이야기를 듣고 있지 않다는 사실조차 알지 못했다.

그해 2월, 그는 서울에 있는 대학에 합격했기 때문에 3월이 되면 서울로 가야 했다. 그는 M시에 더 있을 이유가 없었다. 그런데 집주인은 더이상 그곳에 머물 이유가 없어진 학생의 형편을 헤아려주지 않았다. 돌려줄 돈이 없는 자기 사정도 딱하다며 입주할 사람이 생길 때까지 기다리라고 했다. 급하면 입주할 사람을 직접 구해오라는 말도 했다. 그는 그렇게까지 할 마음이 없었으나 마침 친구인 수철이 새로 지은 이층 양옥집에서 사는 그가 늘 부러웠다며 방을 뺄 거면 자기에게 넘기라고 했을 때 승종은 잠깐 머뭇거렸다. 네가 들어오려고? 하는 미지근한 승종의 반문에서 자기를 마땅찮아하는 것 같은 낌새를 느낀 수철이 표정을 바꾸며 나한테 소개해주기 싫다 그거야? 섭섭한데, 내가 너와 같은 집에서 사는 게 언짢다는 거야 뭐야, 하자 승종은 당황했고, 그게 아니라고 해명을 해야 했다. 그게 아니라…… 그게 아니라 친구에게 인계하기가 찜찜한 다른 이유가 있었다. 그러나 그는 친구가 저렇게까지 바라는 일이니까, 하고 자기를 다독이며 하려던 말을 하지 않았다.

겨울이 되어 보일러를 틀기까지는 그 방에 문제가 있다는 사실을 알지 못했다. 이상하게 그의 방만 난방이 되지 않았다. 새집을 짓고 첫겨울을 난 주인도 몰랐던 사실이다. 한겨울에 장판을 들어내고 구멍을 뚫고 파이프를 교체하는 공사를 했지만 사정은 나아지지 않았다. 오히려 공사를 하다 어디를 건드렸는지 물이 새는 바람에 아예 보일러 밸브를 잠가놓고 겨울을 보내야 했다. 장판을 뜯고 방바닥을 파헤쳐 쌓아둔 흙더미를 피해 방 한쪽에 요를 깔고 이불을 머리끝까지 덮고 떨며 잔 기간이 한 달이나 되었다. 흙더미는 사라졌지만 여전히 난방은 되지 않는 상태였다. 그가 친구에게 자기가 쓰던 방을 선뜻 권할 수 없는 이유였다. 물론 그는 네가 생각한 것처럼 그렇게 좋지는 않아, 겨울엔 춥고, 하고 말했지만, 그 말은 좀 얼버무리는 것처럼 했고, 친구가 귀담아듣지 않은 걸 알면서도 다시 말하지 않았다. 빨리 고향집으로 돌아가야 한다는 생각만 앞서 있던 상황이었다. 난방이 전혀 되지 않는다는 정보를 정확히 제공하지 않은 자책감을 몰아내기 위해서는 몇 가지 구실을 떠올리는 것으로 충분했다. 주인은 날을 잡아서 곧 공사를 할 거라고 했다. 그렇게 말했으니 그렇게 할 것이다. 주인이 자기 입으로 한 말을 지키지 않을 거라고 의심할 이유가 그에게는 없었다. 김승종은, 그 어느 때보다 주인의 말을 철저히 믿는 자신을 이상하게 여기지 않았다. 이제 곧 3월인데, 추위가 거의 지나간 것이나 마찬가지니까 크게 불편하지 않을 거라는 생각도 했다. 나는 한겨울도 보냈는데 뭐. 무엇보다도 그가 친구에게 문제 있는 방을 떠넘기려고 먼저 제안한 것이 아니라 친구가 먼저 그 방을 원했다. 그는 좋은 방이 아니고 겨울엔 춥다는 말을 했으므로 숨기거나 속인 것도 아니었다. 그는 할 일을 안 한 것이 없었고, 그러므로 못할 일을 한 것이 아니었다. 그런 과정을 거쳐 그는 떳떳하지 않은 행동을 하는 것 같은 찜찜한 기분에서 달아났다. 집주인에게 서둘러 난방 공사를 해주라는 말을 하고 집을 나오면서 그는 집주인이 서둘러 난방 공사를 할 거라고 믿었다. 아니, 집주인이 난방 공사를 하지 않을 거라는 생각을 하지 않았다. 그런 생각을 하지 않음으로써 그 집에 대한 생각으로부터 벗어날 수 있게 되었다.

그것이 삼십 년 전의 일이었다. 그런데 삼십 년이 지난 후에 문득, 날을 잡아서 곧 공사를 할 거라는 집주인의 말을 의심하지 않은 자신을 의심하게 되었다. 주인이 자기 입으로 한 말이니까 지키지 않을 리 없다고 확신할 만한 근거가 무엇이었을까. 그렇게 말했으니 그렇게 할 것이다, 라고 그때는 생각했다. 그러나 그렇게 말했으나 그렇게 하지 않을 수도 있다고 생각하는 게 더 자연스럽다는 생각이 뒤늦게 찾아왔다. 집주인이 공사를 서둘러 할 거라는 믿음은 일종의 담보였다. 그 담보를 잡히고 그는 그 집, 그 방에서 서둘러 벗어났다. 자기가 할 일을 안 한 것이 없고, 그러므로 못할 일을 한 것이 아니라는 삼십 년 전의 생각이 갑자기 부끄러워졌다. 그는 할 일을 안 한 것이고, 그러므로 못할 일을 한 것임을 수철의 존재가 상기시켰다. 수철은 그때 일에 대해 아무 말도 하지 않았다. 불평도 하지 않았고, 비난도 하지 않았다. 사과도 요구하지 않았다. 실제로 그에게 불평이나 비난할 만한 일이 없었을지 모른다. 정말로 주인은 약속대로 곧바로 난방 공사를 했고, 수철은 그 방에서 춥지 않게 지냈는지 모른다. 그 방에서 그와는 달리 만족하며 지냈는지 모른다. 아니면 예기치 않은 일이 생겨 그 집에 들어가지 않게 되었는지도 모른다. 모른다. 그러나 그렇기 때문에 김승종은 안절부절못하는 상태가 되어버렸다. 수철은 아무 행동도 아무 말도 하지 않았지만 그곳에 있는 것만으로 그를 압박했다. 그는 수철이 그 방에 대해 무슨 말을 할까봐 마음을 졸이면서도 차라리 무슨 말인가 해주면 낫겠다는 이율배반의 기분에 빠져들었다. 너는 그 방의 난방장치가 고장났다는 걸 알고 있었다. 알고 있으면서 친구인 네가 친구인 나에게 그 사실을 감추고 그 방에 들어가게 했다. 자기만 빠져나가면 그만이라는 생각으로 친구를 이용했다. 왜 그랬어, 나한테? 나는 너의 해명을 들어야겠고, 너의 사과를 받아야겠다. 김승종은 수철의 목소리를 듣고 있었다. "그때 나는, 너도 알다시피, 이 도시에 더 있을 이유가 없었고, 너는 방이 필요했고, 내가 자취하던 그 이층 양옥집을 마음에 들어 했고, 그리고 또 나는 난방 문제를 분명히 알렸고, 그리고……" 그는 중얼거렸다. 그의 중얼거림은 수철은 물론 누구의 주목도 받지 못했다.

누군가 김승종의 어깨를 툭 치며, 교수님은 어떻게 생각하시나, 이럴 때 한말씀해야 하는 거 아냐? 하고 자기들의 이야기 속으로 끌어들일 때까지 그는 혼자 오래전의 현실 속에 들어가 있었다. 그가 시끄러워서 잘 못 들었어, 뭐라고 그랬지? 하자 그의 어깨를 건드린 친구가 아, 이 염병할 놈의 자식, 어디 갔다 온 거야? 하며 장난스럽게 편잔을 주고는 조금 전에 무슨 이야기가 오갔는지 늘어놓았다. "오늘 이 자리에서 나온 것 중에 가장 무거운 화제다. 아니, 화두다. 요약하면 이렇다. 어떤 사람이 자기 옆집에 배달된 선물세트를 훔쳤다는 누명을 썼단다. 딴생각을 하느라고 자기 층에서 내리지 못하고 몇 층 위로 올라갔다가 남의 집 현관 앞까지 가서야 아무래도 자기 집이 아닌 것 같아 호수를 확인하고 도로 내려왔는데 그걸 본 사람이 있었단다. 시시티브이에도 희미하지만 그와 비슷한 실루엣이 잡혔고. 꼼짝없이 누명을 썼는데, 아무리 아니라고 부정해도 소용이 없더란다. 자기 결백을 주장하면 할수록 이상하게 더 혐의가 짙어지기만 하는 것 같더란다. 물건 잃어버린 사람 성질이 또 좀 고약했는지 신고하겠다고 길길이 뛰는데 미치는 줄 알았다는 거다. 신고하려면 하라고 소리쳤더니 진짜 신고를 해가지고 경찰이 오고 조사를 하고 집을 수색하고 난리를 쳐대는데 그런 우세가 없었다는 거다. 뭐 집안에서 택배 물건이 발견되지 않아서 그냥 풀려나긴 했지만 물건 잃어버린 사람이나 이웃이나 심지어 경찰까지도 도무지 자기를 향한 의심을 떨쳐낸 눈치가 아니더라는 거다. 억울해서 미칠 것 같은데, 억울함을 풀 방법이 없어서 죽는 줄 알았다는 거다. 그의 집에서 물건이 나왔다면 그가 도둑질을 했다는 증거가 되겠지. 그런데 그의 집에서 물건이 나오지 않았는데도, 그것이 그가 도둑질을 하지 않았다는 증거가 되지 않더라는 거다. 그가 도둑질을 했다는 증명은 증거물이 하겠지. 그럼 그가 도둑질을 하지 않았다는 증명은 무엇으로 해야 할까?" 친구들의 시선이 그에게 쏠려 있다는 걸 김승종은 어렴풋이 느꼈다. "이 자리에서 나온 것 중에 가장 무거운 화두 맞네. 그리고 이 자리에 가장 안 어울리는 화두이기도 한 것 같다. 대체 퍽이나 억울한 이 사람이 누군데?" 생각이 분산되어 있어서 이야기의 핵심을 잘 파악하지 못했을 수도 있지만, 그 자리에서 나누기에 적당한 화제가 아닌 것 같다는 김승종의 말은 진심이었다. 동창들이 그 이야기에 유난스레 집중하고 있는 듯한 모습이 오히려 낯설었다. 어떤 반응인가를 기대하고 바라보는 그들의 시선이 부담스럽기도 했다. 그 억울한 사람이 바로 나야, 하고 나선 사람이 수철이라는 걸 알아차린 순간 상황이 달라졌다. 수철의 표정은 덤덤했지만 김승종은 머리끝에 뜨거운 기운이 확 끼얹어지는 걸 느꼈다. 옆자리의 친구가 요약해준 그 억울한 사연을 다시 떠올리고 의미를 캐내려 신경을 곤두세웠다. "내가 옛날부터 교회 다니는 건 알지? 뭐 일주일에 한 번 예배드리러 가는 게 전부인 날라리 신자지만 그래도 명색이 모태신앙에 서리 집사다. 신심의 깊이 같은 거하고 상관없이 나처럼 오래 교회를 다니다보면 매사에 습관처럼 작동하는 어떤 원리 같은 것이 있는데, 그러니까 그런 갑갑한 상황에서 어쩌 하나님께 호소하고 싶은 생각이 안 들었겠냐? 그래 하나님한테 따지고 들었지. 이것 보세요, 공의롭다고 자처하는 하나님. 내가 이웃집 물건 훔치지 않았다는 거 당신은 아시잖아요. 아시잖아요. 그런데 왜 하지도 않은 일로 누명을 쓰게 하는데요?" M시 인근 도시의 준종합병원 전산실에서 근무하는 자칭 날라리 집사는 차분한 목소리로 차근차근 이야기했다. 특별히 한곳을 바라보지도 않았다. 김승종에게 눈길을 주지도 않았다. 그가 김승종을 향해 말하고 있다고 단정할 근거는 없었다. 그렇지만 김승종은 자기를 향해 말하고 있는 것 같다는 생각을 피할 수 없었다. 귀는 기울였지만 눈이 마주칠까봐 고개를 들지는 않았다. "그런데 말이야, 어느 순간 하나님이 나에게 이렇게 말하는 거야. 아, 뭐 하나님의 목소리를 직접 들었다는 건 아니고,

문득 어떤 목소리가 내 안에서 생생하게 울려퍼졌는데, 그게 하나님의 말씀으로 이해되더란 말이지. 이분이 뭐라고 했냐면…… 나는 네가 그 물건을 훔치지 않았다는 걸 안다. 그리고 다른 것도 안다. 네가 했는데 드러나지 않아서 감춰져 있는, 크고 작은 아주 많은 것들을 안다. 그 말을 듣는데, 아찔하더라. 그 말을 듣자마자 살면서 내가 저질러온 숱하게 많은, 그러나 발각되지 않아 나만 알고 있는 크고 작은 허물들이 우루루 떠오르는 거야. 살면서 잘못한 게 참 많더라. 몰랐는데 참 많다는 걸 알려주더라. 네가 하지 않은 일로 누명 쓴 이 하나의 억울함을 풀어주고 더 크고 많은, 공개되지 않은 네 모든 허물들을 까발리길 원하느냐? 하고 묻는데 정신을 차릴 수가 없더라. 억울해할 자격이 있느냐고, 그런 일을 앞세워 하나님인 나의 공의를 문제삼고 따질 수 있느냐고 하는 그분의 질문이 내 입을 막아버리더라. 주책없이 눈물이 막 나더라. 태어나서 지금까지 오십 년이나 교회 다녔지만 그런 경험은 처음이었다. 처음이니까 잊을 수 없지. 나는 그때 내가 하나님의 말을 들었다는 걸 믿는다." 말로 표현할 수 없는 숙연함이 시끄러운 술자리로 침범했다. 그것은 좀 서먹하고 어색한 침범이었다. 수철의 얼굴에 심상치 않은 기운이 감도는 걸 보고 얼굴을 피한 친구도 몇 있었다. 삼십 년 만에 만난 동창들은 낯익은가 하면 낯설고 낯설면서도 낯익은 존재들이다. 달라졌어도 친숙하고 친숙한데도 어딘가 달라 보이는 존재들이다. 그것이 낯섦을 거부감 없이 받아들이게 하는 요인이고 또 낯익음에도 불구하고 밀착하지 못하게 하는 이유이다. 그날의 수철은 오랜만에 만난 동창들에게 그런 관계를 생각하게 했다. 고개를 끄덕이면서도 거기에 덧붙여 말한 사람이 없었던 것이 그 때문이었다. 부언하자면 그들 대부분은 수철의 이야기를 일종의 간증처럼 들었는데, 그런 유의 종교적 담화에 대해 대개의 평범한 중년 남자들이 보이는 반응대로 그 자리의 친구들 역시 어색함과 거북함을 신중한 침묵으로 표현했던 것이다. 그러나 모두는 아니었다. 김승종은 수철이 의미 없이 그 이야기를 한 것으로 치부할 수 없었다. 그의 머릿속에서 일어난 생각은 예컨대 이런 것이었다. 수철이 고등학교 때 그에게서 인계받은 방에 대해 말하지 않은 것은, 말할 것이 없어서가 아니라(그랬으면 좋았겠지만) 말할 수 없어졌기 때문이다, 혹은 말하지 않기로 마음먹었기 때문이다. 말해지기 위해서는 말할 것이 '있어야' 하고 '있는' 것을, 혹은 있다는 것을 '알아야' 한다. 그러나 '있고', 있는 것을 '안다'고 해서 다 말해지는 것은 아니다. 있고, 있다는 것을 앎에도 불구하고 어떤 것은 말해질 수 없거나 말하지 않기로 결정됨으로써 말해지지 않는다. 그러나 말해지지 않은 것들은 말해지지 않았기 때문에 사라지지 않는다. 그것들은 언제든 말해질 수 있는 상태로 웅크리고 있다. 그것들은 말해지지 않음으로써 '있고', 있다는 것을 '안다'는 사실을 상기시킨다. 김승종은 정신의 쓰라림을 느꼈다. 그는 수철의 얼굴을 볼 수 없었고, 다른 친구들의 얼굴도 볼 수 없었다.

그 자리가 어떻게 끝났는지 그는 기억하지 못했다. 그 자리를 떠난 다음에도 수철이 한 말은 그를 떠나지 않았다. 더 심각한 문제는 그후 수철이 들었다는 신의 목소리가 그의 귀에 종종 들리기 시작한 것이었다. 다른 것도 안다. 네가 했는데 드러나지 않아서 감춰져 있는, 크고 작은 아주 많은 것들을 안다. 네가 하지 않은 일로 누명 쓴 이 하나의 억울함을 풀어주고 더 크고 많은, 공개되지 않은 네 모든 허물들을 까발리길 원하느냐? 수철의 신은 왜 나에게 시도 때도 없이 이런 말을 하는가? 김승종은 수철의 신을 원망했다. 수철은 왜 자기 신으로부터 들은 말을 전해서 나를 괴롭히는가? 김승종은 그러나 수철을 원망할 수 없었다. 그러려고 할 때마다 마음이 움츠러들고 회초리를 맞은 것처럼 등이 아팠다. 나는 왜 수철을 원망할 수 없는가? 그렇게 자문하다가 그는 신음 소리를 내며 주저앉았다. 하나의 문장이 화살처럼 날아와 그의 가슴팍에 박혔기 때문이다. 그것은 수철의 말이 신의 말이기 때문이다. 말해지지 않았기 때문에 사라지지 않은, 언제든 말해질 수 있는 것을 가지고 있는 수철이 그의 신이었기 때문이다. 신이 된 수철이 그를 지배했다. 너에게 그럴 자격이 있는가? 신이 된 수철이 그를 따라다니며 그의 생각을 묶고 행동을 통제했다. 수철의 통치 아래 들어간 그는 더이상 자유롭지 않았다. 가령 지방신문에 실린 그의 인터뷰를 본 사람들이 옳은 일을 했다고 추켜세우거나 동감을 표시하거나 조언을 구할 때마다 김승종은 그 목소리를 들었고, 그럴 때마다 거북해했고, 낯을 붉혔고, 어쩔 줄 몰라 했다. 사람들은 그가 겸손해서 그런다고 생각했지만, 그 행동들은 겸손과는 상관없는 요인에 의해 이루어진 것이었다. 방송 출연 요청이 있었지만 그는 응하지 않았다. 응할 수 없었다. 월간지의 인터뷰 요청이 있었지만 역시 응하지 않았다. 응할 수 없었다. "성명서에 있는 내용대로 말한 것뿐이에요.

특별한 이야기 한 거 아니에요. 사실 난 그 성명서를 작성한 사람도 아니고요." 그렇게 변명하고 전화를 끊은 게 여러 번이었다. 그런데도 그의 내면의 혼란을 알 리 없는 사람들은 그의 말을 들으려 했고, 그에게 그럴 자격이 있다는 믿음을 심어주려 했고, 심지어 마땅히 그래야 한다는 의무감까지 실어주었다. 그럴수록 그의 자괴감은 깊어갔다. 같은 학교의 교수들을 만날 때면, 그들이 아무 말 하지 않는데도 혼자 의로운 척한다고 비난하는 것 같아 마음이 몹시 불편했다. 누구나 할 수 있는 당연한 말을 해놓고 혼자 용기 있는 척하다니, 꼴사납네…… 어린 시절부터 그를 보아온 친척들이나 동네에서 알고 지내는 사람들도 너는 뭐 얼마나 깨끗하냐고 손가락질하는 것 같아 태연하기가 힘들었다. 네가 어떤 놈인지 아는데, 갑자기 정의의 사도인 양하다니, 낯도 두껍지…… "너는 떳떳해?" 그것은 곧 수철의 목소리로 바뀌어 들렸다. "사람들에게 알려지지 않은 네 떳떳하지 않은 행동들이 알려지길 원해?" 그것은 곧 신의 음성이 되어 그를 괴롭혔다. 그럴 때마다 떳떳하지 않은 그의 크고 작은 허물들이 하나씩 툭툭 떠올랐는데, 그는 그것이 어떤 의도를 가지고 신이 하는 일이라고 생각했다. 그도 그럴 것이 그것들은 거의 대부분 그가 떠올려본 적 없는 것들이었고, 설핏 떠올랐다 하더라도 죄책감을 느끼게 하지 않은 것들이었다. 그러나 이제 그것들은 허물이 아니라고 할 수 있는 것이 하나도 없었고, 죄책감을 유발하지 않는 것이 하나도 없었다. 그는 위선자였고 거짓말쟁이였고 속이는 자였고 음란한 자였고 사기꾼이었다. 그는 정직하지 않았고 교만했고 게을렀고 음흉했다. 그는 떳떳하지 않았고 떳떳하지 않은 자기 행동들이 만천하에 공개되어 처형되는 악몽을 여러 번 꾸었다.

자연스럽게 사람들 앞에 나서는 일을 피하게 되었다. 수업하러 학교에 가는 것 말고 거의 항상 집에서 지냈다. 그러나 'M시를 사랑하는 사람들'이라는 이름으로 NGO 연합이 추진한 시청 항의 방문을 피할 명분이 없었다. 어떻게든 핑계를 대보려 했지만 마땅하지 않았다. 사람들은 M미래포럼의 부대표인 그의 불출석을 용인하려 하지 않았다. 부재중인 대표를 대신해야 할 부대표가 우유부단한 태도를 보이는 것은, 그것도 인터뷰를 통해 강경한 의견을 피력해놓은 마당에 그런다는 것은 누구의 이해도 끌어내기 힘든 상황이었다. 소속 단체 회원들도 그의 소극적인 태도를 나무라며 참석을 종용했다. 대놓고 말한 사람은 없었지만, 자기더러 기회주의자나 겁쟁이라고 욕할지도 모른다고 생각하니 겁이 났다. 그렇다고 그를 따라다니며 책망하고 괴롭히는 신의 목소리를 들먹일 수는 없는 일이었다. 그것은 현실이 아니라 현실의 틈새에서, 그러니까 그의 의식 속에서 현실로 벌어지는 일이었다. 그에게는 현실이었지만 그의 의식 밖에 있는 다른 사람에게는 아니었다. 다른 사람이 현실로 받아들이게 하려면 자기의 의식 속 현실을 그 사람의 의식에 이식시켜야 했다. 그것은 어긋난 두 차원을 일치시키는 과정과 같아서 용이하지 않았고, 그에게는 그럴 기력이 없었다. 그는 외국에 출장간 사람이 자기가 아닌 것을 아쉬워했다. 감기몸살에 걸리지도 않고, 학회나 강의 일정도 없는 걸 안타까워했다.

시장은 항의 방문단을 피하지 않고 예를 다해 맞았다. 김승종은 그런 시장이 마땅하지 않았다. 그는 시장이 자기들을 피하는 것이 옳다고 생각하지 않았지만 피하고 싶을 것으로 추측했고, 피할 거라고 예상했고, 내심 피했으면 좋겠다고, 그러니까 맞닥뜨리는 일이 없기를 바라기도 했다. 시장 입장에서 보면 피하고 싶다고 해서 피할 수 없는 상황이긴 했을 것이다. 피하는 것이 유리하지 않다는 판단을 했을지도 모르고 피하는 것이 옳지 않다는 판단을 했을지도 모른다. '우리는 새로운 시장을 원한다'고 쓴 피켓과 의혹과 비난의 눈초리가 만들어낸 팽팽한 긴장 속에서 시장은 사과했고 신속하고 공정한 사후 처리를 약속했고 재발 방지를 위한 제도적 장치를 다짐했고 'M시를 사랑하는 사람들'의 시정 참여를 보장했다. 법에 따라 책임질 일이 있으면 지겠다는 말은 했지만, 시장 자리에서 물러나겠다는 말은 하지 않았다. 스스로, 즉각, 어떤 단서도 달지 않고 물러나는 것이 이 사태를 책임지는 유일한 길이라는 항의 방문단의 요구를 충족시킬 말은 나오지 않았다. 처음엔 예의를 지켜 묻고 대답하던 자리가 차츰 과열되는가 싶더니 고성과 삿대질이 오가는 상황으로 변했다. 시장은 그다지 인내심이 있는 사람이 아니었다. 벌건 얼굴을 하고 앉아 항의자들의 다그침을 힘들게 견뎌내고 있던 그는 누군가, 당신은 살인자야! 하고 고함을 치는 순간 평정심을 잃어버렸다. "보자 보자 하니까 정말 주제를 모르고 날뛰네. 당신들이 무슨 심판관이라도 되는 줄 아나본데, 웃기지 마라. 당신들이 하는 일이 뭐야? 의혹 만들어내고, 문제 부풀리고, 시비 걸고, 방해하고, 그래서 잇속 챙기고. 기생충 같은 것들, 당신들이 뭐 그렇게 정의로운데? 뭐 그렇게 깨끗하고 떳떳한데?" 더이상

대화는 불가능했다. 감정을 억누르지 못한 몇 사람이 탁자를 치며 일어나 시장을 향해 달려들었다. 이쪽에서 기생충이라고? 당장 사과해, 하고 소리치고 저쪽에서 살인자라니, 얻다 대고, 하고 소리쳤다. 소리들이 맞부딪치고 급기야 몸이 부딪쳤다. 배석했던 시청 공무원들이 막아섰고 고래고래 소리지르는 시장을 회의장 밖으로 데리고 나갔다. 공무원들이 빠져나간 시청 회의실은 한목소리로 시장을 성토하는 자리가 되었다. 다들 시장의 무례와 오만을 묵과할 수 없다며 목소리를 높였다. 그들은 일과 시간이 끝날 때까지 회의실 복도에 모여 앉아 '비리 부도덕 무책임 막말 시장 물러가라'는 구호를 외쳤다.

그리고 몇 차례 회의가 있었다. 누군가의 핸드폰 녹음 장치를 통해 녹음된 시장의 막말이 기자회견을 통해 폭로되었다. 시장의 퇴진을 촉구하는 시민 서명운동이 결의되고, 실행되었다. 청사 앞에 천막을 치고 릴레이 단식 농성에 들어가자는 논의가 있었고, 논의대로 실행되었다. 시청 앞에서의 단체별 시위 일정이 짜였고, 일정대로 이루어졌다. 이견은 없었다.

이견이 없었다고? 김승종은? 이렇게 질문하는 것은 자연스럽다. 그날 시청 회의실에 김승종도 있었다는 것을 우리는 알고 있다. 그리고 그가 그곳에 있는 사람들과 같은 현실 속에 있지 않았다는 것도. 적어도 다른 사람들과 심정적인 동조를 이루지 못하고 있었다는 건 분명한 사실이다. 그는 그 회의실에 다른 사람들과 함께 있었지만, 동시에 그 회의실에 있는 사람들과 다른 현실 속에 있었다.

그런데 이견이 없었다니. 마치 그 자리에 그가 없었던 것처럼 그렇게 단정해서 말해도 되는가? 물론 그러면 안 된다. 그는 그곳에 있었다. 우리는 그곳에 있는 그를 보기를 원한다. 회의실만이 아니라 그의 현실도 보기를 원한다. 어떤 점에서는 그의 현실을 더 원한다.

시장이 흥분을 감추지 못하고 기생충 같은 것들 어쩌고 항의 방문단을 향해 막말하는 장면으로 돌아가보자. 그때 김승종이 하마터면 그 자리에 주저앉을 뻔했다는 걸 아는 사람은 없다. "기생충 같은 것들. 당신들이 뭐 그렇게 정의로운데? 뭐 그렇게 깨끗하고 떳떳한데?" 그것은 그 무렵 그가 수없이 듣던 말이었다. 그의 내면에서 되풀이돼 울리던 그 말을 그는 은연중에 신의 말로 이해해왔다. 그 말이 그의 내면을 은밀하고 조용하게 채울 때 그는 그 단어들이 발음되는 순간의 음성기관을 상정했다. 그러니까 그 순간의 그는 그의 음성기관을 통해 신의 말을 들은 것이나 마찬가지라고 할 수 있었다. 신은 말했고 그는 들었다. 그런데 그 신은 그 말을 그의 음성기관을 이용해 말했다. 그러니까 그것은 신의 말이었고 또 그의 목소리였다. 신의 말이었지만 동시에 그의 목소리에 담긴 말이었다. 그가 그것을 신의 말로 이해하지 않으면서 믿는 척 기만했다는 뜻은 절대로 아니다. 그는 그것이 전적으로 신의 말이라는 걸 믿었지만 동시에 그 신의 말이 자기 목소리에 담겨 있다는 사실을 상기함으로써 설명하기 힘든 안도감 같은 것을 느꼈었다. 이렇게 비유하면 어떨까? 달이 태양빛을 받아 빛을 반사한다는 걸 알게 된 다음에도 인류는 달빛을 달빛이라고 부른다. 달의 표면을 통해 전달된 태양빛은 햇빛이 아니라 달빛이다. 달의 표면에 반사된 태양빛은 약해지고 순화되고 부드러워진다. 자기 내면에서 자기 음성 기관에 담겨 발화된 신의 말은 감당할 만했다고 첨언할 수 있을까. 그런데 그 회의실에서 그가 들은 말은 그의 음성기관을 통해 나온 것이 아니었다. 그의 목소리에 담겨 약해지고 순화되고 부드러워 진 것이 아니었다. 그는 외부에서 그를 향해 토해진, 엄청나게 크 고 말할 수 없이 무서운 목소리를 들었다. 폭포가 쏟아지는 것 같 고 천둥이 치는 것 같은 그 소리를 그는, 왜 그랬을까, 자기를 향해 직접 토해진 말로 들었다. 그의 몸은 딱딱해졌고 입은 얼어붙었다. 그는 꼼짝도 하지 못했고 한마디 말도 꺼내지 못했다. 김교수, 무슨 말을 좀 해봐요, 이게 말이 돼요? 하고 다그치는 소리를 들은 듯했 다. 시장의 사과를 받기 전에는 이 방에서 한 발짝도 움직일 수 없 다고 흥분해서 내지르는 소리를 들은 듯했다. 주먹으로 탁자를 치 는 소리와 거칠게 서류를 넘기는 소리와 딱딱한 바닥을 두드리는 구둣발 소리와 뜻을 파악할 수 없는 소음들이 윙윙거리며 귓속을 돌아다녔다. 소리들은 또렷해졌다가 어렴풋해지고 가까워졌다가 멀어지기를 반복했다. 사건의 현장 깊숙이 들어간 것 같다가 현장 으로부터 아주 멀리 떨어져나간 것 같은 느낌이 반복해 오갔다. 눈 을 감았다는 의식이 없는데 아무것도 보지 못했다. 눈을 감았다는 감각이 없는데 보이는 것이 없었다. 얼굴이 백지장처럼 하얗네, 어 디 안 좋아요? 하는 목소리는 그의 몸안에서 나는 것 같기도 하고 아득히 먼 데서 나는 것 같기도 했다. 얼마 후 누군가의 등에 업혀 회의실을 벗어날 때까지 그런 상태가 지속되었다.

링거를 맞으며 병원 침대에 누워 있는 동안 여러 사람이 김승종에게 전화를 걸었지만 통화에 성공한 사람은 없었다. 처음에는 전화를 확인할 수 없었기 때문에 전화벨이 혼자 울리다가 말았고, 나중에는 전화를 확인할 수 있었지만 받지 않았기 때문에 전화벨이 혼자 울리다가 말았다. 의사는 그의 몸에서 이상 징후를 발견하지 못했다. 김승종은 그의 몸에서 이상 징후가 발견되지 않은 것을 이상하게 생각하지 않았다. 의사는 영양제와 충분한 수면을 처방했다. 링거액의 주입이 끝나고 잠에서 깨어난 그를 병실에 더 잡아둘 이유를 확보하지 못했으므로 의사는 그날 퇴원을 권했다. 긴장하지 말고 좀 쉬세요, 이상이 있으면 다시 오시고요, 라는 말을 했지만 이상이 있어 다시 올 거라고 생각하는 사람의 어투는 아니었다. 집으로 가는 택시 안에서 김승종은 시장의 막말 발언을 보도하는 라디오 뉴스를 들었고, 육두문자를 써가며 시장을 욕하는 택시기사의 막말을 들었다.

여러 군데서 전화가 계속 걸려오고 문자메시지가 날아왔다. 전화는 받지 않았지만 문자메시지까지 읽지 않을 수는 없었다. 그의 몸 상태를 걱정하는 몇 건의 문자들 사이에 인터뷰를 요청하는 언론사의 메시지와 향후 대책 논의가 필요하니 연락 달라는 M미래포럼 임원의 메시지가 섞여 있었다. 'M시를 사랑하는 사람들의 모임' 이름으로 발표할 시장 퇴진 촉구 성명서의 초안도 있었고, 다른 내용 없이, 연락 바랍니다, 라고만 적힌 문자도 여러 건이었다. 그는 그것들을 건성으로 읽고 밀쳐두었다.

택시에서 내린 다음에는 곧바로 집으로 들어가지 않고 거리를 걸어다녔다. 생각이 뭉쳐 있을 때면 두 발에 자기를 맡기고 무작정

걷는 것이 그가 하는 일이었다. 그러면 뭉친 생각들이 풀리기도 하고 풀렸다가 뒤엉키기도 했다. 엉켰다가 다시 뭉치기도 했지만 풀리기 전과 같은 상태로 뭉치는 법은 없었다. 늘 그런 것은 아니지만 그는 자주 그의 두 발이 그의 뇌보다 판단을 더 잘한다는 생각을 하곤 했다. 실제로 그는 걷다가 논문의 막힌 방향을 뚫기도 하고 결정을 못해 망설이고 있던 문제를 풀기도 했다. 근육의 역동성에 대한 그의 신뢰는 무의식적이었다. 걷기를 관장하는 근육은 인과관계의 복잡한 회로를 따라 차근차근 답에 접근하는 대신 특유의 추진력과 순발력으로 회로를 관통해 답을 찾아내거나 만들어냈다. 말하자면 그날 산책중에 김승종으로 하여금 지갑 속에서 며칠 전 받은 수철의 명함을 찾아 꺼내게 한 것이 근육의 역동성이 순발력 있게 한 일이라고 할 수 있었다. 뭉쳐 있는 그의 생각들이 수철로부터 비롯했다는 사실을 그는 부정할 수 없었다. 수철을 만나기 전에는 아무렇지 않던 일이 수철을 만나고 난 후 아무렇지 않지 않게 되었다. 그는, 의식적으로 의식하지는 않았지만 이 상황에서 벗어나려면 수철을 통과해야 한다는 걸 벌써 감지하고 있었다. 그를 괴롭히는 신의 말은 수철의 신의 말이었다. 수철은 그의 신에게 하소연하고 따졌다고 했다. 그는 수철에게 하소연하고 따져야 했다. 왜냐하면 수철이 그의 신이었기 때문이다.

수철은 마치 그에게서 전화가 걸려올 줄 알았다는 듯 목소리가 덤덤했다. 김승종이 다짜고짜, 너 때문에 아무것도 못하겠다, 죽을 것 같다, 하고 말했는데도 별로 놀라는 기색이 아니었다. "죽으면 안 되지. 죽으면 안 된다." 그것이 수철의 말이었다. 걸음을 옮기면서 김승종은, 그래, 제발 나 좀 살려주라, 하고 외쳤다. 그의 걸음은 자기도 모르게 빨라졌다. 그의 말도 덩달아 빨라졌다. 그의 입에서 말들이 쏟아져나왔다. "그때, 그러니까 고등학교 졸업 무렵에……" 그는 난방장치가 고장난 방 이야기를 했다. 그의 목소리는 격정적으로 커졌고 가끔 신음이 섞여들었다. "너는 그렇게 떳떳해? 그렇게 깨끗해? 이 목소리가 나를 꼼짝 못하게 한다. 나는 너에게 붙들린 수인처럼 되었다……" 그는 그를 옴짝달싹 못하게 하는 내면의 목소리에 대해 말하고 시장에게서 그 말을 들었을 때의 아찔한 경험에 대해 말했다. 전화기 저편은 조용했다. 그럴 수밖에 없었다. 김승종이 쉴새없이 몰아쳐 상대방이 끼어들 틈을 주지 않았기 때문이다. 그날, 왜 나를 추궁하지 않았니? 하고 물어놓고 마침내 김승종은 두 발을 멈춰 세웠다. 전력질주를 하고 난 것처럼 숨이 가빴다. 그는 숨을 몰아쉬었다. "추궁받았지 않나? 그런 것 같은데." 수철은 그것으로 충분하다는 듯 그에 대해서는 더 말하지 않았다. 그 대신 그는, 그러니까 네가 그날 이후 듣고 있는 것이 정말로 하나님의 말인지 궁금하다는 거지? 하고 물었다. 수철은 정확하게 핵심을 찌름으로써 김승종의 입을 막았다. 그는 숨을 고르고 귀를 곤두세웠다. "억울함을 호소하며 왜 이러냐고 따지는 내게 하나님이 내가 범한 수없이 많은 잘못들을 떠오르게 해서 나를 부끄럽게 했다고 했지? 그땐 정말 땅이라도 파고 숨고만 싶더라. 나는 억울하다고 호소할 자격이 없는 놈이더라." 김승종은 마음이 급해졌다. 상대방의 약간의 침묵을 견디지 못하고 그는 재촉하듯 그게 다야? 하고 물었다. "그게 다라면 못 살았겠지. 그런 상태로 어떻게 살겠어,

214

사람이?" 그러니까, 하고 동의하면서 김승종은 다시금 빠르게 걷기 시작했다. 그러니까 어떻게 살았느냐고. 너의 신이 너를 어떻게 살렸느냐고. 그는 속으로 재촉했다. 수철은 오래 기다리게 하지 않았다. 아무도 궁금해하지 않아서 이야기하지 않았는데, 그 말 말고 나중에 또 들은 말이 있어, 하고 수철이 말을 이었다. 김승종은 자기가 수철에게 전화한 것이 그때 그가 말하지 않아서 듣지 못한 그 이야기를 듣기 위해서라는 걸 깨달았다. 그는 자기도 모르게 다시금 뛰다시피 걸었다. 바람이 쉬쉬 소리를 내며 스쳐갔다. "오래전에 먹은 신 포도가 지금의 이를 시게 하지 않는다. 나를 살린 말이야, 이게. 지금의 이를 시게 하는 것은 방금 먹은 신 포도다. 나는 이렇게 이해했다. 이것을 저것으로 대체할 수 없고 저것으로 이것을 덮을 수 없다." 그렇지만 그건, 네가 먼저 들었다는 말과 다르잖아, 너의 신은 너의 감춰진 허물들을 보여줌으로써 너를 침묵하게 만들었다고 했잖아, 하고 질문할 때 김승종은 이미 어떤 목소리를 예감하고 있었다. 그것은 그의 내면에서 그의 음성기관에 담겨 발화될 준비를 마친 말이었다. 그러므로 딱히 수철에게 대답을 요구할 필요는 없었다. 그런데도 그는 그 말이 외부에서, 그를 향해, 직접, 들려지기를 바랐다. 그가 듣기를 바란 것은 신의 목소리였다. "하나님의 말을 하나님만 하는 것이 아니라고 하면 이상한가? 하나님의 말이 따로 있는 것이 아니라 하나님이 한 말이 하나님의 말이라는 게 깨달아지는 거야. 하나님이 살아 있는 것처럼 그분의 말도 살아서 움직인다고 할까?" 김승종은 다짐을 받듯 간절한 목소리로 친구에게 물었다. "그 말이 신의 말이라는 걸 어떻게 확신하지?" 약간의 침묵 후 수철이 대답했다. "너도 참, 그것이 하나님의 말인지가 중요한 게 아니고 그 말을 한 사람이 하나님인지가 중요한 거 아니야?" 그 순간에 수철은, 김승종에게 신이었다. 그는 신의 말을 들었다고 확신했다.

시장의 퇴진을 촉구하는 시민 서명운동이 벌어지고, 청사 앞에 천막을 치고 릴레이 단식 농성을 하고, 시청 앞에서 단체별로 시위하는 일련의 과정에 김승종은 이견 없이 참여했다. 김승종은 누구보다, 그리고 그전보다 적극적이었다. 반성도 책임질 의지도 없는 오만무도한 시장에게 화가 난 M시 시민들 이만 천 명이 시장의 퇴진을 촉구하는 성명서에 서명하는 데 일주일이 채 걸리지 않았다. 이만 천 명은 시 전체 인구의 9분의 1이었고, 성인 인구의 5분의 1이었다. 궁지에 몰린 시장은 사법부의 결정을 기다리지 않고 스스로 물러났다.

안정한 하루

그날 오전에 장필수씨는 일곱 살 아래 동생인 장철수씨의 방문을 받았다. 눈을 뜨자마자 머리맡에 놓인 시계를 통해 그는 자기가 일어난 시간이 일곱시 삼십오분이라는 것을 확인했는데, 그것은 여느 날과 별반 다르지 않은 시간이었다. 그는 거의 항상 일곱시 삼십분에 눈을 떴다. 그보다 십 분 정도 빠르거나 십 분 정도 늦는 경우가 있었지만, 그 이상을 넘어가지는 않았다. 자리에서 바로 일어나지 않고 똑바로 누운 채 다리를 들어올렸다가 내리기를 열 번씩 세 차례 반복하고, 몸을 뒤집어 둥글게 구부렸다가 펴기를 마찬가지로 열 번씩 세 차례 반복한 것도 여느 날과 다르지 않았다. 가부좌를 하고 앉아 천천히 머리를 들어올렸다가 내리고, 오른쪽 방향으로 크게 원을 그리며 둥글게 돌렸다가 방향을 바꿔 반대쪽으로 돌리는 동작을 세 번 반복한 것도. 이어서 팔을 앞뒤로 흔들고 허리를 구부렸다가 펴고 다리를 뻗어 늘리고 몸통을 좌우로 비틀고 얼굴을 문지르고 머리를 두드리고 손을 터는 동작을 하는 데 사십 분을 사용했다. 맨손체조를 마친 후 음악을 튼 것도 여느 날과 다르지 않았다. 그는 아침마다 베토벤의 교향곡 5번을 들었다. 그 교향곡이 아침에 듣기 좋은 음악이라고 생각해서는 아니었다. 어느 날 그 음악이 그의 귀에 우연히 날아들었다가 둥지를 틀었는데, 그는 들어앉은 음악을 쫓아내는 방법을 몰랐기 때문에 그대로 두었고, 그 이전은 물론이거니와 그 이후에도 그 음악 말고 다른 것을, 적어도 의식적으로는 듣지 않았기 때문에 그는 다른 음악과 베토벤의 〈운명〉을 비교할 수 없었다. 그러니까 그가 베토벤이나 그의 5번 교향곡을 좋아한다고 말할 수도 없었다. 몸에 붙은 습관이나 버릇은 기호의 문제가 아니다. 그가 이 현상을 호르몬의 이상으로 인해 발생한 과도한 어떤 욕구나 충동(특정 음식에 대한 무절제한 식욕이나 주체할 수 없는 성욕 같은)과 유사한 것으로 이해하려고 하는 것은 그 때문이다. 그는 간혹 그 음악에 운명적으로 사로잡히게 된 시점을 돌아보곤 하는데, 동기나 원인은 말할 것도 없고, 하다못해 그 순간의 정황 같은 것도 그려지지 않아서 당혹감을 느낀다. 그럴 때 그는 주저하지 않고 통제 불능의 식욕이나 성욕에 대한 비유 속으로 웅크리고 들어간다.

아내는 거의 매일 외출을 하고, 그는 하루 한 차례 산책을 하는 것 말고는 거의 외출을 하지 않는다. 아내는 어디를 가는지 말하지 않고, 그는 묻지 않고 추측한다. 아내는 집에서 가까운 슈퍼마켓 식품 코너의 파트타임 직원이고, 주민자치회관에서 하는 주말 노래 교실의 회원이고, 아파트 단지 안에 있는 교회의 권사이고, 지역의 역사문화 해설사이고, 여러 친목 모임의 임원이거나 회원이다. 주민자치회관의 노래 교실에 나가 노래를 부르고 있거나 교인들과 성경 공부를 하고 있거나 동네 사람들 열 명 남짓을 데리고 다니며 동 이름에 얽힌 사연을 해설해주고 있거나 또래의 여자들과 맛집으로 알려진 식당에서 밥을 먹으며 수다를 떨고 있거나 슈퍼마켓의 식품 코너에서 쇼핑 카트를 밀고 다니는 고객들에게 시식 음식을 권하고 있을 거라고 추측하는 재미를 집에 없는 아내는 그에게 선물한다.

그의 하루는 단조롭고 규칙적이다. 그는 일곱시 삼십분경 일어나고 사십 분 동안 맨손체조를 하고 음악을 듣는다. 베토벤의 교향곡 5번을 듣는 데 삼십오 분이 걸린다. 삼십오 분 동안 그는 꼼짝하지 않고 음악만 듣는다. 음악을 들을 때 그는 아무 생각도 하지 않는다. 아무 생각도 하지 않지만, 그 시간에 그의 머릿속으로 아무 생각이나 들어와서 선율에 맞춰 출렁거리다가 돌아가는 걸 그는 모르지 않는다. 아무 생각이나 들어와서 출렁거리지만, 그럼에도 그는 그때 아무 생각도 하지 않고 있기 때문에 그것들이 출렁거리다가 돌아가고 나면 그의 머릿속에서 출렁거린 것이 무엇이었는지 알지 못한다. 출렁거린 무엇인가가 있었다는(그것도 많이) 인상만 남고, 출렁거린 무엇(들)은 떠오르지 않는다. 흔적은 선명한데 그 흔적의 실체가 오리무중일 때 겪어야 하는, 겪게 되는 답답함을 견디지 못하고 한때 그는 출렁거린 그것들의 실체를 찾아내려 고심했다. 그러나 이제, 언제부터라고 확정해서 말할 수는 없지만, 그는 자기가 아무 생각도 하지 않은 시간에 자기 머릿속에서 이루어지는 생각들에 대해 신경쓰지 않게 되었다. 설령 그 시간에 어떤 생각인가가 그의 머릿속에서 출렁거린 것이 사실이라고 하더라도 그가 아무 생각도 하지 않은 것 또한 사실이므로 그것에 대해 소유권을 주장하거나 그것의 소유에 대한 책임을 지거나 할 필요가 없다고 간주하기에 이르렀다. 그러니까 그는 그의 머릿속에서 여러 가지 생각이 출몰하는 그 삼십오 분 동안 아무 생각도 하지 않는 사람이다.

그가 방을 나오는 여덟시 사십오분 무렵은 그의 아내가 외출 준비를 하고 있거나 이미 외출을 하고 없는 시간이다. 그의 아내는 그보다 훨씬 일찍 일어나고, 심지어 다섯시에 일어나 새벽 기도회를 다녀올 때도 있고, 음식을 준비하고, 청소기를 돌리고, 어떨 때는 세탁기를 돌리고, 화장을 하고 외출복으로 갈아입는다. 그것들이 그가 자기 방에서 나올 때까지 그녀가 활기찬 하루를 준비하기 위해 하는 일들이다. 부부는 방을 따로 쓴 지가 오래되었다. 아내는 안방의 침대에서 자고, 장필수씨는 책장과 옷장이 공간의 대부분을 차지하고 있는 작은방에 매트리스를 깔고 잔다. 그는 안방에 거의 들어가지 않고 그의 아내는 작은방에 거의 들어오지 않는다. 언제부터 그렇게 지내기 시작했는지 장필수씨는 기억하지 못한다. 아주 오래되었다는 생각만 한다. 아마 그가 기억해내지 못하는 계기에 의해 베토벤의 교향곡을 듣기 시작한 어떤 시점과 포개지는 것 같다는 생각을 막연하게 하긴 하는데, 물론 그 생각에 믿을 만한 근거가 있는 것은 아니다. 설령 그 생각이 믿을 만하다고 해도 그 포개짐은 인과적 연관성이 있다고 할 수 없는 우연한 현상일 거라는 생각 역시, 믿을 만한 근거 없이 하곤 한다. 방을 따로 쓰게 된 계기나 원인, 하다못해 그 순간의 정황 또한 사실대로 복기되지 않는다. 특기할 만한 계기나 원인이나 정황 같은 것이 없었기 때문이라고 그는 믿는다. 계기나 원인 없이 어떤 행동이나 현상이 나타날 수 있다는 것을 믿지 못하는 사람은 어떤 행동이나 현상의 계기나 원인을 짚어낼 수 없을 때 혼란을 느끼게 되는데, 장필수씨 역시 그런 부류의 사람이었으므로 한때는 찾아지지 않는 그것을 찾아내려고 꽤 애를 쓴 것이 사실이지만, 언제인지 확정해서 말할 수 없는 어느 순간부터 그런 부류의 사람이 아니게 되었으므로 이제는 방을 따로 쓰게 된 계기나 원인이 떠오르지 않는 것에 마음 쓰지 않는다. 습관은 안경과 같아서 몸에서 떼어낼 수 없다. 안경을 오래 쓰다보면 안경을 쓰고 있다는 사실을 의식하지 못하게 되고, 안경이 몸의 일부라는 것을 무의식적으로 받아들이게 된다. 받아들이기까지가 언제나 어렵다. 안경이 몸의 일부라는 것은 실은 진실이 아니기 때문이다. 그러나 받아들인 다음에는 받아들이기까지의 의식적인 거부감을 의식조차 하지 못한다. 희미하고 흐릿한 흔적이 아주 가끔 느껴지지만 그뿐, 그것이 무엇의 흔적인지는 끝내 밝혀지지 않는다. 그녀와 마찬가지로 그 역시 방을 따로 쓰는 생활에 불만이 없었다. 불만이라니. 그 생활이 너무나 자연스러워서 그는 가끔 그들 부부가 같은 방을 쓴 적이 있었다는 사실이 거짓말같이 여겨지곤 한다.

식탁에 차려진 음식은 아내가 이미 외출을 했다는 표시이다. 아직 외출 전일 때 아내는 그가 방문을 열고 나오면, 좋은 꿈 꿨어요? 하고 인사한다. 그는 매일 밤 무슨 꿈인가를 꾸긴 하지만, 자기 방문을 열고 나올 때까지 꿈의 내용을 기억하고 있는 경우가 거의 없을 뿐 아니라 설령 기억에 남아 있다고 해도 그 꿈이 좋은 꿈인지 나쁜 꿈인지 확신할 수 없기 때문에 대개 아무 대답도 하지 않는다. 그는 늘 아내가 왜 자기가 꾼 꿈을 궁금해하는지 모르겠다고 생각하지만, 그의 아내는 남편이 어떤 꿈을 꾸었는지, 그 꿈이 좋은 꿈인지가 정말로 궁금해서 질문을 하는 것이 아니므로 대답하지 않는 남편에게 다시 묻지 않는다. 그 대신 그가 식탁에 앉을 때를 기다렸다가 삶은 계란과 베이컨과 얇게 썬 토마토와 데워진 우유가 올려진 쟁반을 내오고 커피머신과 토스터의 버튼을 누른다. 구워진 식빵과 식빵 사이에 베이컨과 토마토를 넣고 커피에 우유를 붓는다. 아내가 파트타임으로 일하는 슈퍼마켓의 식품 코너에서 사온 것들이다. 토론토에 살 때의 아침식사 메뉴는 한국에 돌아온 후에도 달라지지 않았다. 한국으로 돌아온 지 오 년이 조금 넘었다. 다니던 회사의 주재원으로 토론토에 나간 장필수씨는 해외 근무 기간이 끝났을 때 귀국하지 않고 그곳에 머무는 길을 택했다. 그는 주로 교민들을 상대로 컴퓨터 수리 일을 하며 외국생활을 이어 갔다. 컴퓨터가 전 영역에 걸쳐 빠르게 보급되던 시대에 그가 가진 기술은 꽤 유용했다. 어느 날 장필수씨는 자기가 가진 기술로 고칠 수 없는 컴퓨터가 있다는 사실을 깨달았고, 그러자 자기가 다니던 대기업을 조기 퇴직하고 컴퓨터 수리공이 되어 탁발승처럼 이집 저 집 방문하고 다니는 처지를, 처음으로 의아하게 돌아보게 되

었다. 마땅히 그럴 만한 사연이 있었을 테지만, 그것이 무엇인지 또
렷하게 떠오르지 않았고, 그 사연이 무엇이든, 그 당시에는 나름대
로 합당하거나 절실했을지라도, 합당함이나 절실함이 맥락에 덧붙
여지는 성격임을 감안하면, 그때와 마찬가지로 아직도 여전히 합
당하거나 절실하다고 말할 수 없다는 생각이 그가 어떤 결정을 하
도록 내몰았다. 요컨대 그는 자기가 한국에 들어가지 않고 여태 토
론토에서 살고 있는 이유를 찾을 수 없었고, 들어가면 안 되는 이
유 역시 찾을 수 없었고, 그런데도 그 긴 세월 한국에 돌아갈 생각
을 하지 않고 지낸 사실을 의아하게 돌아보게 되었다. 토론토에 와
산 지 이십오 년 만이었고, 그의 나이는 예순이 되어 있었다. 그가
그런 제안을 하자 아내는 뜻밖이라는 듯 그를 쳐다보고 무슨 말인
가를 할 듯 입술을 달싹였지만, 곧 평소의 신중함을 되찾고, 당신이
원한다면, 하고 답했다. 그 말 속에, 당신이 원하지 않아서 하지 않
았다, 거나 당신을 우려, 혹은 배려해서, 라는 뜻이 담겨 있다는 사
실을 장필수씨는 읽어내지 못했다. 그의 아내는 다니고 있던 교회
의 목사를 집으로 데리고 와 예배를 드렸다. 성경을 잘 알지 못하
는 장필수씨로서는 출처를 기억할 수 없는 어떤 구절을 읽으며 목
사는 '뒤엣것은 생각하지 말고 앞엣것만 바라보라'는 취지의 충고
를 했고, 정확히 그 시점이었는지 나중이었는지 확실하지는 않지
만, 아내는 눈시울을 붉혔다. 아내의 그런 반응 때문이기도 했겠지
만, 그 자리에 대한 그의 전반적인 기억은 불편함으로 남아 있다.
몇 달 후 그들 부부는 한국으로 돌아왔다.

　　장필수씨는 아주 천천히 빵을 씹고 커피를 마신다. 아내는 서

둘러 먹고 마신 다음 자리에서 일어난다. 그러고 나서 양치를 하고 화장을 하고 그날 일정에 어울리는 옷을 갖춰 입고 나간다. 성경 공부를 하러 가는지 유적지 해설을 하러 가는지 슈퍼마켓에 일을 하러 가는지 그는 알지 못한다. 전에는 알려줬지만 언제부턴가 알리지 않고 있다. 그가 묻지 않을 뿐 아니라 알려주어도 관심 있게 듣지 않는다는 것을 알아챈 그녀가 알리는 것을 그만두었다. 장필수씨는 커피를 한 잔 더 내려서 자기 방으로 들어간다. 장필수씨가 지난주부터 읽고 있는 책은 한국 현대사를 배경으로 한 조정래의 『한강』이라는 소설이다. 그는 걸어서 삼십 분 걸리는 구립도서관에 일주일에 한 번씩 걸어가서 책을 빌려오는데, 지난주에 1권부터 3권까지 빌렸다. 그는 현재 두번째 권의 중간쯤 읽고 있다. 계획대로 된다면 사흘 후 다 읽은 책을 반납하러 도서관에 갈 것이다. 그리고 4권부터 6권까지 빌려 집으로 돌아올 것이다. 구립도서관에서는 한 주에 다섯 권까지 빌려주지만 그는 세 권씩만 빌린다. 자신의 독서 속도로는 한 주에 다섯 권을 읽는 것이 벅차다는 것을 경험을 통해 터득한 후 정한 규칙이다. 계획대로 되지 않을 이유는 없다. 그의 일과가 단조롭고 규칙적이기 때문이다. 단조롭고 규칙적이기 위해서는 외부와 접촉하지 않거나 외부와의 접촉을 최소화해야 하는데 그의 삶이 그랬다. 그가 외부에 거의 간섭하지 않기 때문에 외부도 그를 거의 간섭하지 않는다. 그가 안정을 얻기 위해 단조롭고 규칙적인 일과를 의도적으로 택했다고 단정할 근거는 없지만, 그것들이 안정을 얻는 데 어떤 작용을 하는 것은 사실이다. 의도와 정황이 맞물려 하나의 상태를 이룬다. 정황은 의도에 의해 흔들리거나 비틀어지고, 그러나 의도대로는 아니고, 의도는 정황에 삼투되거나 적용되고, 그러나 정황에 온전히 흡수되는 것은 아니다. 의도와 정황의 셀 수 없이 많은 스펙트럼이 만들어내는 변수는 다양하고 복잡하다. 그것들을 다 열거하는 것은 불가능하다. 현재의 어떤 상태는 그 변수들이 다양하고 복잡한 방식으로 결합하고 상호작용하여 이루어진 우연한 현상이라고 할 수 있다. 한 상태가 오래 유지되거나 반복되면 습관이 되는데, 규칙은 습관의 다른 말에 가깝다. 규칙이 습관을 만드는 예에 비해 습관이 규칙을 산출해낸 예가 더 적다고 말할 수 없다. 장필수씨는 한시가 되면 읽고 있던 책을 덮고 나와 냉장고에서 반찬을 꺼내 점심식사를 하고 바둑 프로그램을 볼륨을 줄인 채 틀어놓고 보다가 낮잠을 자고 네시가 되면 공원에 산책을 간다. 공원의 벤치에 앉아 이십 분쯤 쉬고 집에 돌아오면 두 시간이 걸린다. 습관적이거나 규칙적이다. 장필수씨는 자기가 습관적으로 그렇게 하는지 규칙적으로 그렇게 하는지 단정해서 말하지 못한다.

그러니까 그날, 일곱 살 아래의 동생인 장철수씨가 그의 집을 찾아오지 않았다면 하루가 그렇게, 예정 없이 예정대로 진행되었을 것이다. 단조롭고 규칙적으로. 장철수씨가 형의 집 초인종을 누른 것은 토요일 오전 열한시 십오분, 장필수씨가 조정래의 소설 『한강』 2권 27장인 「포구의 바람」을 막 읽으려던 참이었다. 그가 집에 있는 동안 그의 집 초인종이 울린 경우가 없지는 않았지만, 대개 가스 검침원이거나 신문 구독을 권하는 판촉 사원이거나 전도지를 내밀며 믿음을 종용하는 종교인들이어서 그는 안에 있으면서도 문을 열어주지 않았다. 드물게 우편집배원이나 택배사원이 찾아오는 경우가 있지만, 그들은 경비실에 우편물이나 물건을 맡겨두고 가기 때문에 신경쓰지 않아도 되었다. 그날도 그는 자기 집 초인종 소리에 반응을 보이지 않고 책을 읽었다. 자기 집 초인종이 울리고 있다는 걸 인식하지도 못했다. 책을 읽을 때 그는 책만 읽는다. 초인종이 연이어 울렸지만 그는 개의치 않고 책을 읽었다. 초인종 소리가 그치고 난 후 그의 휴대전화가 울렸지만 그는 무시하고 책을 읽었다. 자기 휴대전화가 울리고 있다는 걸 의식은 했지만 반응을 보이지는 않았다. 그의 휴대전화는 거의 울리는 법이 없었고, 어쩌다 울려서 받으면 휴대전화를 바꾸라든가 대출을 받으라든가 무슨 보험에 가입하라는 광고 전화가 대부분이었으므로 그는 울리도록 내버려두고 책을 읽었다. 그러나 전화벨이 재촉하듯 줄기차게 울리고, 끊어졌다가도 다시 울리기를 여러 차례 반복했으므로 그는 하는 수 없이 전화기를 집어들었다. 왜 이렇게 전화를 안 받아요, 하고 대뜸 튀어나오는 목소리가 낯설어서, 장필수씨는, 누구신지요? 하고 물었다. 누구냐니, 내 번호도 저장을 안 해놓은 거요? 하는 목소리가 틈을 주지 않고 쳐들어왔다. 그제야 장필수는, 철수냐? 하고 물었고, 장철수씨는, 나 아니면 누가 전화나 걸어요, 얼른 문이나 열어요, 하고 되받았다. 장필수씨는 읽고 있던 책을 책상 위에 올려놓고 천천히 몸을 일으켜 문을 열었다. 그의 독서 시간은 아직 꽤 남아 있었고, 그는 뜻밖의 방해를 받아 중단된 자기 독서 시간을 곧 되찾을 거라고 기대했기 때문에 책을 덮지 않았다. 장철수씨는, 집에 있으면서 문을 안 열어주다니, 뭡니까, 무슨 시체놀이해요? 하고 중얼거리며 성큼 안으로 들어왔다.

어쩐 일이냐? 하고 형이 선 채로 물었고, 앉으라는 말부터 해야 하지 않아요? 하며 동생이 앉으라는 형의 말을 기다리지 않고 소파에 앉았다. 어쩐 일이냐, 하고 형이 다시 물었다. 그는 소파에 앉지 않음으로써 방문자인 동생이 자기 공간에 오래 머물지 않고 돌아가주기를 바라는 자기 속마음을 비교적 정확히 드러냈고, 그것은 자기의 안정된 일상이 방해받는 것에 대한 무의식적인 거부의 표현이었는데, 그는 안정된 일상에 균열이 생기는 것을 자기가 왜 그렇게 피하려고 하는지 알지 못한 채로 그렇게 했고, 그의 동생은 그의 속마음 같은 것에는 신경쓰지 않는 태도를 보이며 그 집에 들어올 때의 저돌성을 몸으로 표현했다. 심지어 형이 자리에 앉지 않고 엉거주춤 서 있는 것에도 관심을 두지 않았다. 그는 대뜸, 황병수가 오늘 강연하는 걸 아느냐고 물었다. 장필수씨는 무슨 말인지 모르겠다는 표정으로 동생을 바라보기만 했다. 형, 뉴스 안 봐? 하고 동생이 추궁하듯 물었고, 응, 뉴스 안 봐, 하고 형이 대답했다. 뉴스를 보지 않는다는 장필수씨의 말은 사실이었다. 그는 오래전부터 뉴스를 보지 않았다. 캐나다에 살 때도 뉴스를 보지 않았다. 신문도 보지 않았고 텔레비전 뉴스도 보지 않았다. 뉴스를 보지 않는 것은 외부의 간섭으로부터 자기를 지키는 그 나름의 수단이었다. 뉴스들이 감정을 유도하고 의견을 강요한다는 생각을 그가 언제부터 무엇 때문에 하게 되었는지는 분명하지 않다. 그는 뉴스들을 보면서 마음이 헝클어지는 걸 원치 않았다. 그는 외부에 간섭하지 않으려 했고 외부의 간섭을 받으려고도 하지 않았다. 외부에 간섭하지 않는 것이 곧 외부의 간섭을 받지 않을 권리를 확보하는 길이 되는 것은 아니지만, 그리고 또 그가 그것을 바라서 외부에 간섭하지 않으려 했다고 확신할 수는 없지만, 둘 사이에 아무 상관이 없다고 말하기도 어렵다. 장철수씨는 품에서 손바닥만하게 접힌 신문지를 꺼내 탁자 위에 펼쳤다. '다시 민주주의를 말한다'는 플래카드가 걸린 사진이 보이고, 위기의 대한민국, 선택의 기로, 유권자들의 권리와 역할, 시대적 사명 같은 문구가 보였다. 한국정치학회 주최 포럼 소식을 알리는 그 기사에는 몇 명의 발제자 이름과 함께 황병수의 이름이 적혀 있었다. 이름 옆에는 나이가 표시되어 있고, 미네소타 주립대학 정치학과 교수로 소개되어 있었다. 이자가 인터뷰를 했어, 읽어줘? 동생은 손바닥으로 신문지를 눌러 펴며 황병수가 했다는 말을 들려줬다. 저더러 정치할 생각이 있느냐고 물으시는데, 시대가 요구하면, 한국으로 돌아와 아버지의 애국정신을 이어갈 뜻이 없지는 않습니다. 이자가 어떻게 이런 소리를 할 수 있어? 장철수씨는 형이 황병수라는 정치학자에 대해 아무런 감정도 나타내 보이지 않고 있다는 사실을 눈치채지 못한 채 몹시 불쾌한 감정을 토로했다. 민주주의 운운하는 발언을 할 자격이 없기도 하거니와 자기 아버지의 애국정신을 잇는다니, 미치지 않고서야 어떻게 이런 헛소리를 할 수 있느냐고 목소리를 높였다. 무엇보다 장철수씨는 그 사람이 '하필 오늘, 저런 짓'을 하는 것을 심하게 나무랐다. 그가 사람이라면 그럴 수 없다는 것이 그가 되풀이해서 강조한 내용이었다.

장필수씨는 동생이 왜 그러는지 이해하지 못했기 때문에 그가 보이는 과도한 흥분에 공감할 수 없었다. 그 사람이 자기 아버지의 뜻을 잇는다는 것이 왜 미친 소리인지, 그 말이 왜 동생의 마음을 상하게 하는지 몰라서 얼떨떨한 표정을 지었다. 장철수씨가 말하는 '저런 짓'이 무엇인지는 앞뒤 말을 이어 엮으면 포럼 참가거나 언론과의 인터뷰라고 얼추 유추할 수 있었지만, '하필 오늘'이라는 건 무슨 뜻인지 추측하기 어려웠으므로 장필수씨는, 하필 오늘? 하고 혼잣말처럼 중얼거렸다. 정보의 공유가 공감의 전제 조건이 된다. 장철수씨가 가지고 있는 정보는 장필수씨와 공유되지 않았는데 장철수씨는 그 사실을 깨닫지 못했다. 그는 다른 설명 없이 황병수라는 이름을 발음하는 것만으로 형에게서 자기와 같은 반응이 이끌어져나올 거라고 믿었다. '하필 오늘'에 대해서도 마찬가지였다. 하필 오늘, 하고 그가 발음하면, 그 말, 즉 그 정보가 형의 마음을 헝클어뜨리고, 자기 안에서 일어난 것과 똑같은 파동을 일으킬 거라고 기대했다. 그는 자기가 가지고 있는 것과 같은 정보를 형이 가지고 있다는 사실을 의심하지 않았으므로, 형이 자기가 가지고 있는 것과 같은 정보를 가지고 있지 않으며 그래서 자기의 감정에 전혀 공감하지 못하고 있다는 표시를 온몸으로 하고 있음에도 불구하고, 그것을 인식하지 못했다. 자기 확신이 지나치게 강하면, 상대가 보조를 맞추지 않거나 아예 따라오지 않고 있는데도 그 사실을 인지하지 못하는 일이 발생하는데, 장철수씨의 이번 경우가 그랬다. 그래서 착각에 의한 일방적 의사소통이 전개되었다. 장철수씨는 그의 형이 자기 말에 보조를 맞추지 못하고 있다는 사실을 깨닫지 못한 채 자기 말을 이어갔다.

장철수씨는, 황병수라는 자가 최소한 오늘만은 피했어야 한다는 점을 거듭 강조했다. 그자는 이미 용서할 수 없는 자이지만, 이 일로 더욱 용서할 수 없는 자가 되었다고 말했다. 이미 용서할 수 없는 자이지만, 이 일로 더욱 용서하면 안 되는 자가 되었으며, 이런데도 그를 용서하는 것은 용서받을 수 없는 일이라고, 마치 자기에게 최면을 걸 듯, 아니면 형을 세뇌하려는 듯 또박또박 되풀이해서 말했다. 그 무렵 장필수씨의 손가락들이 그의 바지 주름 근처에서, 미세하지만 눈에는 띄게, 마치 피아노 건반을 살살 눌러보는 것 같은 움직임을 보이고 있었다는 점을 그의 안절부절못함의 표시로 언급하지 않을 수 없다. 그는, 자신도 잘 의식하지 못한 채로, 단조롭고 규칙적인 자기 일상이 비틀어지고 있는 것에 대한 불안을 느끼고 있었던 것이다. 동생이 그의 집에 들어올 때부터 가졌던 막연한 경계심이 그에게 어서 일상의 규칙을 회복해야 한다고 요구하고 있었다. 단조로움과 규칙으로 만들어진 그의 안정된 일상은 일종의 성과 같았다. 그는 단조로움과 규칙으로 만들어진 성곽 안에서 평온했다. 그러나 그 성곽을 만든 재료들이 튼튼하지 않다는 것을 모르지 않았으므로 그의 평온은 늘 아슬아슬했다. 그는 자기 성이 무너지지 않도록 늘 노심초사했다. 일상의 단조로움과 규칙에 집착하는 것은 그의 노심초사의 표현이라고 할 수 있었다. 그의 노심초사가 어떻게든 동생을 빨리 집에서 나가게 하라고 요구했다. 그는 눈치 없는 동생이 장광설을 늘어놓는 것이 불안했다. 그의 동생은 그보다 말이 많고 그에 비해 즉흥적이고 감정 표현이 직설적이었다. 그는 되도록 빨리 동생이 할말을 마치고 떠나주기를, 그래서 단조롭고 안정적인 일상 속으로 복귀할 수 있기를 바랐다. 그러나 자기 확신에 빠져 형이 자기와 보조를 맞추고 있다고 착각하고 있는 장철수씨는 그런 장필수씨의 복잡한 속내를 눈치채지 못했다. 장철수씨는, 아침에 이 신문만 안 봤어도 오늘 형한테 오지 않았을 거야, 하고 말했다. 그러면서 그는 탁자 위의 신문을 펼쳐 들고 한 부분을 다시 큰 소리로 읽었다. 우리는 분열을 막고 위기의 민주주의를 지켜내야 합니다. 지금 필요한 것은 균형 있는 판단과 올바른 국가관을 가진 이들의 열정적인 현실 참여 의지입니다. 이게 이 작자가 할 소리야! 라는 말은 신문지를 던지며 했다. 그리고 장필수씨에게는 무의미한 장광설로 들릴 뿐인 말들이 이어졌다. 매년 그랬듯이 오늘도 그냥 혼자 누나한테 갔다 와서 술이나 퍼마시고 자려고 했어, 술에 취해 있지 않으면 누나한테 미안하니까, 매년 그랬으니까, 누나한테 가려고 준비를 하는데, 이 작자 얼굴이 신문에, 이걸 보는 순간 숨이 턱 막히면서, 아, 이게 뭐지, 가슴이 덜덜 떨리고, 일 년에 한 번 누나한테 가는데, 이날만 되면 잊었다고 생각했던 일이 떠올라서 미칠 것 같은데, 술에 취하지 않고는 잠들 수 없는데, 하필이면 오늘 이 작자가, 악마가 아니고서야 어떻게, 악마가 아니고서야 어떻게, 하며 동생이 횡설수설하는 사이 바지 주름 근처 장필수씨의 손가락 놀림은 더 분주해졌다. 우리 불쌍한 누나가 나한테 무슨 신호를 보내는가 싶고, 이게 무슨 신호라면, 무슨 신호인가 싶고, 내가 이 신호를 어떻게 받아야 하는가 싶고, 그냥 아무것도 안 하고 그대로 있는 건 신호를 보낸 누나를 무시하는 일이 아닌가 싶고, 그러면 누나가 섭섭해하거나 슬퍼할 것 같고,

아무렇지 않은 것처럼 누나한테 갈 수가 없는 거야, 그래서 안절부절못한 채 서성대다가 형한테 온 거라고 그는 말했다. 장필수씨는 그 사람 인터뷰 기사가 신문에 나온 게 무슨 신호가 된다는 거냐고 물었는데, 그가 더듬거리며 자신 없이 말한 탓도 있지만, 장철수씨가 워낙 자기 기분에 빠져 빠르고 크게 말하고 있었기 때문에 전달되지 않았다. 장철수씨가 우리 불쌍한 누나, 라고 말했으므로 장필수씨는 동생이 아주 오래전, 스물여덟 나이에 세상을 떠난 상희에 대해 말한다는 것은 알아들었다. 그렇지만 수십 년 전에 죽은 여동생이 지금 갑자기 무슨 신호를 보낸단 말인가. 황 어쩌고 하는 위인의 귀국이 이미 이 세상 사람이 아닌 여동생과 무슨 관계가 있단 말인가. 장필수씨는 동생의 감정과 말을 전혀 헤아릴 수 없었지만, 헤아리고 싶은 마음 역시 없었다. 그는 헤아릴 수 없는 궁금증과 의문을 헤아리지 않고 사는 데 익숙해 있었다. 궁금증과 의문을 갖지 않는 것이 최선이지만, 혹시 그런 것이 생기더라도 질문의 형식으로 노출하는 것을 피하는 것이 일상의 평온을 흐트러뜨리지 않는 방법이었다. 그는 몸에 밴 대로 행동했다. 즉, 아무 행동도 하지 않았다. 그러나 장철수씨는 기왕 끄집어낸 이야기를 도로 집어넣을 마음이 없었다. 그는 누나가 일을 당했을 때 형이 어떻게 했는지, 군대에서 휴가를 나와 그 이야기를 듣고 자기가 얼마나 감동을 받았는지 이야기했다. 형이 황병수를 반쯤 죽여놓지 않았느냐고, 그 자식이 그 때문에 두 달 동안 병원에 누워 있었다고, 골절 봉합 수술을 받고 이마도 여러 바늘 꿰맸지 않았느냐며 엄지손가락을 들어 보이기까지 했지만, 장필수씨는 반응하지 않고 거실을 서성이며, 어디 간다고 하지 않았니, 이제 가봐야 하지 않니, 하고 물었다. 동생은 왜 자기를 쫓아내려 하느냐고 되묻고 나서, 역시 대답은 기다리지도 않은 채, 형은 그때 그런 일이라도 했는데, 나는 아무것도 하지 못했어, 바보같이 화만 내고 흥분만 했지 형처럼 용감하게 그 개자식을, 제 아버지의 더러운 권력만 믿고 함부로 구는 그 자식을 혼내주지 못했어, 하며 고개를 떨구었는데, 갑자기 침울해진 그 모습은 거의 참회자처럼 보였다. 장필수씨는 자기가 언제 무슨 일을 했단 말이냐고 물었다. 그는 정말로 자기가 무슨 일을 했는지를 물은 것이었으나 장철수씨는 형이 쑥스러워한다고 느꼈다. 그러므로 그는 가슴에 담고 있는 형의 그 영웅담을 더 늘어놓을 수밖에 없었다. 그는 형이 황병수를 때리는 데 사용한 야구 배트에 대해 이야기했다. 그 어린이용 야구 배트는 고향 도시 고교 야구팀의 팬이었던 아버지가 장철수씨의 열 살 생일 선물로 야구 글러브와 함께 사준 것이었다. 그들은 어릴 때 아버지와 함께 동네 공터에서 공을 던지고 받고 치는 놀이를 자주 했다. 장철수씨는 자기보다 형이 배트를 잘 휘둘렀다고 기억했다. 형이 배트를 휘두르면 힘을 들이지 않는 것 같은데도 공이 멀리 날아갔다. 아버지는 똑같은 힘이 가해졌을 때 가장 좋은 타구를 날려보낼 수 있는 이상적인 자리가 배트에 있는데, 그곳을 스위트스폿이라 부른다고 알려주었다. 그러니까 형의 타격은 적어도 동생보다, 적어도 어린 시절에는 정확했다. 하기야 형은 그가 보기에 거의 어른이나 마찬가지였다. 동생보다 공을 더 멀리 보내지 못했다면 그것이야말로 이상했을 것이다. 그들 부자는 어느 순간부터 야구놀이를 하지 않았으므로 그 어린

이용 배트와 글러브가 어느 구석에 처박혀 있는지 아무도 몰랐다. 버려지지 않은 채 여태 집안 어딘가에 간직되어 있었다는 사실을 안 것은 장필수씨가 그것을 뜻밖의 용도로 사용했기 때문이었다.

황병수는 장필수씨의 동생이고 장철수씨의 누나인 상희를 쫓아다녔다. 상희가 그의 끈질긴 구애를 거절하자 황병수는 강제로 그녀를 범했다. 그러고도 계속 사랑을 청했다. 그러나 겁탈당하기 전에도 받아들이지 않았던 사랑을 겁탈까지 당한 다음에 받아들일 수는 없는 일이었다. 황병수는 기대했는지 모르지만, 겁탈당하기 전에도 좋아하지 않았던 사람이 겁탈을 당하고 나자 갑자기 좋아지는 기적은 일어나지 않았다. 황병수는 자기 행동의 동기로 사랑을 내세웠지만, 사랑이 그런 파렴치하고 반인륜적인 행동의 동기로 작용할 수는 없다고 생각했으므로 상희는 지체하지 않고 법에 호소했다. 황병수는 조사를 받았지만 법은 그를 오래 잡아두지는 못했다. 상희는 회유당했고, 협박당했고, 그러나 회유와 협박에도 굽히지 않고 버텼다. 그 결과는 어이없고 참담했다. 그녀는 집안 좋은 남자를 꼬여 돈을 뜯어내려는 이른바 꽃뱀으로 몰리는 수모를 겪었다. 황병수는 태도가 돌변해서 상희를 행실 나쁜 여자로 만들고 자기를 유혹했다고 거짓 증언을 했다. 경찰과 검찰은 황병수의 거짓 증언은 받아들이고 상희의 거짓 없는 진술은 묵살했다. 참이냐 거짓이냐는 그들의 관심거리가 아니었다. 회유와 협박과 그로 인한 모멸감을 견디지 못한 상희는 유서와 같은 일기장을 남기고 스스로 목숨을 끊었다. 서른세 살의 대기업 사원이었던 장필수씨는 동생의 일기장을 들고 경찰서를 찾아갔다. 경찰은 그 사건을 조사하지 않았다. 그 대신 장필수씨는 한 기관원의 방문을 받았다. 그에게도 동일한 회유와 협박이 이루어졌다. 저항은 통하지 않았다. 저항할 수 없는 협박과 교묘한 회유가 정신을 차리지 못하게 만들었다. 그는 여동생이 당한 회유와 협박과 모욕과 좌절과 절망의 내용을 실감하고 울었다. 그래서 그랬다. 그래서 그는 황병수를 불러내어 야구방망이를 휘둘렀다. 지나가던 사람들이 제지하지 않았다면 아마 황병수는 죽었을 것이다. 죽지 않았다면 반신불수가 되어 평생을 누워서 지내야 했을 것이다. 그런데, 나 형한테 물어보고 싶은 게 하나 있어, 하고 장철수씨가 장필수씨를 올려다봤다. 오래전부터 물어보고 싶었는데, 이상하게 물어봐지지가 않았어, 왜 그랬는지 모르겠어, 하고 덧붙이며 몸을 일으켰다. 장필수씨는 아까보다 빠르게 방안 이곳저곳을 오갔다. 바지 주름에 닿는 손가락 놀림이 더 분주해졌다. 무슨 말을 할 것처럼 입이 벌어졌지만 아무 말도 새어나오지 않았다. 그런 형이, 야구방망이를 들고 나가, 나중에 한 정당의 대표까지 지낸 정보기관 고위 간부의 아들인 그 나쁜 놈을 처단하려고 했던 형이 왜 갑자기 그런 거야? 인권단체에 진정도 내고 기자회견도 해서 억울한 누나 한을 풀어주자고 했는데, 그렇게 하자고 한 사람이 형이었는데, 근데 왜 갑자기 포기한 거야? 이유가 뭐야? 하고 물었다. 장필수씨는 동생의 눈을 피하며, 더듬더듬 어디 가야 한다고 하지 않았느냐고 반문했다. 장철수씨는, 갈 거야, 갈 건데, 형도 같이 갈래? 하고 물었다. 장필수씨는 동생이 어디를 가자고 하는지 묻지도 않고 고개를 저었다. 장철수씨는, 어딘 줄 알고 안 간다는 거야? 하고 힐난하듯 물었다. 형은 고개만 저었다.

동생은, 그때 왜 그랬는지 대답은 안 해? 하고 형의 눈을 마주보았다. 장필수씨의 손가락은 허공에서 절망적으로 흔들렸다. 손가락만 흔들린 것이 아니었다. 안절부절못하는 다리가 후들거렸다. 좌우로 흔들리던 머리가 위아래로 사정없이 움직였다. 온 신경의 계기판들이 제자리를 잃고 무질서하게 요동쳤다. 결국 천장이 스르르 무너지며 빙글빙글 도는 어지럼증이 그를 바닥에 쓰러뜨렸다. 네 발로 엉금엉금 기어서 싱글 사이즈의 매트리스가 깔린 자기 방으로 들어가면서 그는 살아오는 동안 이런 어지럼증 때문에 쓰러진 일이 몇 차례 있었다는 것을 기억해냈다. 그러나 다른 것을 더 기억해내지는 않았다. 형, 무슨 일이야, 왜 그래? 하고 외치는 누군가의 목소리를 어렴풋이 들으며 그는 잠 속으로 빠져들었다. 말하자면 그것은 외부의 간섭을 막지 못한 결과 단조로움과 규칙에 균열이 생긴다고 느낄 때 그가 자기 성을 안전하게 지키기 위해 취하는 일종의 생존 기술이었다. 그는 그런 식으로 여러 번 성곽의 균열을 때우며 살아왔다.

장철수씨는 형이 그때 왜 그랬는지 말해보라고 다그쳤지만, 정말로 아무것도 몰라서 그렇게 한 것은 아니었다. 그는 형의 입을 통해, 형이 그때 왜 그랬는지 직접 듣기를 원했다. 아니, 원하지 않았다. 그는 형의 입을 통해 그때 있었던 일에 대해 어떤 말을 들어야 한다고 생각하지 않았다. 오늘 아침 신문을 보기 전까지는 구태여 그때 일을 다시 끄집어내야 한다고 생각하지 않았다. 그러지 않는 편이 낫다는 것 정도는 판단할 수 있었다. 그렇기 때문에 그는 번번이 혼자 누나를 찾아갔고, 이번에도 그럴 생각이었다. 혼자 찾아가고 혼자 술에 취할 작정이었다. 그런데 하필 오늘, 그는 아침 신문에서 황병수의 환하게 웃는 얼굴을 보았다. 황병수의 웃는 얼굴을 보고 황병수가 했다는 가증스러운 말들을 대하는 순간, 장철수씨는 이것이 누구더러 무얼 하라는 어떤 신호인가 질문했고, 어쩔 수 없이 형의 야구 배트를 떠올리게 되었고, 형이 그때의 일에 대해 아무 말도 하지 않은 사실을 끄집어내게 되었고, 형이 입으로 하는 말을 들어야 할 것 같은 알 수 없는 간절함에 사로잡혔다. 그래야 자기가 무슨 일을 해야 하는지 결정할 수 있을 것 같았다.

장철수씨가 군복무를 마치고 나왔을 때 형은 한국을 떠나고 없었다. 형이 그렇게 급하게, 자기에게 아무 언질도 주지 않고 외국 지사 주재원으로 떠난 것이 믿기지 않았다. 그가 알고 있는 형은 그런 사람이 아니었다. 그렇게 무계획적이고 무책임한 사람이 아니었다. 형이 다니는 회사의 상사는 토론토에 지사를 설립하면서 급하게 발령이 이루어졌다고 설명했다. 형의 대답도 같았다. 형은 미안하다고 했고, 시골의 요양병원에 누워 있는 아버지를 부탁했고, 동생의 취직을 염려했다. 장철수씨는 자기로서는 알 수 없는 모종의 음모가 진행된 것이 아닌지 의심했지만 확신할 수 없었다.

집 주변을 서성이는 낯선 사람을 발견하지 않았다면 막연하게 의심만 품고 있다가 그냥 넘기고 말았을 것이다. 수상한 낌새를 알아차리고 주의해서 살피자 자기를 감시하는 눈길의 존재가 선명하게 느껴졌다. 생각을 그렇게 해서인지 누군가 자기를 늘 미행하는 것 같았고, 전화를 도청하는 것 같았다. 나에게 왜 이러는 것일까, 하는 의문은 잠시, 갑자기 밤늦은 시간에 어디를 가거나 통화를 하는 일이 두려워졌다. 그는 황병수를 의심했다. 황병수의 아버지가 가지고 있는 권력을 의심했다. 비로소 그의 형의 신변에 가해졌을 위협이 의심할 수 없는 것이 되었다. 두려움과 분노가 같이 일어났다. 그는 용기를 내서 황병수에게 전화를 걸었다. 묻고 따지고 항의하기 위해서였다. 그러나 황병수는 그의 전화를 받지 않았다. 끈질긴 전화질에도 통화가 되지 않았다. 그 대신 그의 형에게 그랬던 것처럼 어떤 사람이 그를 찾아왔다. 규모가 그다지 크지 않은 건설회사에 입사 원서를 내고 나오는데, 누군가 다가오더니 조용한 데 가서 이야기를 좀 하자고 했다. 심상치 않은 기운을 느낀 장철수씨는 주변을 둘러보았다. 그에게 말을 건 사람 말고도 두 사람이 더, 각각 그의 앞과 뒤에 약 두 걸음쯤 떨어진 자리에서 그를 주시하고 있었다. 도망칠 수 없다는 사실을 알아차린 그는 그들을 따라 차에 올랐다. 처음 그에게 말을 건넨 사람이 말을 하고 나머지 두 사람 중 한 명은 운전을 하고 다른 한 명은 조용히 앞을 응시했다. 장철수씨는 왜 황병수에게 전화를 거느냐는 질문을 받았다. 그가 황병수에게 전화 건 걸 어떻게 아느냐고 묻자 남자는 질문하지 말고 대답만 하라고 위협적인 목소리로 말했다. 그는 겁이 났지만 허벅지에 힘을 주고 버티며, 당신들은 누구이고, 왜 나를 감시하느냐고 다시 물었다. 다시 말하지만, 질문은 내가 한다, 라고 남자가 나지막하게, 그러나 위압적으로 대꾸했다. 장철수씨는 그 사람에게 물어보고 싶은 것이 있어서 전화했다고 답했다. 앞으로는 하지 마라, 하고 말하는 남자의 목소리는 아이를 어르는 것 같은 데가 있었다. 공연히 시끄럽게 하지 말자, 나라를 위해 할 일이 많은 사람들이 이런 일에 동원되어서야 되겠느냐, 조용히 살자, 내가 원하는 건 그거다, 하고 말할 때는 형이 말하는 것으로 착각했을 정도였다. 남자의 목소리에서 뜻밖에 정체를 알 수 없는 피곤기가 느껴져서 더 그랬을 것이다. 장철수씨는 갑자기 울컥해서 당신들이 우리 형에게 어떤 짓을 한 거냐고 질문했다. 질문이었지만, 이번에는 제지당하지 않았다. 어쩌면 그 질문을 기다리고 있었던 것 같기도 했다. 남자는 고개를 끄덕이고, 서류가방의 지퍼를 열어 A4 용지만한 크기로 인화된 사진을 여러 장 보여주었다. 선명하지는 않았지만, 사진 속 인물 가운데 한 명이 형이라는 건 짐작할 수 있었다. 사진 속 인물 가운데 다른 한 명이 누구인지는 짐작할 수 없었다. 두 사람은 몸을 맞대고 걷거나 껴안거나 키스를 하고 있었다. 장철수씨는 사진에서 눈을 떼고, 말하는 사람의 눈을 쳐다보았다. 남자는 설명하지 않아도 알 일 아니냐는 듯 입술을 씰룩인 다음 사진들을 서류가방에 도로 넣었다. 우리는 특별히 한 게 없다, 그냥 이런 사진 몇 장 보여주고, 시끄럽게 하지 말고 조용히 좀 살자고 훈계했을 뿐이다, 라고 말할 때 그 사람은 더이상 형으로 보이지 않았다. 장철수씨는 아주 긴 시간 그들의 승용차를 타고 다녔다고 생각했지만, 그들이 그를 내려주고 나서 확인한 바에 의하면 그가 그들과 함께 차안에 있었던 시간은 삼십 분이 채 되지 않았다. 불과 삼십 분. 무섭고 수치스러운 삼십 분이었다. 그를 내려주기 전에 남자는, 지켜보고 있겠습니다, 하고 존칭어로 말했다. 징그러운 몸뚱이를 가진 뱀이 등을 타고 올라오는 것 같은 오싹한 한기가 온몸에 소름을 돋게 했다. 윽박지르는 말보다 예의를 갖춘 존댓말이 더 무서웠다. 지금도 그 사람이 했던 그 말을 생각하면 여지없이 그때의 오싹함이 떠올라 얼굴을 찡그리게 된다.

그는 그 기관원이 보여준 사진 속 흐릿한 형태의 남자가 형이라고 확신할 만한 근거가 없음에도 불구하고 묻거나 확인하거나 조사해보려고 시도하지 않은 것이 두려움 때문이라는 걸 인정하기 싫어서 그 일을 떠올리지 않으려 했다. 그 사진 속 남자가 형이 아니거나 조작되었거나 어떤 강요를 받아 연출되었을 가능성들을 따져보려고 수고하지 않은 것도 그 때문이었다. 그 남자가 형이라는 것이 밝혀졌을 경우에 감당해야 할 부담이 두려워서이기도 했지만, 어떻게 보면 그런 것은 별로 중요하지 않았는지 모른다. 그가 느낀 것은, 형도 역시 느꼈을, 그들이 숨쉬는 공기를 덮고 있는 무시무시한 공포의 기운이었다. 눈에 띄지 않고 소리도 내지 않지만 온 세상을 가득 채우고 있는 공기와도 같이, 이 땅에 사는 평범한 사람들의 삶의 전 영역을 통제하고 있는 권력의 으스스한 실체를 감지한 두려움이 그에게서 질문을 빼앗아갔다. 그 이후 겉으로 표는 내지 않았지만 되도록 조심스럽게 살아온 세월들이 떠오르자 장철수씨는 참혹한 기분이 들었다. 이제 와서 형에게 그때 왜 그랬는지 말해보라고 종용하려 한 자신에게 수치심을 느꼈다. 미간을 잔뜩 찡그린 채 잠든 형이 그의 눈에는 어떤 충동인가를 힘들게 억제하고 있는 것처럼 보였다. 그는 아침에 조간신문을 읽는 중에 어떤 신호인가를 받았던 것을 상기했다. 하필이면 오늘, 하고 중얼거릴 때 그의 미간에는 장필수씨와 마찬가지로 굵은 주름이 잡혔다.

그것이 여태 보관되어 있을 리 없는데도 그는 열 살 생일 선물로
아버지로부터 받은 어린이용 야구 배트를 찾기 시작했다.

작가의 말

사람을 이해하고 세상을 파악하기에는 내가 가진 연장이 좀 허술한 게 아닌가 생각하다가도, 이마저도 없었으면 어떨 뻔했는가, 하고 가만히 마음을 쓸게 된다. 더 근사한 것이 없지 않고, 또 새로 생겨나기도 한다는 사실을 알고 있으나, 새삼스럽게 그런 걸 구하겠다고 나설 주변머리도 없으니, 손에 붙도록 이 오래된 연장을 더 튼튼히 잡고 버틸 수밖에.

이 책 안에 대단한 것이 있을 리 없다. 내 안에서 나왔기 때문이다. 그렇지만 성능 좋은 기구들이 그 좋은 성능 때문에 포착하지 못하는 구석진 세상 이치나 주눅든 진실 같은 것이 더듬거리는 허술한 손놀림에는 더러 붙잡히기도 할 거라는 믿음이 여전히 소설을 쓰는 사람의 여전한 희망이라는 말은 해두어야겠다.

책을 만들기 위해 소설들을 다시 읽으면서, 내 문장들 속으로 들어와 있는 세상의 기운들을 감지한다. 놀랄 일이 아니라는 건 안다. 각각의 소설들에 그 소설을 쓸 때의 시대의 간섭이 선명하다. 어떤 소설은 그 간섭에 대한 토로이다. 세상이 요동칠 때 흔들리지 않는 마음은 없다. 가장 자율적인 것도 자율적이지 않다.

작가의 서툰 손놀림을 따라 구석진 세상 이치나 주눅든 진실 같은 것의 흔적을 같이 더듬어 헤아려보(려)는 이가 독자다. 아무도 강요하지 않은 그런 의무를 스스로 짊어지는 이들, 여전히 소설을 쓰는 사람의 여전한 희망을 공유한 이들에게 혈육과도 같은 친밀감을 느낀다. 독자를 향해 쓰는 것이 아니라 그들과 같이 쓰는 것이 소설이라는 생각을 하기에 이르렀다. 그만큼 성숙한 것이다. "네가 가진 것 가운데 받지 않은 것이 무엇이냐?" 하고 사도 바울은 물었다. 모든 것이 은혜라는 건 함부로 하거나 들을 말이 아니다. 두루두루 고맙다.

2017년 8월
이승우

| 수록 작품 발표 지면 |

모르는 사람 ······『문학과사회』 2015년 가을호

복숭아 향기 ······『문학동네』 2014년 봄호

윔블던, 김태호 ······『릿터Littor』 2017년 2/3월호

강의 ······『세계의문학』 2014년 겨울호

찰스 ······『한국문학』 2017년 상반기호

넘어가지 않습니다 ······『현대문학』 2016년 1월호

신의 말을 듣다 ······『창작과비평』 2015년 봄호

안정한 하루 ······『현대문학』 2017년 3월호

문학동네 소설
모르는 사람들
ⓒ이승우 2017

1판 1쇄 2017년 8월 30일
1판 7쇄 2023년 10월 12일

지은이 이승우
책임편집 강윤정 | 편집 김봉곤 김영수
디자인 김마리 이주영 | 저작권 박지영 형소진 최은진 서연주 오서영
마케팅 정민호 서지화 한민아 이민경 안남영 왕지경 황승현 김혜원 김하연
브랜딩 함유지 함근아 고보미 박민재 김희숙 정승민 배진성
제작 강신은 김동욱 이순호 | 제작처 영신사

펴낸곳 (주)문학동네 | 펴낸이 김소영
출판등록 1993년 10월 22일 제2003-000045호
주소 10881 경기도 파주시 회동길 210
전자우편 editor@munhak.com | 대표전화 031) 955-8888 | 팩스 031) 955-8855
문의전화 031)955-3576(마케팅) 031)955-2678(편집)
문학동네카페 http://cafe.naver.com/mhdn
인스타그램 @munhakdongne | 트위터 @munhakdongne
북클럽문학동네 http://bookclubmunhak.com

ISBN 978-89-546-4672-7 03810

www.munhak.com